KB230569

아직은

신이

아니야

창비청소년문학 53

아직은 신이 아니야

초판 1쇄 발행 • 2013년 9월 13일
초판 6쇄 발행 • 2022년 1월 4일

지은이 • 듀나
펴낸이 • 강일우
책임편집 • 김효근
펴낸곳 • (주)창비
등록 • 1986년 8월 5일 제85호
주소 • 10881 경기도 파주시 회동길 184
전화 • 031-955-3333
팩시밀리 • 영업 031-955-3399 편집 031-955-3400
홈페이지 • www.changbi.com
전자우편 • ya@changbi.com

ⓒ 듀나 2013
ISBN 978-89-364-5653-5 43810

아직은 신이 아니야

듀나 연작 소설집

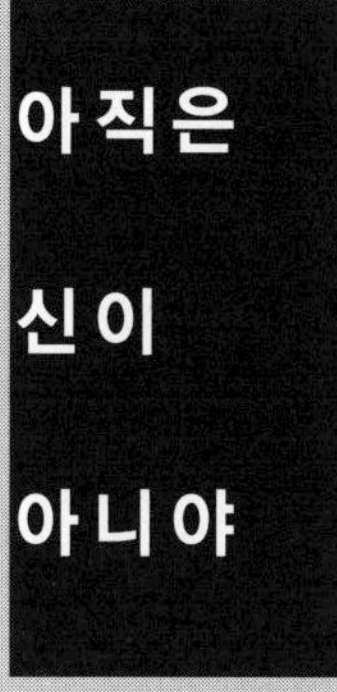

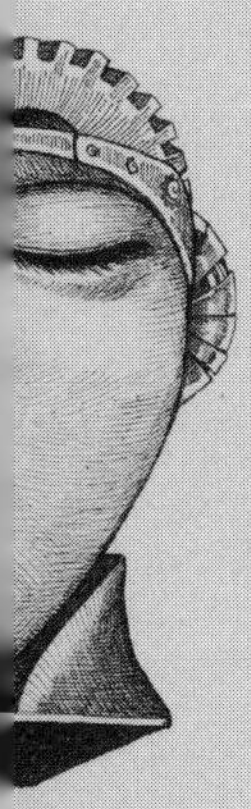

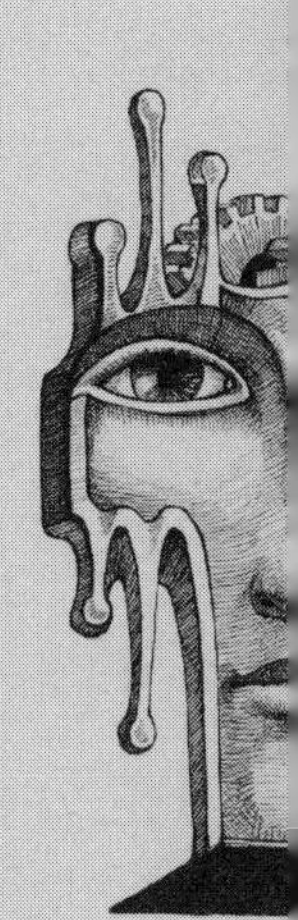

창비

차 례

에너지는 영원한 환희이다.
―윌리엄 블레이크, 『천국과 지옥의 결혼』

우리
모두의
힘

1

서화영이 담임을 따라 교실 안으로 들어왔을 때, 민지희를 포함한 2학년 D반 아이들은 모두 피부에 정전기가 스치고 지나가는 듯한 짜릿한 감각을 느꼈다.

처음에 아이들은 자신들이 전학생의 외모에 반응했다고 생각했다. 화영은 인상적인 외모의 아이였다. 예쁘다기보다는 잘생긴 편이었고, 날카롭게 날이 선 얼굴은 인공적이었지만 성형 수술의 결과물이라기보다는 모델의 개성을 강조한 조각품 같은 인상이었다. 키가 특별히 크지는 않았지만 깡마르고 긴 팔다리 때문에 후리

후리해 보였다. 보고 신기해하거나 감탄할 수는 있지만 굳이 닮고 싶은 생각은 들지 않는 그런 외모였다.

담임의 맥없는 소개가 끝나자, 화영은 지희의 옆자리로 가 앉았다. 한 달 전까지만 해도 그 자리에는 박윤중이라는 남자애가 앉아 있었다. 그 아이는 사흘 동안 변종 폐렴을 앓다 죽었고, 그 뒤로 자리는 계속 비어 있었다. 전염병이 휩쓸고 간 학교에는 빈자리가 일곱 개 생겼다. 매스컴에서는 조용했지만 유전자 해커의 짓이라는 소문이 돌았다. 세금 뜯어먹는 노인네들을 처리하기 위해 복지부에서 세균을 풀었다는 이야기도 있었다.

점심시간이 될 때까지 화영은 자기 자리에 그냥 앉아만 있었다. 쉬는 시간이 되어도 화장실에 가지 않았고 반 아이들과 안면을 틀 생각도 하지 않았다. 수업 시간에는 프롬프트 안경의 스크립트를 낭송하듯 읽고 있는 교사들의 얼굴을 쳐다보며 가끔 책상의 터치 스크린에 뭔가 끄적거리는 것 말고는 아무것도 하지 않았다. 다른 아이들과 눈이 마주치면 희미한 미소를 지으며 고개를 까딱이는 게 전부였다. 그러는 동안 전학생들이 거치는 통과 의례는 얼렁뚱땅 건너뛰고 말았다.

점심시간에도 화영은 혼자였다. 지희는 멸균 뚜껑을 열고 식판 안의 음식을 꼼꼼하게 챙겨 먹는 전학생의 옆모습을 훔쳐보았다. 도대체 왜 저 아이가 신경 쓰이는 거지? 전에 알고 지내던 아이인가? 그때 내가 저 아이에게 무언가 잘못했나? 아니면 그냥 얼굴이 내가 아는 연예인이랑 닮은 것뿐일까?

갑자기 불이 나갔다. 반지하 식당 안은 신경질적인 웃음소리로 가득 찼다. 불은 다시 들어왔지만, 이전의 소란스러움은 돌아오지 않았다. 그 짧은 순간에 무언가가 식당 안의 공기를 바꾸어 놓았다. 세 명의 여자아이들이 일제히 화장실로 달려갔다. 다 먹은 식판을 들고 일어나던 남자아이는 휘청하더니 엉덩방아를 찧었다. 누군가는 훌쩍거리며 울기 시작했고, 누군가는 욕을 했다. 갑자기 쩍 하고 복도 쪽 나무 벽이 갈라지는 소리가 났고, 그와 함께 구석의 작은 창문에 거미줄 모양의 금이 갔다.

종례가 끝나자, 지희는 같은 반 단짝 친구들과 수다를 떨면서도 자리에서 일어나는 화영의 뒷모습을 바라보았다. 지희는 화영으로부터 20여 미터의 간격을 유지하며 천천히 뒤를 따랐다.

교문 앞에 하얀 소형차가 화영을 기다리고 있었다. 운전석에 앉아 있는 사람은 화영과 그리 닮은 편이 아니었고 엄마치고는 젊어 보였다. 뒷좌석에는 초등학교 1, 2학년 정도로 보이는 작은 아이가 타고 있었는데, 그 거리에서는 여자인지 남자인지 알 수 없었다. 화영은 별다른 인사 없이 조수석에 올라탔고 차는 가벼운 모터 소리와 함께 다가교 방향으로 떠났다.

한참 동안 자동차 꽁무니를 응시하고 있던 지희는 거치대에서 자전거를 풀었다. 차가운 빗방울이 목과 얼굴에 떨어졌다. 9월 말이지만 온도는 벌써 10도 밑으로 내려갔다. 일주일 전까지만 해도 여름이었다는 게 믿어지지 않았다. 사람들은 온난화와 빙하기가 싸우고 있다고 했다. 오늘은 빙하기의 승리였다.

2

아이들은 화영이 있는 환경에 적응해 갔다. 그것은 화영이 온 뒤로 학교가 조금 달라졌다는 것을 모두 눈치챘다는 뜻이기도 했다. 정확히 어떻게 변했는지는 아무도 몰랐고, 아이들도 변화에 대해 깊이 이야기하는 걸 꺼려했다. 그들은 그저 적응했다.

도대체 무엇이 바뀐 걸까. 화영은 수많은 전학생 중 한 명일 뿐이었다. 공부를 꽤 잘했고 아이들 사이에서 문제를 일으키지도 않았다. 말이 없고 사교성이 떨어지긴 해도 특별히 잘못된 건 아니었다. 전북 교육청으로 전송되는 교실 동영상을 모두 챙겨서 꼼꼼하게 살펴도 화영의 행동은 평범하게만 보였을 것이다. 화영은 그냥 공부하고 먹고 화장실에 가고 가끔 아이들이 말을 걸면 대답을 해 주다가 시간이 되면 집에 갔다. 하교 시간이 되면 늘 하얀 차가 정문에서 기다리고 있었다. 그게 전부였다.

변한 건 2학년 D반 아이들이었다.

처음에 아이들은 그 변화가 화영에 대한 자신들의 감정이라 여겼다. 몇 명은 그 감정을 사랑이라 생각했다. 작은 선물들과 쪽지들이 화영의 책상 위에 배달되었고, 어설픈 농담과 다정한 말들이 화영의 주변을 맴돌다가 스러져 갔다. 어떤 아이들에게 그 감정은 혼란이었다. 아이들은 왜 화영에게 그렇게 신경이 쓰이는지 알 수가 없었다. 그 감정을 불쾌하다 생각하는 아이들도 있었지만 그렇다고 입 밖으로 꺼내지는 못했다. 이런 상황에서 늘 먹히는 ‘재수 없다’라는 표현은 화영에게 알맞지 않았다. 아이들도 그 정도는 알고 있었다.

그러는 동안 아이들은 이전과 조금씩 달라졌다. 단지 그 방향은 제각각이었다. 어떤 아이는 우울증을 앓았고, 어떤 아이는 현기증과 이명에 시달렸다. 어떤 아이는 운동에 몰두했고, 어떤 아이는 학구파가 되었다. 창밖이나 복도에서 이상한 것을 보는 아이들이 늘어났고, 귀신 이야기가 유행했다.

학교 안팎에서는 자잘한 사고들이 이어졌다. 천둥 번개와 함께 2학년 D반의 창문 하나가 깨졌다. 내연 기관 엔진 소음을 스피커로 틀면서 질주하던 모노휠 폭주족 한 명이 갑자기 운동장에 뛰어들어 담벼락을 박았고, 그 사고로 학생 세 명이 다쳤다. 정전이 잦아졌고 수학 교사 한 명이 감전 사고를 당했다.

이런 변화가 공식적이 된 것은 4차 정규 평가 시험을 치른 두 달 뒤의 일이었다. 2학년 D반의 성적이 예측치보다 35퍼센트나 높았던 것이다. 그리고 성적이 오른 건 모두 엉뚱한 학생들이었다. 이전까지만 해도 특별히 공부를 잘하지도 않고, 수업에 관심도 없었던 아이들. 오히려 우등생 두 명은 심각할 정도로 성적이 떨어졌다.

이런 상황의 답은 단 하나였다. 학급에 스피더가 도는 것이다. 학교는 당장 수상쩍은 아이들을 보건실로 불러 혈액 검사를 했다. 양성 반응을 보인 건 한 명뿐이었다. 나머지 아이들은 결백했다. 적어도 그래 보였다.

그제야 교사들은 지난 두 달간의 일들을 검토해 보았다. 그동안 아이들이 이상하게 행동하지 않았나? 사고가 수상할 정도로 잦지 않았나? 우리 역시 조금씩 이상하게 바뀌지 않았나? 언제부터 우리가 교장과 보건 선생이 불륜 관계라는 걸 알고 있었지? 언제부터 내가 러시아 어를 이렇게 많이 알았지? 어제 퇴근할 때 4층 창밖에서 나를 노려보던 긴 머리 여자 귀신은 설마 진짜였나?

그러다 11월 셋째 주 월요일에 이반 사건이 터지고 말았다.

이반을 발견한 사람은 지희였다. 어쩌다 보니 2학년 중 가장 먼저 학교에 도착한 지희는 자전거를 거치대에 고정하고 건물 쪽으로 발걸음을 옮겼다. 길가에서 아이의 발이 무언가에 걸렸다. 발을 잡아당기자 수풀 속에서 구두의 버클에 걸린 누군가의 바지가 달려 나왔고, 그 바지는 축 늘어진 다리와 연결되어 있었다.

지희는 비명을 질렀고 학교는 즉시 그 소리에 반응했다. 비상벨이 울렸고 숙직실의 교사들이 뛰쳐나왔다. 머리 위에서는 탈칵탈칵하는 소리가 났다. 지지대가 기역 자로 꺾여 있는 카메라가 필사적으로 현장을 향해 목을 돌리려 하고 있었다.

출동한 경찰들이 녹화 영상을 검토했지만 얻을 수 있는 건 없었다. 학교의 카메라 절반은 정전으로 꺼져 있었고, 배터리로 움직이는 현장 주변의 카메라는 추정 사망 시간 삼십 분 전부터 갑자기 목이 반대쪽으로 꺾여 있었다. 이반이 학교에 들어가는 장면이나 5층 옥상에서 떨어지는 장면을 찍은 카메라는 한 대도 없었다.

교사들은 겁에 질렸다. 이반이 죽었다는 사실보다 그 죽음이 전주 교육청 빅 브라더의 시야 밖에서 일어났다는 것이 무서웠다.

경찰은 이반을 아는 아이들을 한 명씩 불러 이야기를 들었다. 대부분 쓸모없는 내용이었다. 경찰이 알고 싶어 하는 것들은 이미 교육청의 컴퓨터가 자동 작성한 보고서에 다 나와 있었다.

이반의 진짜 이름은 황영준이었다. 러시아계 혼혈이었고 미용사인 엄마와 함께 살고 있었다. 이반은 문제아였다. 학교에서 세 번의 큰 소동을 일으킨 탓에 관심반에 들어갔고 행동 조절 약물 치료를 받았다. 이반은 일주일에 한 번씩 보건실의 카메라가 보는 앞에서 주사를 맞아야 했다. 그 뒤로는 비교적 잠잠해졌지만 세 번의 소동은 쉽게 잊히지 않았다.

경찰은 그 세 번의 소동에 주목했고 관련된 아이들을 조사했다. 결과는 허탕이었다. 추정 사망 시각인 새벽 4시의 알리바이를 입증하는 건 힘든 일이었고, 무엇보다 이반의 죽음이 자살인지 타살인지조차 알아내지 못했다. 자살은 이유가 없었고 살해는 방법을 알 수가 없었다.

하지만 지희는 누가 범인인지 어떻게 그런 일을 저질렀는지 알고 있었다. 왜 아무도 그걸 언급하지 않는지 이상할 지경이었다. 2학년 D반에서 무슨 일이든 일어날 수 있다면, 이반을 그런 식의 죽음으로 몰고 간 것 역시 2학년 D반 아이들 중 한 명일 수밖에 없었다. 이상한 논리지만 사실이었다. 이반이 일으킨 세 번의 소동 중 두 개와 얽힌 사람이 전교에 단 한 명 있었다. 그 학생의 이름은 차연규. 2학년 D반이었고, 지희의 뒷자리에 앉았다.

지희는 쉬는 시간에 연규를 훔쳐보았다. 콩나물처럼 키가 크고 비쩍 마른 연규는 외톨이였다. 여덟 살에 당한 교통사고로 왼쪽 다리를 절어서 체육 시간 면제였다. 연규는 이반과 같은 초등학교와 중학교를 다녔다. 지희는 연규가 그동안 이반에게 당했던 모욕이나 고통을 충분히 이해할 수 있다고 생각했다. 어쩌면 행동 제어 치료나 관심반 학습과 같은 건 이반에게 충분한 처벌이 아니라고 생각했을지도 모른다.

지희는 평생을 따라다니며 자기를 괴롭힌 이웃집 아이에 대한 연규의 분노와 증오를 상상해 보았다. 만약 연규에게 이반을 처벌할 수 있는 능력이 갑자기 생겼다면? 그 힘의 우위가 언제 사라질지 모른다면? 그 위치가 바뀌기 전에 서둘러 이반을 옥상으로 끌고 올라가, 보이지 않는 거대한 손으로 목을 비틀고 죽어 가는 소년의 눈을 바라보며……

지희는 작은 비명을 질렀다. 아이들은 무슨 일이냐는 듯 시선을 돌렸지만, 국어가 들어오자 짧은 관심은 사그라졌다.

국어가 프롬프트 안경의 스크립트를 동기화하는 동안, 지희는 필사적으로 생각을 정리했다. 아까 경험한 것은 상상이 아니다. 실제로 일어났던 일이다. 적어도 연규가 진실이라고 기억하는 것이다. 지희는 잠시 연규의 머릿속에 들어갔다 나온 것이다.

나는 이제 사람의 마음을 읽을 수 있어.

지희에게 세상은 더 이상 이전까지 알고 있다고 믿었던 그곳이 아니었다. 이제 지희는 주변 사람들의 희미한 잡생각들을 보고 듣고 냄새 맡을 수 있었다. 대부분은 안개처럼 흐릿했고 무의미했지만, 그중 몇몇은 볼륨을 높인 라디오 음악처럼 선명했다. 그리고 국어의 목소리를 따라 흘러나오는 권태로움과 게으름과 미래에 대한 두서없는 공포를 덮은 것은, 뒷자리의 연규가 수업 내내 잘 익은 스테이크라도 되는 양 머릿속으로 씹어 대는 살인의 기억이었다. 기억은 반복될수록 길어지고 잔인해졌다.

지희는 관심을 화영에게로 돌렸다. 화영은 언제나처럼 무표정한 얼굴로 국어의 얼굴과 터치스크린을 번갈아 바라보고 있었다. 지희는 화영을 뚫어져라 노려봤지만 아무것도 나오지 않았다. 투명하지만 단단한 무언가가 화영의 정신을 둘러싸고 있는 듯했다. 그것이 무엇인지 곧 알 수 있었다. 그것은 의지였다. 화영은 무심한 게 아니었다. 필사적으로 자신을 보호하며 무표정을 위장하고 있었다. 학교에 있는 동안은 언제나.

수업이 끝났다. 지희는 허겁지겁 물건들을 챙겨 들고 자리에서 일어났다. 화영은 이미 복도로 나가 있었다. 교실에서 교문까지는 겨우 200미터. 이미 그 하얀 차는 화영을 기다리고 있을 것이다. 화영은 이제 계단을 내려가고 있었다. 150미터. 100미터. 저 애가 차에 오르기 전에 뭔가 해야 해. 학교의 카메라나 마이크가 감지할 수 없는 무언가를.

멈춰. 제발. 멈춰.

지희는 외쳤다. 소리를 내지 않고 마음속으로.

화영은 멈추어 섰다.

나를 돌아봐. 제발.

화영은 고개를 돌렸다.

3

"화영이 친구니?"

여자가 물었다.

지희는 고개를 끄덕였다. 화영이 어머니시냐는 따위의 무의미한 질문은 하지 않았다. 두 사람이 가족 관계가 아니라는 건 마음을 읽지 않아도 알 수 있었다.

지희 옆에는 너무 말라 철사 옷걸이처럼 보이는 소년이 앉아 있었다. 여자의 아들이었다. 콜라 캔처럼 생긴 금속 원통이 달린 투명한 산소마스크를 썼고 바짝 깎은 머리 위로 듬성듬성 새 머리칼이 자라고 있었다. 지희가 차에 타자 소년은 호기심이 당긴 듯 잠시 얼굴을 바라보았지만, 차가 움직이자 멀미가 나는지 다시 창밖으로 시선을 돌렸다.

지희는 차를 운전하는 여자와 조수석에 앉은 화영의 뒤통수를 바라보며 라디오에서 무작위로 흘러나오는 뉴스를 건성으로 들었다. 바그다드 핵폭발 희생자를 위한 위령제 소식, 은폐될 뻔했던 르완다 난민 학살 사건, 벨기에 국왕 암살 미수 사건의 범인은 여전히 행방불명, 베이징에는 괴질이 돌았고, 남한에서는 뇌물 수수 혐의로 체포된 대통령의 조카 때문에 청와대 대변인이 성명을 발표했고, 북한에서는 어제 있었던 평의회 선거 조작 의혹 때문에 시위대가 들고일어났고…….

지희는 희미한 미소를 지었다. 북한 이야기가 흘러나오는 순간, 지금까지 흠 없이 완벽하던 화영의 마음의 벽이 살짝 깨졌던 것이다. 넌 저기서 왔구나. 구 년 전 폭탄이 터졌을 때, 넌 어디에 있었니.

다가교를 건너 충경로를 따라 달리던 차는 전북대 근처의 오피스텔 앞에서 멈추었다. 주차 장치에 올라탄 차가 차고 안으로 들어가자 네 사람은 2층으로 향했다. 아이는 문이 열려 있는 작은 방에 달려가 침대에 눕더니 텔레비전을 켰다. 엄마는 침대 옆 서랍장에서 약과 주사기를 꺼내 침대 위에 올려놓고는 문을 닫았다.

"무슨 병이니?"

지희가 물었다.

"세틀러 병. 지금은 많이 나았어."

"불치병이잖아. 네가 저 아이를 살리는 거야?"

"정수는 정수 엄마가 살리지. 치유력이 있거든."

"그럼 너는?"

"그냥 에너지만 대 줄 뿐이야. 그게 내 능력이야."

"그게 전부야? 에너지를 대 주는 것?"

"응."

"연규가 이반을 죽일 때도 에너지만 대 주었니?"

"내가 어쩔 수 있는 게 아니야. 주고 싶은 사람한테만 골라서 힘을 줄 수 있는 게 아니라고."

"그래도 사람이 죽었잖아. 연규는 사람을 더 죽일지도 몰라. 재미가 붙었거든. 정말 그런다고 해도 누가 말리겠어."

"내가 떠나면 돼."

"그걸로 끝이야?"

"그래. 그럼 그 애의 능력도 이전처럼 흐려져. 하지만 넌 정말 내가 떠나기를 바라니?"

지희는 멈칫했다. 화영이 떠나기를 바라지 않았다. 막 생긴 능력을 다시 잃고 이전의 나로 돌아가고 싶지 않았다. 능력을 보존하고, 쓰고, 과시하고 싶었다. 이 능력을 통해 무언가가 되고 싶었다.

평범하고 평범한 내가 아닌 무언가가.

"북한에서 왔니?"

지희는 어색하게 말을 돌렸다. 화영은 고개를 끄덕였다.

"폭발을 봤어?"

"응."

잠시 마음의 벽이 열리고 화영의 기억이 흘러들어 왔다. 지희는 소름이 쫙 끼쳤다. 그것은 폭발을 보는 수준이 아니었다. 방사능 폭풍 안에서 온몸이 타들어 가는 경험이었다. 일 초도 안 되는 짧은 순간이었지만, 지희는 숨이 막히고 전신이 터져 나갈 것 같았다.

"어떻게 살아남았어?"

지희는 간신히 물었다.

"어떤 간호사가 살려 줬어. 치유력이 있었거든. 민주, 그러니까 정수 엄마처럼. 폭발 때 내 능력이 생겼던 것 같아. 남의 능력을 깨우고 힘을 대 주는. 결국 그 간호사를 통해 나를 고친 셈이지. 지금은 괜찮아. 흉터 하나 없어. 어깨에 남았던 것도 정수 엄마가 없애 줬어."

"정수 엄마는 어떻게 만났는데?"

"나를 몇 년째 찾고 있었거든. 정수 때문에."

"네가 그런 능력이 있다는 건 어떻게 알고?"

"중국 국경을 넘었을 때 어떤 목사 아저씨를 만났어. 방주 교회라고 알아?"

"최명섭 목사에게 힘을 준 게 너였어?"

"삼 년 동안. 그 아저씨는 치유자로서는 시원찮았어. 대신 사람들을 잘 조종했어. 겉으로 보기엔 이거나 그거나 마찬가지였지만. 정수 엄마는 카이스트 교수였는데, 초심리학도 연구했어. 정수가 아프기 시작한 뒤로는 더 집중적으로. 세틀러 병은 현대 의학으로 고칠 수가 없으니까. 그러다가 나를 알게 됐어. 그리고 그때 목사 아저씨가 죽었거든. 심근 경색으로. 내가 옆에 있었지만 별수 없었어. 말했잖아. 치유자로서는 별로였다고. 어쨌든 이제 정수도 많이 나았으니까 더 이상 같이 있을 필요는 없어. 정수 치료가 끝나고 남은 일들을 마무리하면 해외로 갈 거야. 정수 엄마가 거기까지는 도와준다고 했어."

"하지만 앞으로 어떻게 할 건데? 넌 어딜 가도 여기서처럼 문제를 일으킬 거야. 연규 같은 애들은 어디든지 있을 테니까. 힘을 억누르거나 제어하려고 안 해 봤니?"

"왜 내가 안 했을 거라고 생각하니? 나라고 사기꾼 목사 공범자가 되고 싶어서 된 줄 아니? 난 사람 없는 곳으로 갈 거야. 아마존 밀림이나 툰드라 같은. 거기서 내 힘을 통제할 수 있을 때까지 나오지 않을 거야."

거짓말이야. 지희는 생각했다. 방화벽 때문에 정확한 생각을 읽을 수는 없지만, 지희는 화영의 선언이 거짓말이라는 것 정도는 알았다. 화영 역시 연규나 지희만큼이나 자신의 힘을 사랑했다. 하지만 그 힘은 옆에 누군가 있을 때나 의미가 있는 것이었다. 사람 없는 곳에서 그런 힘을 통제하는 방법을 익히겠다고? 그건 허술하기 짝이 없는 거짓말이었다.

"내가 도와줄게."

지희가 말했다.

응?

지희는 처음으로 화영이 희미하게나마 당황하는 모습을 드러내는 걸 보고 만족했다. 지희는 소파에 앉아 있는 화영의 얼굴 위로 상체를 숙인 뒤, 또박또박 말했다.

"네가 지금 무슨 꿍꿍이속인지 몰라도, 내가 도와주겠다니까."

4

그 남자들이 경찰이 아니라는 건 마음을 읽지 않아도 알 수 있었다. 척 봐도 전주 경찰청 사람들과 전혀 섞이지 않았고, 자기네들은 경찰 따위가 아니라는 티를 노골적으로 내고 있었다. 마음을 읽어 보니 의식적인 과시였다. 지금 학교 안으로 들어오는 남자들은 속전속결을 원했다. 구차하게 경찰인 척할 이유가 없었다.

더 자세히 확인할 수도 있었지만, 지희는 조용히 안테나를 내렸다. 지희는 자신의 정체가 발각되길 바라지 않았다. 남자들을 스캔

하는 동안 최소한 한 명이 자신과 같은 능력을 갖고 있음이 느껴졌기 때문이다. 그쪽도 지희의 감각을 느꼈는지, 반짝하는 느낌과 함께 감각 신호가 끊겼다.

올라간다.

지희는 머릿속으로 속삭였다. 의미를 생각하지 않으려고 노력하며 단어만을 던졌다. 화영은 이런 식의 메시지 전달이 더 엿듣기 어렵다고 알려 주었다.

지희는 허겁지겁 자리에 앉았다. 남자 두 명이 담임과 함께 교실로 들어왔다. 그들 중 키가 작고 턱이 나온 남자가 교탁을 탁탁 두드리며 외쳤다.

"서화영 학생?"

어리둥절해진 아이들은 화영의 자리를 향해 고개를 돌렸다. 자리는 텅 비어 있었다. 그들은 몇 초 전까지만 해도 당연히 화영이 있을 거라 생각하고 있었다. 그럴 수밖에 없는 것이 지희가 몇 초 간격으로 계속해서 자기 자리에 앉아 예습 중인 화영의 이미지를 아이들의 머릿속에 불어넣고 있었기 때문이다. 무의식적으로 서로의 마음을 도청해 시험 성적을 올렸던 때처럼, 아이들은 지희가 조작한 화영의 이미지를 집어삼켰다. 그리고 남자들 역시 그 이미지를 훔쳐 읽고 여기까지 온 것이다.

그들은 속았다고 알아차렸지만 당황하지 않았다. 대신 관자놀이에 손가락을 대고 서로와 연락을 취했다. 희미한 정보의 조각들이 사방으로 흩어졌다. 어느 것도 온전하지 않았다. 도청을 걱정하는 건 지희만이 아니었다.

남자들이 교실을 떠났다. 담임은 어처구니없다는 듯 속으로 욕을 했다. 그 와중에 자리를 비운 사람이 화영 말고도 있다는 걸 눈치챈 사람은 아무도 없었다.

무언가 묵직한 것이 휙 미끄러지며 넘어지는 소리가 났다. 지희는 터치스크린에 시선을 박고 있었지만, 2학년 A반 아이들의 눈을 통해 남자들 중 한 명이 우스꽝스러운 자세로 넘어져 있는 꼴을 보았다. 신경질적인 웃음소리가 복도를 채웠다. 남자 둘이 짜증을 냈고, 그 순간 정신이 흔들리며 정보가 흘러넘쳐 나왔다. 지희는 주차장에 있는 두 대의 검은색 밴을 훔쳐보았다. 화영의 표적은 뒤차였다.

지희는 우쭐했다. 저 남자들은 6월부터 훈련을 해 왔지만, 지희는 지난 나흘 동안 그들의 훈련 내용을 따라잡은 지 오래였다. 지희에게 그 나흘은 보통 나흘이 아니었다. 지금까지 구 년 동안 수많은 정신감응자들이 화영에게 제공했던 직접 경험들을 있는 대로 흡수했다. 그중 가장 쓸모 있었던 것은 사기꾼 목사 최명섭의 것이었다. 화영을 거치면서 살짝 흐릿해지긴 했지만, 화영의 냉소적인 관점 덕분에 오히려 더 선명하게 보이는 부분도 있었다.

다시 요란한 소리가 났다. 이번엔 은밀한 방해가 아니었다. 남자 한 명이 2층 창문을 뚫고 운동장으로 떨어졌다. 아까와는 달리 대비하고 있었는지, 남자는 어색하지만 안전한 자세로 착지했다. 몇몇 아이들이 영문도 모르는 채 박수를 쳤다. 밴에서 네 명의 남자들이 더 튀어나왔다. 그들은 손가락으로 옥상을 가리키며 소리를 질렀다.

연규가 거기 있었다.

지난 며칠 동안 지희와 화영은 연규를 끌어들이려고 노력했다. 하지만 그들의 접근은 연규를 화나고 겁먹게 할 뿐이었다. 이반의 죽음 이후, 연규는 안전핀이 느슨해진 폭탄과 같았다. 조금만 더 건드렸다간 무슨 짓을 저지를지도 몰랐다. 차라리 그 불안한 상태를 이용하는 게 나았다.

지희와 화영이 특별히 엄청난 계략을 짰던 건 아니다. 그냥 오늘 아침, 그 남자들이 온다고 알려 주었을 뿐이다. 지희와 화영은 주말에 전주 시내를 싸돌아다니며 그들에 대해 알아냈다. 옛 성모병원 건물에 있는 비밀 아지트에서 오 개월 동안 납세자들의 돈을 펑펑 써 가며 훈련시킨 초능력자 부대. 그들이 누구를 노리고 오는지는 가르쳐 주지 않았다. 지희가 연규에게 불어넣은 몇몇 이미지만으로도 안전핀을 뽑기엔 충분했다.

또 다른 남자가 창문을 뚫고 운동장으로 튕겨 나갔다. 그는 동료만큼 운이 좋지 못했다. 제대로 일어나지 못하는 폼이 무릎을 심하게 다친 모양이었다. 엉금엉금 밴을 향해 기어가던 그는 갑자기 파이프가 울리는 듯한 이상한 소리를 내며 다시 고꾸라졌다. 이번에는 다시 일어나지 못했다.

연규가 죽인 것이다.

비명 소리가 학급과 학급 사이를 물결처럼 통과했다. 그와 함께 창문들이 깨지고 커튼이 찢어지고 숨어 있던 귀신들이 튀어나왔다. 성적 때문에, 따돌림 때문에, 가족 문제 때문에 옥상에서 뛰어내리고 목을 매고 화학 실험실의 독극물을 먹은 운 없는 아이들. 그중 몇 명은 오로지 학교 전설 속에서만 존재했을 뿐이었는데.

옥상에서 두 발의 총소리가 났다. 그에 대답이라도 하듯이 학교는 저음의 요란한 고함을 질렀다. 건물 전체가 거대한 콘크리트 성대였다.

자리에서 일어난 지희는 난장판이 된 복도를 가로질러 계단으로 내려갔다. 1층 현관에서 화영이 기다리고 있었다. 남자들이 학교로 들어올 때도 화영은 거기에 쪼그리고 앉아 있었다. 지희가 만들어 낸 이미지가 너무 강해서 눈앞의 원본을 못 보고 지나쳤던 것이다.

지희와 화영은 두 번째 밴으로 달려갔다. 차 문이 팅겨져 나가듯 열렸다. 남자 둘이 인형처럼 텅 빈 얼굴로 허공을 응시하고 있었다. 모두 순수한 염동력자였다. 이런 상황에서는 반드시 정신감응자를 한 명 남겨 놓아야 한다는 걸 남자들은 아직 모르고 있었다. 하긴 그들에게 오늘은 첫 번째 실전이었다. 경험 없는 이론이 대부분 그렇듯 그들의 작전은 구멍투성이였다.

차 안에는 백설 공주의 유리 관처럼 생긴 상자가 고정되어 있었다. 유리 관 안에는 화영을 닮았지만 훨씬 작고 여려 보이는 소녀가 결박되어 있었다. 활짝 뜨인 아이의 눈은 화영을 보자 기쁨과 흥분으로 반짝였다. 화영의 동생 희영이었다. 화영과 같이 폭발을 겪고 화영 옆에서 같은 능력에 눈을 떴던. 오 개월 전, 정부는 저 잘나 빠진 초능력 부대의 배터리로 이용하기 위해 희영을 납치했다. 화영은 삼 개월 동안 동생을 찾기 위해 정수 엄마와 함께 남한 땅을 떠돌았고, 동생의 위치를 확인하자 지희의 학교에 전입했다. 정부가 자기를 발견해 동생이 있는 곳으로 데려가길 기다리며.

화영이 유리 관을 열고 동생을 꺼내는 동안, 지희의 통제를 받는 운전사는 밴의 시동을 걸었다. 차는 덜컹거리며 운동장을 빠져나왔다. 첫 번째 밴은 여전히 운동장에 주차된 채 움직이지 않았다. 하지만 언제까지 안심할 수는 없었다. 저쪽 운전사가 보고 있는 환영은 언제든지 사라질 수 있었다.

"할렐루야!"

지희가 외쳤다. 단 하루도 기독교 신자였던 적은 없지만, 지금 지희가 사용하는 도구 대부분은 기독교와 연결되어 있었다. 손잡이와 방아쇠 구실을 하는 찬송가 조각과 성서 구절들이 지희의 뇌 이곳저곳에 박혀 있었다. 모두 고 최명섭 목사의 유산이었다.

경고 신호가 들어왔다. 경찰 모노휠 두 대가 밴 양쪽에서 나란히 질주하고 있었다. 지희는 염동력자의 힘을 빌려서 왼쪽 모노휠의

자이로스코프*를 끊어 버렸고, 오른쪽 경찰관이 들고 있는 스토퍼를 손에서 빼앗아 날려 버렸다. 살아남은 오른쪽 모노휠이 접근해 왔다. 해결책은 역시 자이로스코프를 부수는 것이었다.

다가교를 건널 무렵, 뒷거울에 첫 번째 밴이 들어왔다. 그들은 미사일형 스토퍼로 무장하고 있었다. 지희는 첫 번째 스토퍼를 튕겨 냈지만, 쫓아오는 밴의 정신감응자가 끼어드는지 점점 옆에 앉은 염동력자가 반항하기 시작했다. 두 번째 스토퍼는 아슬아슬하게 차 옆을 스치고 지나갔다. 지희는 화영과 함께 서둘러 뒷문을 열고 염동력자를 유리 관에 태워 밖으로 던져 버렸다. 쫓아오던 밴은 방해물을 피해 급회전했고, 그와 동시에 발사된 세 번째 스토퍼는 옆을 지나가던 119번 노면 전차에 맞았다.

중앙 시장 옆을 지나칠 무렵, 지희는 운전사의 시각을 천천히 빼앗았다. 운전사는 급히 안전장치를 당겼고 자동차는 인공 지능의 도움으로 길가에 정차했다. 운전사가 고함을 질러 대며 날뛰는 동안, 화영 자매는 차에서 뛰어내려 시장 안쪽으로 달려갔다. 맞은편에서 정수 엄마가 그들을 기다리고 있었다.

지희는 차 옆의 벤치에 앉아 행인들의 호기심 어린 시선을 무시하며 마지막 힘을 모았다. 그 뒤 몇 분간은 환영의 잔치였다. 죽은

● 위아래가 대칭인 팽이를 이중 또는 삼중으로 고리를 이용해 지지해서 어느 방향이든 회전할 수 있도록 만든 장치. 비행기나 우주선의 자세 제어 등에 이용된다.

자들이 땅속에서 기어 나왔고, 하늘에서는 비행접시와 익룡들이
날아다녔다. 버스만 한 크기의 핑크 공룡이 대로를 점거하고 울부
짖었고, 사방에서는 핏물 분수가 터져 나왔다.

앞으로 한동안 이런 구경은 할 수 없겠지.

지희는 생각했다.

5

"그년 때문에 몇 명이나 죽었는지 아냐? 네 명이다. 사기꾼 목
사, 혼혈아, 그 연규라는 녀석, 그리고 우리 요원."

안경 쓴 남자가 호랑이처럼 으르렁거렸다. 안경의 프롬프트 라
인이 꺼져 있는 걸 보아, 남이 적어 준 대사는 아닌 모양이었다.

"너 때문에 병원에 실려 간 네 명은 어떻고. 모노휠에서 튕겨 나
간 경찰관 한 명은 척추가 나갔어. 몇 년 전 같았다면 반신불수가
됐을 거다."

지희는 어깨를 으쓱했다. 유치하기 짝이 없는 제스처라는 건 알
지만 다른 대답이 떠오르지 않았다.

"다시 한 번 묻겠다. 서화영은 지금 어디 있지?"

"제가 어떻게 알겠어요? 그런 걸 저에게 알려 주었을 거라 생각
하세요? 의심나면 부하분들 시켜서 저를 한번 읽어 보시든가요."

남자는 욕을 씹으면서 방을 나갔다. 방음 유리문 너머로 그가 정신감응자로 보이는 젊은 남자와 떠드는 게 보였다. 더 이상 마음을 읽을 수는 없지만 저 사람 역시 오래전에 능력을 잃어버린 게 분명했다. 자매는 전주를 떠났다. 아니, 나라를 떴는지도 모르지.

남자가 다시 방으로 들어왔다. 아까보다는 조금 진정이 된 모양이었다. 그는 의자에 앉아 한동안 지희를 빤히 쳐다보다가 갑자기 물었다.

"21세기에 핵폭탄이 몇 개 터졌는지 아니?"

"다섯 개요."

"맞아, 다섯 개다. 냉전 시대 사람들은 소련과 미국의 핵전쟁 때문에 지구가 망할지도 모른다고 생각했지만 그런 일은 안 일어났어. 핵폭탄은 냉전이 끝나고 나서야 터졌다. 왜? 이제 핵폭탄은 낙제한 대학원생도 멋대로 만들 수 있는 장난감이기 때문이야. 냉전이 끝나자 그것들이 이슬람 근본주의자들, 기독교 광신자들, 인종차별주의자들, 기타 등등 미치광이들 손에 들어간 거다. 지금까지 핵폭탄을 터뜨린 자들 중 어딘가의 정부는 하나도 없었어. 아무리 정신 나간 정부도 그 정도로 미치지는 않는단 말이다."

"그럼 평양 핵폭탄은요? 그것도 정말 저번 정권과 아무런 관계가 없어요?"

남자는 어이가 없다는 듯 신음을 뱉었다.

"아마, 그 애는 널 잘 대해 줬겠지."

그는 잠시 말을 멈췄다가 다시 입을 열었다.

"너에게만 특별한 능력이 있다고 꼬였을 거야. 하지만 네가 가진 건 대단한 능력이 아니야. 모든 사람들에게 그 정도 능력은 있고, 심지어 고양이나 개 같은 동물들에게도 있어. 특별한 건 서화영 같은 아이들이다. 그 앤 널 이용했을 뿐이야. 요 며칠 사이에 죽어 간 사람들과 너는 하나도 다른 게 없어. 그 애들이 불쌍해 보였을 수는 있겠지. 하지만 그 아이들은 걸어 다니는 핵폭탄이나 다름없어. 서화영의 동생만 해도 지난 오 개월 동안 힘이 25퍼센트가 자랐다. 얼마나 더 발전할지 아무도 몰라. 그런 아이들이 사회에 불만을 품은 불순분자들 사이를 돌아다닌단 말이다. 당연히 국가 기관이 나서서 막아야 해. 다시 한 번 묻겠다. 서화영은 어디에 있지?"

지희는 다시 어깨를 으쓱했다. 남자는 포기하고 방 밖으로 나갔다. 이번에는 돌아오지 않았다.

지희는 걱정하지 않았다. 저들은 지희가 아무것도 모른다는 사실을 알고 있었다. 그렇다고 지희를 소년원이나 감옥에 넣을 수 있는 것도 아니었다. 학교와 전주 시내에서 벌어진 일들은 더 이상 은폐할 수 없었다. 전주 시민의 절반 이상이 지희의 마술 쇼를 보았다. 게다가 정수 엄마는 아이가 낫는 즉시 초능력자 부대에 대한 정보를 인터넷에 터뜨릴 예정이었다. 이제 사람들은 자신들이 이전과는 전혀 다른 세계를 살고 있다는 걸 알게 될 것이다.

아마 저 아저씨의 말이 맞을지도 몰라. 지희는 생각했다. 언젠가 누군가가 핵폭탄을 터뜨릴지도 모르지. 하지만 저들이 나선다고 과연 다가오는 종말을 막을 수 있을까. 지희는 저들의 자신감과 희망이 유치해서 견딜 수 없었다.

지희는 눈을 감았다. 이제 정신은 평온했고 깨끗했다. 더 이상 외부와 지희를 잇는 통로는 존재하지 않았다. 오로지 암흑과 희미한 소음만이 존재했다. 지희는 그 안에서 남은 힘을 최대한 짜내어 임의의 한 점에 집중했다.

뭔가 들리는 것 같기도 했다.

LK 실험
고등학교
살인 사건

1

트렌치코트를 입은 작고 파리한 여자가 유리 대기실 안에서 김유빈을 기다리고 있었다. 그를 태우고 왔던 수직 이착륙기가 다시 서울을 향해 날아갔다. 김유빈이 여행 가방을 끌고 걸음을 옮기자, 여자는 느릿느릿 대기실 안에서 나와 손을 내밀었다.

"안녕하세요. LK 실험 고등학교의 한은상입니다. 김유빈 선생님이시죠?"

여자는 최대한 예의를 지키려 하고 있었지만 피곤해 보였다.

두 사람은 선착장을 향해 걸었다. 선착장 끝에는 LK 그룹의 로

고가 붙어 있는 6인승 위그선*이 그들을 기다리고 있었다. 두 사람이 오르자마자 위그선은 선착장을 떠나 수면 위로 날아올랐다. 이미 날은 어두웠고 목적지인 의천도는 보이지 않았다.

"배터리시군요?"

나란히 앉아서 김유빈의 옆얼굴을 잠시 응시하던 한은상이 물었다.

"네, 그게 제 유일한 재능이지요."

"배터리치고는 나이가 많으시네요. 전주 출신이신가요?"

"아뇨, 서울 토박이입니다. 접촉이 일렀지요. 서화영이 최명섭 목사 밑에서 일하던 때였습니다. 뇌종양을 앓고 있었는데, 부모님이 집회에 데려갔지요. 병이 낫거나 하는 일은 없었습니다. 하지만 그때부터 대단치 않은 배터리 능력이 생겼습니다. 별 쓸모는 없습니다만. 부수 능력이 더 도움이 되지요. 독심술사들이 제 속을 읽지 못하게 막을 수 있으니까요. 위쪽에서도 그걸 좋게 봤습니다. 비밀을 유지하는 게 무엇보다 중요하거든요."

"뇌종양은요?"

"나중에 수술로 고쳤습니다. 능력에 별 영향은 주지 않더군요."

심드렁한 침묵이 흘렀다. 김유빈은 태블릿을 꺼내 사건 자료를

---

* 수면 위를 2~3미터 정도 떠서 고속으로 날아가는 배. 대기 중을 비행할 때 지면 또는 수면과 가까울수록 비행 효율이 향상된다는 표면 효과를 이용한다.

다시 한 번 검토하려고 했지만 흔들리는 위그선 안에서는 집중하기 어려웠다.

"의사십니까?"

이번엔 어색함을 견디지 못한 그가 물었다.

"의사이고 치유사입니다. 요새는 어느 게 더 중요한지 모르겠어요. LK 병원에서 연구원으로 일하다가 여기로 왔지요. 지금 제 역할은 보건 교사 비슷해요."

"최강후의 시체를 처음 발견하셨습니까?"

"민중이를 뺀다면요."

김유빈은 머릿속으로 사건 현장을 그려 보았다. 체육관 건물 한가운데에 머리가 깨진 채 쓰러져 있는 남자아이의 시체. 그리고 그 옆에 서 있는 둔한 얼굴의 아이.

불가능 범죄. 고립된 섬. 옛날 일본 추리 소설 같군.

"저기예요."

한은상이 손가락으로 조종사의 어깨 너머를 가리켰다. 절벽에 하얀 건물을 얹은 섬이 눈에 들어왔다. 삼 년 전까지 LK 그룹의 직원 수련원으로 쓰였지만 지금은 기숙 학교인 곳이다.

위그선이 가까워지자 건물 모양이 좀 더 뚜렷해졌다. 앵무조개 모양의 호박색 지붕, 건물을 둘러싼 하얀 담, 해변으로 이어지는 콘크리트 계단. 담은 낙서와 그을린 자국으로 지저분했다.

"말씀의 교회 사람들 짓이에요."

한은상이 설명했다.

"일주일 전에 배를 타고 몰려왔지요. 장난이 아니었어요. 결국 경찰을 불러야 했거든요. 그 사람들은 여기를 호그와트 정도로 알고 있어요."

"호그와트 맞잖습니까, 마법 학교. 게다가 다른 이유도 있었지요?"

"네, 그 교회에 다니는 신자 한 명이 학교가 자기 아들을 동성애자로 만들었다며 고소했어요."

"정말입니까?"

"뭐가요?"

"그 아이가 정말 동성애자가 되었느냐는 말입니다."

"지금은 부모가 기대했던 것만큼 이성애자는 아니겠죠. 하여간 그 애는 더 이상 우리 학교 학생이 아닙니다. 보름 전에 아버지가 끌고 나갔어요. 우리 학교엔 종교를 가진 집안 출신 학생이 열 명 정도 되지만 그런 소동은 처음이었어요."

위그선이 선착장에 도착했다. 벌써 자정이었다. 한은상은 김유빈을 학교 건물에서 100미터 정도 떨어져 있는 교사용 기숙사로 데려갔다. 계단 바로 옆에 붙어 있는 2층 201호가 그의 방이었다. 깨끗하게 청소된 작은 원룸이었다. 안내를 끝낸 한은상은 들릴 듯 말 듯 작은 목소리로 인사를 하고 사라져 버렸다.

샤워를 마친 김유빈은 태블릿을 꺼내 자료를 검토했다. 이 년 전에 세워진 LK 실험 고등학교는 LK 그룹과 과학부의 공동 프로젝트였다. 정신감응력이 뛰어난 아이들 80명을 모아 섬에 가두고 새로운 교육법을 실험한다. 졸업할 때까지 신입생을 받지 않았기 때문에 지금은 모두가 2학년이었다.

현재 남아 있는 학생은 83명이었다. 죽은 아이와 끌려 나간 아이를 제외한 일반 학생 78명. 그리고 특기생 다섯 명. 여기서 특기생은 모두 배터리를 가리켰다. 같은 또래의 정신감응자들에게 에너지를 먹이기 위해 다섯 명의 아이를 따로 받았던 것이다.

그리고 시체를 처음 발견했다고 주장하는 이민중은 그 다섯 명 중 하나였다.

2

체육관 바닥의 핏자국은 이미 지워지고 없었다. 사람들이 여기에 모여 있는 건 특별한 무언가가 있기 때문이 아니라, 일단 시작할 지점이 필요했기 때문이다.

"상식적으로 생각해 보면 일반 학생들과 교사들은 모두 용의자가 될 수 없습니다."

경기 지방 경찰청에서 온 양정국 형사는 옆에 선 교장과 한은상에게 인사라도 하는 양 고개를 까딱하고는 김유빈에게 말했다.

"전원이 저를 포함한 네 명의 경찰청 독심술사들 앞에서 검사를
받았으니까요. 그것만으로 모자라 서로가 직접 확인도 했답니다.
이런 상황에서 거짓말을 유지하기는 쉽지 않습니다. 남은 건 배터
리 다섯 명뿐입니다."

"다섯 명 모두 독심술사에게 마음을 열지 않고 있다고요?"

김유빈이 물었다.

"네, 하지만 그중 네 명은 알리바이가 있습니다. 남은 건 이민중
뿐입니다. 그 아이는 점심시간 때 체육관 근처를 지나가다 이상한
소리가 들려서 안에 들어가 봤더니 최강후가 죽어 있었다고 했습
니다. 이 증언은 증명도 반박도 할 수 없습니다. CCTV가 아침부
터 고장 나 있었습니다."

"이민중이 건드렸을 가능성이 있을까요?"

"그랬을 가능성은 적습니다. 이민중은 기계에 대해 아는 게 별
로 없습니다. 기계를 조작할 기회도 없었고요. 아이에게 명확한 알
리바이는 없지만 나머지 시간 동안의 행적에 대한 정보는 많습니
다. 배터리니까요."

양 형사는 어깨를 으쓱하며 말을 이었다.

"문제는 이겁니다. 피해자는 체육관 바닥 한가운데에 머리를 박
고 죽었습니다. 하지만 주변을 보시죠. 관객석을 제외하면 이곳은
그냥 원통형의 상자입니다. 계단을 타고 조명실로 올라간다 해도
추락 지점까지 몸을 던져 뛰어내릴 방법이 없습니다. 염동력이 개

입될 수밖에 없습니다. 그렇다면 가장 먼저 용의자 명단에서 제외해야 할 사람은 고유의 능력이 없는 배터리들입니다. 기가 막히지 않습니까? 독심술사들은 범인이 배터리일 수밖에 없다고 말하는데, 단서는 배터리가 범인이 아니라고 말합니다.”

“모든 게 그렇게 칼로 자르듯이 명확하지는 않겠지요. 일단 이 섬에는 염동력자가 없지 않습니까?”

“다들 약간의 염동력은 있을 겁니다.”

“하지만 얼마나 될까요? 이곳은 정신감응자 전문 학교입니다. 힘이 있어 봐야 동전 같은 작은 물건을 움직이는 정도겠지요. 그런 힘을 합쳐 봤자 뭘 할 수 있겠습니까.”

“어차피 다들 검사를 받았으니 결백하다고 봐야지요.”

“그 검사가 얼마나 정확할까요. 학생들이나 교사들 중 경찰청 독심술사를 속일 만한 정신통제 능력자가 단 한 명도 없는 것이 확실합니까?”

“그런 능력을 가졌다면 염동력자일 리가 없지 않습니까.”

김유빈은 반박하지 않았다. 옳고 그름을 떠나 이건 그냥 탁상공론이었다.

그들은 모두 체육관에서 나왔다. 김유빈은 복도에서 교복 입은 학생들과 마주쳤다. 몇 명은 그가 배터리라는 사실을 알아차렸다. 대부분 예절 바르게 그를 무시했지만 몇몇은 옆을 지나가며 슬쩍 그의 힘을 건드렸다.

"얼마 전에 자퇴했다는 학생 말입니다. 그건 도대체 어떻게 된 겁니까?"

김유빈은 앞장서서 걷고 있는 교장과 한은상에게 물었다.

"최윤 말씀이군요. 그 학생은 이 사건과 아무 관계가 없습니다."

교장이 허겁지겁 멈추어 서서 대답했다.

"그래도 최근에 일어난 특별한 일이니 검토해 봐야 하지 않을까요?"

"한 선생이 뭐라고 말했는지는 몰라도, 둘은 사귀거나 그런 사이가 아니었습니다."

"교장 선생님!"

한은상이 고함을 버럭 지르자 기가 죽은 교장은 그 즉시 이전의 침묵으로 돌아갔다.

"그 일에 대해서는 제가 직접 말씀드리죠. 교장 선생님 말씀대로 둘은 사귀는 사이 같은 게 아니었습니다. 그런 것과는 전혀 상관없어요. 그보다도 복잡하지요. 이 학교에서의 일들이 다 그렇지만요. 지금 당장 듣고 싶으신가요?"

김유빈이 고개를 끄덕이자 한은상은 그에게 따라오라고 손짓했다. 그들은 양 형사와 교장을 남겨 두고 한은상의 진료실로 걸음을 옮겼다.

진료실 앞에는 키 큰 여학생 한 명이 군인처럼 똑바른 자세로 서서 기다리고 있었다. 눈에 금속성 광택이 나는 렌즈를 낀 소녀는 비슷한 색으로 머리를 염색해서 마치 로봇처럼 보였다. 한은상과 눈이 마주친 소녀는 고개를 까닥이더니 손 글씨가 빼곡하게 쓰인 종이 뭉치를 내밀었다.

"전에 말씀드렸던 학생 자체 조사서입니다."

소녀는 무덤덤한 목소리로 말하고는 다시 꾸벅 고개를 숙여 인사하고 복도 저편으로 사라졌다.

종이 뭉치를 받아 든 한은상은 문을 열고 진료실 안으로 들어갔다. 김유빈이 들어와 문을 닫자마자 그녀는 종이 뭉치를 책상 위에 집어 던지고 짜증 섞인 목소리로 외쳤다.

"바로 저 아이입니다! 율라 채요! 모든 사고의 원인이죠! 여기 온 것도 그냥 온 게 아닐걸요. 왜 교무실에 가져가야 할 조사서를 나한테 가져온 거죠? 아니, 난 또 왜 이걸 받았지?"

"문제 학생입니까?"

"우린 그런 단어를 쓰지 않습니다. 저 아이들 모두 우리가 해결해야 할 문제니까요. 단지 율라 채는 특히 까다로운 부류죠."

"저 아이가 최윤이나 최강후와 관계있습니까?"

"이 섬에서 저 아이와 관계없는 사람은 있을 수 없습니다."

진정되었는지 한은상은 이전의 덤덤한 어조로 돌아갔다.

"율라 채는 우리 학교 최고의 정신감응자입니다. 최고의 학생이기도 하고요. 아직까지 우린 저 애의 능력이 어느 정도인지도 잘 몰라요. 졸업할 때까지 알아낼 수 있을는지도 잘 모르겠고요. 여기 과학자들에겐 더 이상 좋은 연구 대상이 없죠."

"그런데요?"

"이 학교에서는 정신감응력이 있는 아이들에게 지식과 경험을 직접 전달하는 메커니즘을 연구합니다. 장기적으로 교사와 학교라는 비능률적인 중간 단계를 제거하는 것이 목표지요. 물론 이 과정 중 온갖 부작용이 있으리라고 예상했습니다. 전달되는 것은 교과서의 지식뿐만이 아니니까요. 율라의 경우도 예상은 했습니다. 단지 저흰 그게 여자애일 거라고는 상상을 못 했어요. 왜 그런 애들 있지 않나요? 반에서 온갖 음란물을 책임지고 조달하는 애 말입니다.

우리 학교 학생들 중 입학 전에 성 경험이 있는 아이는 여덟 명입니다. 가장 다양한 상대와 많은 경험을 한 건 율라고요. 그 상대들 중 몇 명은 교도소에 들어가야 마땅한 인간들입니다만. 하여간 율라는 마음만 먹으면 자신의 기억을 재생해서 주변 사람들과 공유할 수 있습니다. 아니, 그 정도가 아니에요. 저 아이는 학교에서 능력을 쌓으면서 그 재료를 가지고 원래 경험의 몇십 배는 되는 전혀 새로운 무언가를 만들어 냈어요. 이제는 더 이상 섹스와 비슷하지도 않은 추상적인 백일몽으로, 기억의 형태를 가진 마약입니다."

"최윤의 집에서 화를 낸 것도 그 때문입니까?"

"그 때문이기도 하지요. 사실 누구누구가 연애하는 것과는 전혀 상관없는 일이었어요."

"다른 집에서는요?"

"다른 애들은 최윤처럼 수다스럽게 엄마 아빠에게 이르지 않았으니까요."

한은상은 한숨을 내쉬었다.

"여기 애들은 다른 학교 애들과 달라요. 보통 아이들의 사고방식을 기대하시면 곤란합니다. 율라 채는 골칫거리지만 특별한 예외는 아니에요. 한 무리의 정신감응자 아이들을 섬에 가두어 놓으면 프라이버시 따위는 없어집니다. 성적 환상이나 취향 같은 것이 성별을 넘어 마구 뒤섞이지요. 게다가 여긴 여자가 남자보다 많아요. 6대 4 정도. 최윤네 집에서 아들을 게이로 만들었다고 화낸 것도 당연하죠."

"학교에서는 그에 대한 대안을 연구하지 않았고요?"

"여기서는 대안을 찾는 대신 그런 현상을 연구합니다. 어차피 배터리들이 늘어나면 전 세계에 퍼질 현상입니다. 그리고 아직까지는 괜찮습니다. 오히려 이 섬에서 실제 성행위는 일어나지 않아요. 부적절한 임신도 없고 깊이 사귀는 아이들도 없지요. 자기들이 만든 대체재가 원본보다 낫거든요."

"최윤과 최강후는 어떤 사이였습니까?"

"두 사건이 정말 연결되어 있다고 생각하세요?"

"모르겠습니다. 하지만 비슷한 시기에 한 아이가 떠나고 다른 아이가 죽었다면 연결성이 있는지 확인해 봐야 하지 않습니까?"

"친구 사이이긴 했어요. 성장 환경이 비슷하죠. 둘 다 돈깨나 있는 집안 출신이고요. 하지만 둘끼리만 어울린다거나 하는 일은 없었어요. 여기선 그러기가 좀 민망해요."

"정말 여기선 아무 비밀도 숨길 수 없는 겁니까?"

"그렇지는 않겠죠. 여기선 타인의 사생활보다 수업이 먼저이고 다들 거기에 열심이니까요. 아직 이 년도 지나지 않았지만, 이 학교 학생들은 평균 4개 국어를 유창하게 하고 세 가지 이상의 전공에 학부생 수준의 지식을 갖추고 있어요. 그 과정 중 우리도 배우고 있고요. 다른 아이들의 사생활은 대단한 관심사가 아니에요. 프라이버시의 벽이 없어졌지만 자체 에티켓이 형성되고 있어요. 샤워장에서 옆 사람의 몸을 훔쳐보지 않는 것과 비슷하죠. 물론 그렇다고 해도 언제든 예고 없이 개인적인 비밀이 노출될 수는 있어요. 특기생들의 컨디션이 좋으면 주변에서 별별 것들이 다 보이고 들려요. 다행이라면 다들 더 이상 그런 데에 별 관심이 없다는 거죠."

김유빈은 엉덩이를 걸치고 있던 창가에서 일어났다. 지금까지 기계적이었던 목소리에 살짝 생기가 돌았다.

"그럼 특기생들 이야기를 해 보죠. 그 아이들과 다른 학생들의 관계는 어땠습니까?"

"그럭저럭 잘 지냈어요. 하지만 다른 학생들과 친하지는 않았지요. 수업 시간이 끝나면 늘 끼리끼리 어울려 다녔고요. 아이들은 기숙사도 따로 쓰고 있어요. 섬 맞은편에 있는 창고를 개조한 건물이에요. 저녁만이라도 다른 학생들의 프라이버시를 보장해 주려고 그랬는데, 완벽한 해결책은 아니에요. 특기생들의 영향력 밖에 있어도 희미하게 능력이 남으니까요.”

“특기생들은 어떻게 교육을 받습니까?”

“정규 교육 시간에는 함께해요. 하지만 겉으로 드러난 대화만을 받아들이기 때문에 제대로 따라잡지 못합니다. 매일 따로 과외를 받아요. 그래도 일 년 가까이 연구한 끝에 우린 배터리들에게 지식을 주입하는 방법을 알아냈습니다. 최면술과 정신통제를 결합한 것이죠. 지금은 다른 아이들의 절반 수준입니다. 그래도 웬만한 대학생보다 낫지만요. 졸업할 때까지 다른 아이들의 70퍼센트 이상은 따라잡을 수 있을 거예요.”

“여전히 일방적이죠?”

“네, 우리의 생각을 전달할 수는 있지만 그 반대는 어렵죠. 특기생들은 과외 과정 중에 더 매섭게 마음의 문을 닫는 것 같아요.”

“그게 그렇게 이상한가요? 선생님 같으면 어떻겠습니까. 말이 특기생이지, 이 아이들의 역할은 오르간 주자가 연주하는 동안 파이프에 바람을 넣는 막노동꾼과 비슷합니다. 하인들이죠. 이런 상황에서 다른 사람들에게 마음을 연다면 그게 오히려 이상하지 않겠습니까?”

“죄송해요.”

“아니, 전 그냥 사실을 말하고 있을 뿐입니다. 게다가 여기엔 계급 문제도 있습니다. 어제 자료들을 검토해 봤는데, 특기생 부모의 평균 수입은 일반 학생들의 12퍼센트 수준에 불과하더군요.”

“쓸데없이 평균을 올려 준 애들이 있지요.”

“집안이 좋다는 최윤과 최강후도 그런 애들입니까?”

“네.”

“입학할 때 부모의 압력이 있었습니까?”

“테스트 점수가 더 나은 학생들도 있긴 했어요. 하지만 그건 그렇게 중요하지 않아요. 직접 가르쳐 보기 전에는 가능성을 완전히 알 수 없으니까요. 이 시기에 아이들의 능력은 유동적이지요. 입학 시험 성적이 더 나았던 학생들도 학교에 들어왔다면 어떻게 되었을지 몰라요.”

“어쨌든 특기생들과 일반 학생들의 관계는 편치 않았겠지요?”

“서로에게 적대적이지는 않아요. 한쪽이 없으면 작동할 수 없는 시스템이니까요. 상호 존중은 필수입니다. 하지만 벽은 분명히 존재해요. 특기생 아이들은 특히 그 벽을 강하게 느끼고 있겠지요. 그 아이들이 끼리끼리 다니는 건 당연한 일이에요. 우리가 할 수 있는 건 그런 행동을 인정해 주는 것뿐이죠. 특기생들이 정서적으로 불안하면 모두에게 손해거든요. 모두 남자애로 뽑은 것도 그 때문이었어요. 다섯 명이 또 편을 가르면 안 되니까요.”

“선생님도 그런 벽을 느끼십니까?”

한은상은 얼굴을 찌푸렸다.

"왜요?"

"이 섬에서 정신감응자가 아닌 사람은 특기생뿐이 아니니까요."

"글쎄요. 저에게 정신감응력이 아주 없는 건 아니에요. 치유력이라는 게 원래 잡다한 힘이 섞여 있으니까요. 저에게도 다른 사람들한테 따돌림당하지 않을 정도의 정신감응력은 있어요. 그리고 이런 집단 학습 과정 중엔 떠도는 힘이 누구 것인가는 그리 중요하지 않아요. 전 별로 손해 보는지 모르겠는데요. 오히려 잡동사니 능력이라 정신감응자가 못 읽는 것을 읽을 수도 있어요. 마음이 모르는 걸 몸이 알 때도 있으니까요.

왜요? 혹시 저를 의심하시나요? 하긴 알리바이가 별로인 것은 저도 마찬가지군요. CCTV와 컴퓨터를 조작할 수 있는 기회와 능력도 있고요. 증명해 줄 수 있는 유일한 사람은 이민중뿐. 하지만 한 가지를 잊고 계시네요. 제가 정말 그런 짓을 저질렀다면 밖에 있는 수많은 정신감응자들이 모를 리가 없지요."

3

"나도 배터리랍니다."

김유빈이 말했다.

"그러시군요."

이민중은 별 관심이 없어 보였다. 공감하는 척하며 이야기를 끌어내려는 작전은 시작도 하기 전에 물거품이 되어 버렸다.

"경찰 독심술사들에게 마음을 여는 걸 거부했다면서요?"

"긴장해서 잘 되지도 않았어요."

"열려고 노력은 했나요?"

아이는 고개를 저었다.

"하긴 열지 않아도 상관없어요. 학생의 권리니까요. 하지만 학생의 주장이 맞다면 마음을 열려고 노력하는 게 낫지 않을까?"

"정신감응자들은 믿을 수가 없어요."

"왜요?"

"제 생각을 마구 바꿀 수도 있으니까요."

"이해해요. 하지만 학생은 단순한 용의자가 아니에요. 중요한 증인이기도 하지. 경찰에서는 이 사건에 염력이 개입되었다고 생각하고 있어요. 하지만 염동력자 혼자 할 수 있었을까? 배터리가 필요했겠죠. 그리고 당시 상황을 종합해 보면 범인에게 그 정도 에너지를 줄 수 있었던 배터리는 학생밖에 없어요."

"이 섬엔 염동력자가 없어요."

"그래도 만약에 체육관 안에서 염동력이 쓰였다면 눈치챘을 텐데? 우린 자기 힘을 통제하지 못하지만 누군가 우리 힘을 쓸 때는 아니까."

잠시 침묵이 흘렀다.

"그런 기적은 없었던 거 같아요."

거짓말하고 있구나. 김유빈은 생각했다. 진실을 확인하기 위해 독심술을 쓸 필요도 없었다. 아이는 당황하고 있었다.

"죽은 학생과 친구였나요?"

김유빈은 화제를 바꾸었다.

"아뇨."

"그렇다면 사이가 나빠……."

"아무런 사이도 아니었어요. 우린 일반 학생들과 안 놀고 걔네들도 우리랑 안 놀아요."

"그렇다고 들었어요. 하지만 서로 말도 안 하는 사이는 아니었을 텐데? 예를 들어 율라 채는 어때요?"

아이의 얼굴이 갑자기 새빨개졌다.

"학생도 율라 채가 만든 그 뭐라든가를 받았나요?"

"모두가요……. 그러니까 특기생 모두가요."

"하지만 그걸 받으려면 마음을 열어야 하지 않나? 그 학생의 능력은 좀 특별하다고 하더군요. 다시 말해 최면 학습 때보다 속마음이 노출될 가능성이 높다는 말이고, 그건 그 학생을 믿었다는 뜻일 텐데?"

"그런 게 아니에요."

"뭐가 아니죠?"

"율라를 믿었던 게 아니라고요. 율라를 믿는 사람은 아무도 없어요. 율라는 자기밖에 모르는 애예요. 누구 편도 들지 않는다고요. 그러니까 뭘 하든 문제가 없는 거죠. 아시겠어요?"

"알 것 같아요. 하지만 율라도 특기생들 마음을 읽을 수는 없으니 학생이 꽤 유리한 입장 아니었나요?"

"율라에게 유리해서 뭐가 생기나요?"

그림이 그려졌다. 율라 채와 특기생들은 거래를 하고 있었다. 그들을 이용하는 일반 학생들과 맞먹을 수 있는 정보. 학교는 겉보기엔 평화로웠지만 냉전 중이었다. 그리고 율라 채는 삐딱하니 구석에 서서 특기생들에게 무기를 팔고 있었다. 동정 때문은 아니었을 것이다. 그냥 재미있었기 때문이겠지.

아마 선생들이 스스로 개발했다고 생각하는 최면 교육법도 율라 채가 먼저 특기생들을 건드렸기 때문에 가능했던 게 아닐까. 하긴 문을 열기에 포르노처럼 좋은 게 있던가.

김유빈은 이민중을 돌려보내고 진료실을 나왔다. 복도에는 양 형사가 벽에 등을 기대고 서 있었다.

"뭐가 나왔습니까?"

양 형사가 물었다.

"특별한 건 없습니다. 기대도 안 했지요."

김유빈은 그냥 지나치려 했지만 양 형사는 잽싸게 그를 따라잡

왔다.

"도대체 과학부에서는 왜 선생을 보낸 겁니까?"

"중요한 프로젝트니까요. 지금은 에너지 전쟁 상황입니다. 그리고 운 좋게도 우리나라는 다른 나라보다 자원이 많은 편이지요. 이 상황은 언제든지 뒤집힐 수 있습니다. 이번 사건 같은 일이 생기면 가능한 한 피해를 최소로 줄여야 합니다. 경찰만 믿으며 결과를 기다릴 수가 없어요."

"제 말은 선생이 여기서 무얼 하실 수 있느냔 겁니다."

"그거야 제가 신경 쓸 일이지요. 방해가 되지 않도록 노력하겠습니다."

그들은 어느새 건물 밖에 나와 있었다. 누렇게 변한 잔디밭에서는 여자아이 둘이 배드민턴을 치고 있었다. 그들 뒤의 벤치에 앉아 있는 다른 여학생 한 명은 사탕 포장지로 종이학들을 접어서 한 줄로 늘어놓고 있었다. 율라 채였다.

"저 여자애를 만나 보셨습니까?"

양 형사가 물었다.

"율라 채 말입니까? 네, 두 번 만났습니다. 보건실 앞에서 한 번, 그 뒤에 질문하러 한 번 더 만났죠. 별 이야기는 안 했습니다."

"기분 나쁘지 않습니까? 저도 100퍼센트 정신감응자를 몇 번 만나 봤는데, 저 아이처럼 이상한 경우는 처음입니다. 게다가 쟤 피부 보셨나요? 알비노*입니다."

"외모 때문에 실제보다 불쾌하게 느껴지는 게 아닐까요."

"그것과는 종류가 좀 다른 것 같습니다. 애가 좀 파충류 같다고 할까, 이야기하는 동안에도 아무런 감흥 없이 제 속을 뒤집는데, 소름 끼치더군요."

"이 사건과는 관련 없을 겁니다. 일단 물리적 알리바이가 있지 않습니까."

"100퍼센트 정신감응자는 그 어떤 경우도 믿을 수 없습니다. 저 정도 능력의 아이는 더 그렇지요. 경찰청 독심술사의 결과도 미심스럽습니다. 저 애가 독심술사들에게 무슨 짓을 저질렀을지 누가 압니까?"

양 형사는 뭔가 깨달았다는 듯 움찔하며 걸음을 멈추었다.

"이제 알겠습니다. 당신네 과학부 사람들에게 율라 채 같은 애는 복덩이겠군요. 무슨 일이 있어도 저 애를 보호하는 게 여기 온 목적 아닙니까?"

김유빈은 미소를 지었다.

"그게 목적이라고 해도 제가 무얼 할 수 있겠습니까? 전 아무것도 못 하는 배터리일 뿐인데요."

● 피부, 모발, 눈 등에서 검은색이나 흑갈색을 띠는 멜라닌 색소가 선천적으로 결핍되거나 결여된 유전 질환.

4

"아시다시피 전 수사관이 아닙니다."

김유빈이 말했다.

"제 일은 과학부 프로젝트에 발생한 불상사를 될 수 있는 한 신속하게 제거하는 것입니다. 시대가 시대이니만큼 제 역할이 점쟁이나 탐정처럼 보여도 어쩔 수 없습니다만."

그는 강당 안에 모인 사람들을 올려다보았다. 양 형사를 포함한 경찰들은 왼편에, 한은상을 포함한 학교 관계자들은 오른편에 앉아 있었다. 밖에서는 분명 학생들이 엿듣고 있겠지.

"제가 잠시 교사처럼 구는 걸 이해하시기 바랍니다. 그럼 시작할까요?"

조명이 어두워지고 뒤에 걸린 스크린이 밝아졌다. 희생자의 사진이었다.

"죽은 최강후 학생입니다. 여러분 모두가 얼굴을 아시겠지요. 고 최우철 장관의 손자이고, 최기윤 교수의 외동아들입니다. 볼튼 지수가 70.1. 다시 말해 엄청난 학습 능력의 소유자였고 실제로 우등생이었습니다. 하지만 그렇게 뛰어난 정신감응자는 아니었습니다. 사실 대부분 높은 볼튼 지수는 정신감응력에 마이너스죠.

가족은 그를 LK 실험 고등학교로 보냈습니다. 그는 엘리트 집안 출신이었고 엘리트여야 했습니다. 그리고 지금은 단순히 공부를 잘하고 머리가 좋은 것만으로는 소용이 없는 시대입니다. 그를 능가하는 다른 길이 있으니까요. 최강후 같은 모범생들이 잠도 안 자고 필사적으로 공부해야 간신히 따라잡을 지식을 별다른 노력 없이 정신감응으로 머릿속에 쏟아붓는 곳이 있습니다. 최강후는 반드시 그곳으로 가야만 했습니다. 선택의 여지가 없었습니다.

그런데 이 능력이란 게 겉보기만큼 명쾌하지 않습니다. 지금 이 학교에 다니는 학생들 또래엔 늘 유동적이지요. 율라 채처럼 100퍼센트 정신감응자인 학생도 있긴 합니다. 하지만 이 학교의 학생들은 보통 70~80퍼센트 정도 정신감응 쪽에 치우친 아이들입니다. 그리고 최강후처럼 부모의 입김 덕에 입학한 학생들은 그보다도 정신감응 지수가 낮을 겁니다. 전 사실 최강후의 테스트 결과도 의심스럽습니다. 볼튼 지수가 70.1이라면 시험 재능이 있다는 말입니다. 실제보다 정신감응력이 뛰어난 것처럼 속일 수 있었을지도 모릅니다.

그래서 전 생각해 봤습니다. 이미 죽은 최강후와 비슷하게 집안 배경 덕에 입학한 다른 아이가 있습니다. 그 학생 역시 볼튼 지수 65의 우등생이기도 했습니다. 바로 최윤입니다. 얼마 전에 학교가 자기 아들을 동성애자로 만든다면서 아버지가 끌고 나갔다지요.

좀 괴상하지 않습니까? 물론 그 학생이 유달리 신앙심이 강해서 동성애에 대한 죄의식을 느꼈을 수도 있습니다. 하지만 그렇다고 해도 그런 상황에 처한 학생이 무작정 아버지에게 달려가 사실을 고백했다? 교사와 상담한 적도 없고 학생들 사이에서도 별문제 없었는데 어느 날 갑자기 그랬다는 겁니다. 고백을 해도 가장 나중에 할 사람에게 말입니다.

수상해서 제 동료를 최윤의 집에 보내 최신 집중 테스트를 해 봤습니다. 정신감응 지수가 39퍼센트에 불과하더군요. 입학할 때에는 64퍼센트였습니다. 아무리 볼튼 지수가 높다고 해도 이 정도까지 시험 점수를 속일 수는 없습니다. 학교에 있는 동안 그 아이의 정신감응력은 서서히 떨어졌던 겁니다. 겁이 난 아이는 학교에서 탈출하기로 결심합니다. 동성애에 대한 아버지의 미신적인 공포심을 이용한 건 멋진 아이디어였습니다.

이렇게 된 이유는 무엇일까요. 저도 모릅니다. 그건 여러분이 연구해야 할 주제입니다. 스트레스 때문일 수도 있고, 집단 정신감응을 이용한 수업이 오히려 능력이 약한 정신감응자에게 악영향을 끼쳤는지도 모릅니다. 여기서 중요한 건 여러분의 방법으로는 능력이 감퇴하는 개별 학생을 잡아내기 어렵다는 사실입니다. 여기에 대해서는 한은상 선생님이 따로 연구하고 있는 모양이니 참고하십시오.

살인 사건으로 넘어갑시다. 자, 체육관 사진입니다. 동그라미를 친 곳이 최강후의 시체가 있었던 곳입니다. 상식적으로 생각해 보면 최강후는 아무것도 없는 허공에서 여기까지 수직으로 추락했어야 합니다. 하지만 건물 구조를 아무리 연구해 봐도 최강후와 범인은 이 지점까지 갈 수가 없습니다. 유일한 답은 염력이 개입되었다는 것입니다. 하지만 이 섬에는 염동력자가 없습니다…….

네, 이제 여러분도 지금까지 우리가 무엇을 빼먹었는지 눈치채셨을 겁니다. 이 섬에는 염동력자일 가능성이 있는 학생이 두 명 있었습니다. 최윤과 최강후 말입니다. 둘이 정신감응력을 잃어 가고 있다는 걸 깨달은 계기는 염력의 증가였습니다. 이건 추정이 아닙니다. 반 시간 전에 최윤이 제 동료들에게 고백했습니다. 동료 눈앞에서 염력으로 벽돌을 두 동강 냈다고 하더군요. 지금 그 집 아버지는 아들을 때려잡으려고 한답니다. 동성애 때문인지, 염력 때문인지는 저도 모르겠습니다.

답이 나오지 않습니까? 체육관 근처에는 특기생, 즉 배터리가 있었습니다. 체육관에는 염력을 이용해 스스로의 몸을 천장까지 들어 올릴 수 있는 학생이 있었습니다. 그리고 이 나라에서는 매년 400명 이상의 고등학생들이 학교 문제 때문에 스스로 목숨을 끊습니다. 그 흔해 빠진 일이 여기서는 염력을 도구로 일어났던 겁니다."

5

김유빈과 한은상은 처음에 그들이 만났던 곳에 와 있었다. 첫날 밤과 마찬가지로 주변은 어둡고 추웠다. 그들은 바닷바람을 피해

들어온 대기실 안에서 말없이 서로의 발끝을 노려보고 있었다.

"그건 거짓말이에요."

한은상이 입을 열었다.

"뭐가 말입니까?"

김유빈이 대답했다.

"최강후가 자살했다는 거요. 그럴 애가 아니었어요. 아버지와 맞섰으면 맞섰지 그렇게 유서도 남기지 않고 시시하게 죽을 애가 아니었다고요."

"하지만 그게 가장 이치에 맞는 답입니다. 과학부에서도 만족할 거고, 경찰도 그럴 겁니다. 매스컴은 학교보다 부모를 비난할 거고, 학교에서는 계속 실험할 수 있겠죠."

"하지만 그 결과를 믿으시나요?"

"여긴 성당이 아닙니다. 제가 무엇을 믿건 그리 중요하지 않습니다."

"좋아요. 질문을 바꾸죠. 아까 강당에서 이야기하지 않은 다른 답이 있나요?"

"네, 그렇습니다. 이번엔 제가 묻겠습니다. 왜 아까 제가 낸 답을 믿지 않으시는 겁니까?"

"염력으로 자기 몸을 들어 올리는 건 결코 쉬운 일이 아니에요. 아무리 운동 신경이 뛰어나더라도 연습이 필요해요. 그리고 그 연습은 특기생의 협조 없이는 이루어질 수 없어요. 그렇다면 이민중이 거짓말을 하고 있다는 말이죠.”

“둘이 연습했다고 치죠. 그렇다고 자살 이론이 무너지는 건 아닙니다.”

“상황이 완전히 바뀌는데도요? 이럴 경우 최강후는 이민중에게 결정적인 약점을 잡히게 돼요. 그렇지 않아도 쉽게 터질 수 있는 비밀을 이민중이 먼저 폭로할 수도 있지요. 최강후의 성격과 맞지 않아요. 결코 이민중 밑에 있을 애가 아니니까요. 만약 최강후가 이민중의 도움을 받아 염력과 공중 부양을 연습했다면 그건 자살이 목적이 아니었을 거예요. 정반대였겠죠. 그 애는 자신의 능력을 단련하고 있었던 거예요. 누군가에게, 아마도 부모에게 보여 주려고요. 염력 중 공중 부양은 가장 과시적인 능력이니까요. CCTV가 조작된 것도 그 때문이었겠죠. 자살이었다면 왜 그걸 감추려 했겠어요? 분명 처음도 아니었을 거예요.”

“그렇다면 뭡니까. 사고라는 뜻입니까? 그것도 좋습니다. 단지 현장을 설명하기 어렵습니다. 공중 부양 훈련 도중이었다면 수직으로 낙하할 리가 없지요. 그런 경우 대부분 몸은 포물선을 그리며 떨어집니다. 전 자살이 더 좋습니다.”

“도대체 왜 여기 오신 거죠?”

“그 질문에 대한 대답은 꽤 여러 차례 한 것 같습니다만.”

“늘 말을 흐리셨죠. 인적 자원 보호라고요. 그 말을 조금 구체적으로 다듬어 볼까요? 학교엔 살인범일지도 모르는 학생이 있어요.

그리고 과학부의 추측대로라면 그 학생은 아주 특별한 능력으로 범죄를 저질렀어요. 과학부에서는 마땅히 그 학생을 경찰로부터 보호한 다음 능력을 연구하고 싶겠지요. 흠, 과연 여기 관련된 기관이 과학부뿐일까요?"

"그럼 그 학생이 누구일까요?"

"처음엔 율라 채를 생각했어요. 이 섬에서 가장 강력한 능력자니까요. 하지만 그 아이디어는 곧 접었어요. 그 애의 능력은 대단하지만 다른 아이들에 비해 오히려 단순하지요. 특별한 추가 연구가 필요하지 않아요. 율라가 이 사건의 진상을 알고 있으면서 자기 능력으로 은폐할 수는 있겠죠. 하지만 직접 범죄를 저지르지는 않았을 거예요. 그 애에게 누군가의 죽음은 장난감이 망가졌다는 것 이상의 의미는 없으니까요. 살인은 율라답지 않아요.

그렇다면 남는 건 단 한 명밖에 없어요. 이민중요."

한은상의 표정은 이제 확고했다.

"그동안 계속 생각해 봤어요. 선생님 말이 맞아요. 아무리 예의를 갖추고 서로 존중하려 노력한다고 해도 일반 학생과 특기생의 관계는 절대로 평화로울 수 없어요. 그나마 집단 속에서 아슬아슬하게 균형을 잡으며 유지되던 관계가 두 사람으로 축소된다면 어떻게 될까요? 그 감정이 언제 깨질지도 모르는 비밀 속에서 어떤 극한으로 향할지 누가 알겠어요? 그 상황에서 어느 한쪽이 아주 약간의 노력으로 다른 한쪽을 파멸시킬 수 있다면? 말 그대로 엘리베이터 버튼을 누르는 정도의 노력만으로 그게 가능하다면? 선생님이 왔을 때부터 전 계속 거기에 대해 생각해 봤어요. 만약 정부가 절실하게 원하는 특별한 능력이 이민중에게 있다면 무엇일까? 그것으로 어떻게 살인을 저질렀을까?”

“그래서 답은?”

“이민중은 자기 능력을 끌 수 있었던 거예요.”

희미한 프로펠러 소리와 함께 대기실 안이 점점 밝아졌다. 동쪽에서 과학부의 수직 이착륙기가 날아오고 있었다. 김유빈은 여행가방의 손잡이를 잡고 벤치에서 일어났다.

“이제 어떻게 하실 건가요?”

한은상이 물었다.

“제가 어떻게 알겠습니까. 하지만 이민중은 학교를 떠날 겁니다. 살인 용의자로까지 몰렸으니 계속 학교에 남아 있으면 오히려 이상하지요. 그렇다면 우린 그 학생에게 지금까지와 맞먹는 교육 환경을 제공해 줄 의무가 있습니다. 물론 학교를 위해 특기생을 한 명 더 찾아내야겠지요.”

“신속하시군요.”

김유빈은 고개를 끄덕였다.

“그래야죠. 에너지 전쟁 중 아닙니까.”

루카스

에크보리

정신 개조 캠프

송지규라는 인간에 대해 이야기를 풀려면 일단 그가 어느 정도
나 사기꾼이었는지 설명해야 한다. 소문과는 달리, 허드슨과 케임
브리지에서 딴 그의 박사 학위는 진짜다. 그의 논문에도 표절이나
대필 의혹은 없다. 그는 보통 사람들이 생각하는 평범한 사기꾼들
이 할 법한 일들을 거의 하지 않았다.

그의 악명은 공범자들, 그러니까 저스틴 윤이나 안네 마리 슈뢰
딩거의 증언에 의해 부풀려진 구석이 있다. 예를 들어 송지규가 말
했다는 "여기는 김일성과 박정희의 나라다. 이 나라 사람들은 믿
고 싶은 말은 뭐든지 믿는다." 따위의 거창한 선언 같은 것들 말이
다. 그는 정말 그런 말을 했다. 하지만 생각해 보라. 그게 거짓말은

아니지 않은가.

　관련 자료를 조사해 보면 송지규의 이런 발언들은 그가 동료 과학자들보다 오히려 솔직하고 양심적인 인간이었음을 보여 준다. 당시는 인류에게 갑자기 생긴 능력에 대한 온갖 연구와 발표가 범람했던 때다. 그리고 그중 대부분은 작정하고 친 사기였다. 그때는 그런 현상들을 제대로 연구할 도구나 이론이 전무했고 연구라는 건 기껏해야 화물 숭배*나 동종 요법** 수준이었다. 동료 학자들과는 달리, 적어도 송지규는 자기가 하는 짓이 사기라는 것을 알고 있었다.

　이제 본론으로 들어가 그의 악명 높은 정신 개조 캠프에 대해 이야기해 보자.

　송지규의 논리는 간단했다. 한국 학부모들은 무한 경쟁의 긴 줄에서 자기 자식을 몇 칸이라도 앞에 세우기 위해 뭐든지 한다. 그런데 배터리들이 늘어나고 그에 영향을 받은 사람들이 정신감응자, 염동력자, 기타 등등의 여러 능력자가 되는 시대에 접어들며 그때껏 유지되어 왔던 사교육 시장의 기본이 흔들렸다. 블루 오션이 열린 것이다. 여기에 당장 뛰어들지 않으면 바보였다. 아직 믿

● 제2차 세계 대전 중 군용기가 싣고 오는 물건을 신기해한 원주민들이 전쟁 후에 도 활주로를 꾸미고 비행기가 오길 기도했다는 일화에서 비롯된 말로, 흡사 과학적 탐구처럼 보이지만 그렇지 않은 유사 과학을 뜻한다.
●● 질병 증상을 유발하는 물질을 사용해서 몸을 치료한다는 치료법의 일종.

을 만한 과학적 도구가 없다는 건 중요하지 않았다.

"이제 새로운 계급의 시대가 오고 있다."라고 그는 선언했다. 우리가 지금까지 당연하다고 생각한 교육 시스템은 죽었다. 이제는 정신감응 교육의 시대다. 하지만 잠깐, 과연 그뿐일까? 그렇지 않다. 미래는 정신감응자들이 지배할 것이다. 그들은 다른 사람들보다 많은 교육을 받고, 사람들의 마음을 멋대로 읽으며 조종할 것이다. 운 나쁘게 염동력자가 되거나 그것도 못 된 사람들은 죽을 때까지 정신감응자들의 발밑에서 신음하다 죽어 갈 것이다. 하지만 실망하기는 아직 이르다! 아직 굳지 않은 아이들의 두뇌는 희망이 있다! 그 아이들을 우리에게 보내라! 우리가 숨겨진 정신감응력을 깨워 줄 것이다!

그리고 송지규는 북유럽과 러시아에서 발표된 수많은 논문과 연구 결과들을 열거했다. 그것들은 모두 그럴싸했다. 그도 그럴 것이 모두 진짜였고 심지어 어떤 논문의 공동 저자 중 한 명은 노벨 의학상 수상자였다. 세상일이란 다 그런 법.

베스트셀러 책 한 권을 포함한 적절한 미디어 노출로 분위기를 살린 송지규는 드디어 여름 캠프를 열었다. 공들여 붙인 이름은 '루카스 에크보리 정신 개조 캠프'였다. 에크보리는 위에서 언급한 스웨덴 인 노벨 의학상 수상자다. 그의 나이가 아흔아홉이고, 공저자로 이름을 올린 논문을 한 번도 제대로 읽어 본 적이 없으며 심지어 그 논문이 송지규의 정신 개조법과 별 상관 없다는 등의 사소한 문제는 당시에 송지규와 에크보리를 포함한 어느 누구도 신경 쓰지 않았다.

송지규의 정신 개조법은 단순하기 그지없었다. 격리된 캠프에서 훈련받은 정신감응자들을 '코치'로 고용해 염동력자 아이들 사이에 섞는다. 그러면 아이들은 정신감응자들의 바닷속에서 하나의 정신으로 통합된 느낌을 받으며 다른 아이들과 소통할 수도 있다. 에크보리의 이름을 도용한 송지규의 이론에 따르면, 이런 상황에서 적절한 훈련을 통해 두뇌와 신경에 자극을 주면 염동에 집중되어 있는 두뇌의 일부를 정신감응 쪽으로 돌릴 수 있다.

이를 지지하는 연구가 몇 개 있긴 했지만 정말로 사실인지는 전혀 중요하지 않았다. 중요한 점은 학부모들이 자기 아이들의 정신감응력이 캠프를 다녀온 이후에 증가했는지 확인할 방법이 거의 없다는 것이었다. 결과를 확인하려면 상당한 능력의 배터리가 주변에 있어야 하는데, 그때만 해도 그런 사람들은 그렇게 많지 않았다. 뒤늦게 배터리를 만나 아이의 정신감응력이 여전히 그저 그런 상태라는 걸 확인해도, 송지규는 캠프에서 나간 이후 능력이 떨어진 것이니 다시 보내라고 우길 수 있었다. 그가 학원 대신 캠프를 세운 것도 다 이런 이유였다.

여기에서 가장 아이로니컬한 점은 송지규가 이런 '개조법'이 먹히지 않는 사람이었다는 것이다. 그는 배터리, 그것도 꽤 높은 등급의 배터리였다. 아무리 노력해도 정신감응자나 염동력자가 될 수 없는 사람이었다. 하지만 그는 이 상황을 역이용했고 훌륭히 먹혀들었다. 신봉자들에게 송지규는 아이들을 위해 자신의 모든 것을 희생해 봉사하는 성자와 같은 존재였다. 그 자신이 예외였기 때문에 비판가들은 "그럼 너는?"이라는 쉬운 무기를 쓸 수 없었다. 정신감응자들에게 둘러싸인 상황에서 그의 진짜 계획이 폭로되지 않았던 것도 그 때문이다. 심지어 공범자였던 저스틴 윤과 안네 마리 슈뢰딩거도 그의 계획에 대해서는 의견이 엇갈렸다. 둘 다 뛰어난 정신감응자였음에도 말이다. 저스틴 윤은 송지규가 처음부터 작정한 사기꾼이라고 주장했다. 하지만 슈뢰딩거에 따르면 그는 자신의 정신 개조법을 진지하게 믿었고 이를 밖으로 드러내는 걸 부끄러워했다.

드디어 100명의 학생들과 42명의 정신감응자 임시 직원들로 이루어진 캠프의 첫날이 찾아왔다. 캠프는 부산에서 비행선으로 삼십 분 정도 걸리는 양수도라는 섬이었다. 송지규는 폐허가 된 마을을 그럴싸하게 개조해서 사진도 잘 받고 쓸 만한 곳으로 만들었다. 배터리는 그 혼자뿐이었다.

후대 사람들은 이 캠프의 여러 수상쩍은 점들을 지적하기도 한다. 왜 학생들은 모두 남자인가. 왜 모두 '순혈'을 내세우는 한국인인가. 하지만 여기서 정치적인 음모를 읽는 건 큰 의미가 없다. 원래 염동력자는 남자가 더 많다. 그리고 송지규가 제시한 엄청난 비용을 감당할 수 있는 부모라면 사회 꼭대기의 부유층이었을 텐데,

당시 대한민국의 정치 분위기를 고려해 보면 그 꼭대기 사람들의 성향과 의도란 뻔했다.

하지만 송지규의 계획은 인종차별주의자들의 꼭두각시가 되는 것이 아니라 부자들의 돈을 긁어모으는 것이었다. 물론 그러는 동안 자신의 주장이 사실로 확인되길 바랐을 수도 있다. 덧붙여 말하면, 그가 고용한 캠프의 직원들 중 열다섯 명이 여자였고 '순혈종'이 아닌 직원도 열 명이나 되었다. 당사자들이 나중에 송지규에게 고마워했느냐는 다른 문제다.

캠프의 학습 내용은 슈뢰딩거가 만들고 있던 미완성 홍보 영상을 통해 알 수 있으므로 건너뛰겠다. 요새 사람들은 어떻게 이런 유치한 사기에 속아 넘어갈 수 있느냐고 비웃겠지만, 당시는 사정이 달랐음을 고려하기 바란다. 그때는 배터리와 그로 인해 깨어난 인간 능력에 대해 아는 바가 거의 없었다. 이런 상황에서 사람들이 할 수 있는 대응이란 마치 마법을 대하듯 접근하는 것이었다. 그들에게 그것은 경험 과학이었다. 그러니 아이들이 한밤중에 군가를 부르면서 폐허 속을 행진하거나 토끼뜀을 뛰면서 머릿속에 떠오르는 음식 이름을 외치는 장면을 보고 너무 웃지는 말자.

이 주 동안은 아무 문제가 없었다. 아이들은 교육 과정을 열심히 따랐고, 한 무리의 염동력자 남자아이들을 배터리 영향권 안에 밀어 넣었을 때 발생할 수밖에 없는 자잘한 소동을 제외하면 사고도 없었다. 무엇보다도 아이들이 정말로 자신에게 정신감응력이 생졌다고 믿기 시작했다. 비상시를 위해 직원들 사이에 섞여 대기하고 있던 저스틴 윤이 굳이 환상술로 아이들을 속일 필요도 없었다.

세 번째 화요일이 되어서야 진짜 문제처럼 보이는 사건이 발생했다. 점심 식사 후 아이들이 해변을 따라 섬을 한 바퀴 돌며 산책하고 있었는데, 갑자기 두 아이들 사이에 싸움이 벌어진 것이다. 그 아이들의 이름은 최윤로(당시 11살)와 박중휘(당시 10살)였다. 둘 다 쟁쟁한 집안의 자제들이었다. 최윤로의 아버지는 당시 문화부 장관이었던 최준호였고, 박중휘의 어머니는 T&L 커뮤니케이션의 창립자인 한그림이었다.

싸움의 이유 자체는 사소하기 짝이 없었다. 너무 사소해서 나중에는 제대로 기억하는 사람이 단 한 명도 없었다. 아마 몇 줄로 적기도 힘든 유치한 성질 긁기가 시작이었을 것이다. 당시 양수도는 불쾌지수 83에 육박하는 후텁지근한 물구덩이였다. 언젠가 터질 일이었다.

문제는 싸움이 아니라 싸움의 방법이었다. 둘 다 염력을 썼다. 최윤로는 주변의 모래와 자갈을 박중휘에게 집어 던졌고, 박중휘는 그것들을 피해 날아다녔다. 여기서 시선을 끈 건 당연히 박중휘였다. 돌을 던지는 것이야 누구나 할 수 있는 일이지만, 그것들을 피해 이리저리 날아다니는 건 결코 누구나 할 수 있는 일이 아니다. 심지어 박중휘는 그 이전까지 제대로 된 부양 경력도 없었다. 어느 순간 능력이 터져 나왔고 그것을 숨쉬기처럼 자연스럽게 통제했던 것이다. 당시 사건을 직접 목격하고 스마트 안경으로 촬영한 슈뢰딩거에 따르면 아이는 마치 물속의 물고기처럼 허공을 헤엄쳤다고 한다.

이게 얼마나 힘든 일인지 설명해야 할까? 염력을 이용한 비행은 결코 헤엄치는 것과 같지 않다. 물고기는 자세와 방향을 바꾸기 위해 부력과 주변 물의 저항을 이용할 수 있다. 하지만 오로지 염력만을 이용해 그 정도 속도로 비행하려면 자세를 잡기 위해 최소한 세 개 지점 이상에 척력을 행사하며 이를 통제해야 한다. 거의 진공 상태에서 우주선을 조종하는 것만큼이나 어렵다. 이런 곡예를 박중휘는 본능적으로 해치운 것이다.

어떻게 이런 일이 가능했을까. 박중휘는 타고난 염력 비행의 천재였을까? 그럴 수도 있다. 하지만 그렇다 해도 그 능력이 그냥 발휘되었다고 믿는 것은 너무 안이하다. 정확히 어떤 과정을 통해서였는지는 알 수 없어도 캠프의 정신 개조 과정이 영향을 끼쳤음이 분명하다. 나중에 조사를 통해 당시 캠프 직원들 중 한 명이었던 최여름이 우주 개척 시뮬레이션 게임인 「스페이스 에이지」의 열성적인 팬이라는 사실이 밝혀졌는데, 그의 몸과 두뇌에 담겨 있던 정보가 정신감응을 통해 박중휘에게 옮겨졌을 가능성은 분명히 있다. 단지 이런 정보가 체계적으로 옮겨지려면 누군가의 의도적인 조작이 필요하다는 주장도 있음을 밝혀 둔다.

다른 곳에서라면 박중휘의 능력은 찬탄과 연구의 대상이 되었을 것이다. 하지만 루카스 에크보리 캠프는 그런 곳이 아니었다. 최윤로와 박중휘는 모두 의식적으로 염력을 사용했다는 이유로 벌을 받았다.(둘 다 '참 잘했어요.' 리본 다섯 개를 빼앗겼고 후식을 금지당했으며 1,000자 분량의 반성문을 썼다고 한다.)

그날부터 박중휘는 밤마다 몰래 숙소 트레일러를 빠져나갔다가 서너 시간 뒤에 돌아왔다. 그 시간 동안 무엇을 했는지는 설명할 필요도 없을 것이다. 박중휘는 비행 연습을 했다. 송지규의 숙소 주변 100미터 안을 맴돌며 조금씩 자신의 기술을 개발했다.

송지규는 그 사실을 알고 있었다. 염력과 정신감응은 배터리의 몸에 각기 다른 영향을 끼친다. 아무리 수면 중이었다고 해도 그 사실을 모를 리가 없었다. 하지만 공공연하게 박중휘를 제재하거나 벌할 수는 없었다. 그건 자신의 이론이 잘못되었으며 캠프가 사기라고 고백하는 것이나 다름없었다.

일주일 동안 송지규와 박중휘의 말 없는 전쟁이 이어졌다. 이 감정싸움이 어째서 캠프의 다른 사람들에게 노출되지 않았는지 의문을 제기하는 사람들이 있다. 하지만 송지규가 마음을 읽을 수 없는 배터리였고, 박중휘의 감정이 충분히 언어화되어 있지 않았다는 것을 고려하면 충분히 납득할 수 있는 일이라고 생각된다. 당사자는 부정하지만, 주변 사람들의 의심을 막기 위해 저스틴 윤이 공작 활동했을 가능성도 간과해서는 안 된다.

다음 주 수요일 밤, 더 이상 참을 수 없게 된 박중휘가 송지규의 숙소 앞을 찾아갔다. 주변에 정신감응자가 아무도 없었기 때문에 두 사람은 트레일러 앞 공터에 서서 아무것도 읽히지 않는 서로의 얼굴을 멀뚱멀뚱 바라보며 상대방이 먼저 입을 열기를 기다렸다.

먼저 입을 연 쪽은 박중휘였다.

"전 캠프에서 나갈래요."

"왜?"

송지규가 물었다.

"정신감응자가 되고 싶지 않아요."

송지규는 정신감응자가 되는 것이 얼마나 중요한지, 맨몸으로 하늘을 나는 재주 따위가 어른이 되면 얼마나 쓸모없는지 설명하기 시작했지만 아이를 설득할 수 없다는 것을 알았다. 그 어떤 설명도 아이가 일주일 동안 공간과 중력을 지배하며 느꼈던 쾌감과 성취욕을 이길 수 없었다.

방법은 하나밖에 없었다. 아이의 공포심에 호소하는 것이다. 송지규는 캠프를 나간 박중휘에게 실망할 부모님과 그들이 내릴 벌을 이야기해서 겁을 줄 생각이었다. 하지만 바로 그 순간 송지규가 전혀 예상하지 못한 일이 일어났다. 박중휘가 갑자기 송지규의 허리를 끌어안고 로켓처럼 하늘로 솟아오른 것이다.

여기서 나는 독자 여러분이 머릿속에 그림을 그릴 수 있도록, 송지규가 165센티미터에 50킬로그램이 안 되는 작은 몸집이었고 박중휘가 155센티미터에 60킬로그램의 과체중이었다는 사실을 언급할 의무감을 느낀다. 하지만 송지규가 190센티미터에 100킬로그램의 거한이었다고 해도 사정은 달라지지 않았을 것이다. 배터리의 몸에 착 달라붙어 있는 박중휘의 염력은 엄청났고, 이 비행에서 살아남으려면 송지규는 아이의 몸을 꽉 끌어안아야 했다.

박중휘와 송지규는 미친 듯이 하늘을 날았다. 밤마다 송지규의 주변을 조심스럽게 맴돌기만 했던 소년은 지금까지 억눌러 왔던 비행 욕구를 폭발시켰다. 사 분 만에 고도 2,000미터에 도달한 두 사람은 1,000미터를 자유 낙하하다가 감속해서 천천히 포물선을 그리며 하강했고, 고도 100미터에서 수평 비행으로 전환하여 섬 주변을 돌았다. 멀미와 기압 차와 얼굴을 때리는 바람에 잠시 정신이 나갔던 송지규는 그때서야 간신히 제정신을 차릴 수 있었다. 하지만 방심할 수 없었다. 그는 여전히 나무늘보처럼 소년의 몸에 매달려 있었고 비행 소년은 언제 변덕을 부릴지 몰랐다.

비행은 삼십여 분 만에 끝났다. 하늘에서 내려온 박중휘는 가볍게 몸을 뒤틀어서 선 자세로 착지했고 그 순간 손이 풀린 송지규는 엉덩방아를 찧으며 넘어졌다. 그의 머릿속은 비행의 여파로 얼얼했다. 하지만 한 가지는 확실했다. 그는 소년에게 완벽하게 설득당했다.

여기서 이야기를 끝낼 수 있으면 얼마나 좋을까. 그렇다면 거의 완벽한 해피엔드였을 텐데. 나는 종종 개과천선한 송지규가 캠프의 문을 닫고, 실망한 부모들 앞에서 소년의 선택을 옹호하며 프랭크 캐프라[*] 식으로 장엄하게 연설하는 장면을 상상한다. 그러나 정말 그렇게 이야기를 끝낸다면 나는 거짓말쟁이가 될 것이다.

실제로 일어난 일은 다음과 같다. 박중휘가 착륙하고 송지규가 엉덩방아를 찧었을 때 주변은 텅 비어 있지 않았다. 그들이 일으킨 소동은 엄청나게 시끄러웠고, 캠프에 있던 거의 모든 사람들이 그 소리를 듣고 트레일러에서 나왔다. 착륙했을 때는 캠프의 모든 사람들이 그들을 지켜보고 있었다. 단지 보고만 있었던 것도 아니다. 비행 과정 중 박중휘의 생각과 감정은 정신감응자 직원들을 통해 섬 전체로 중계되었다. 이제 박중휘가 지난 일주일 동안 무엇을 하고 있었는지 모르는 사람은 단 한 명도 없었다.

그 소동은 다이너마이트 더미에 불붙은 성냥을 던지는 것과 같았다. 그냥 불이 옮겨붙지 않고 꺼질 수도 있었다. 하지만 도화선에 불이 붙어 폭발할 수도 있었다.

섬에서 일어난 일은 후자였다.

당시에 일어난 일을 정확하게 설명하는 것은 불가능하다. 그러려면 그때 섬에 있었던 사람들의 마음속에 어떤 일들이 일어났는지 완벽하게 재구성해야 한다. 아무리 정신감응자들이 사람들의 정신을 하나로 묶어 주고 있었다고 해도 그 세세한 변화를 모두

● 이탈리아 출신 미국 영화감독. 많은 영화에서 감동적인 대중 연설 장면을 연출해 냈다.

재구성할 수는 없다.

그래도 큰 그림을 그릴 수는 있다. 당시 대부분의 사람들을 지배한 감정은 충격과 분노였다. 송지규가 하늘을 날아다녔던 그 삼십여 분 동안, 아이들은 루카스 에크보리 캠프가 부모의 돈을 뜯어먹는 사기에 불과했고 자기들은 아까운 여름 방학을 뻘짓을 하며 까먹었다는 걸 알게 되었다. 비행과 함께 울분을 완전히 날려 버린 박중휘와는 달리, 다른 아이들은 부글부글 끓어오르는 분노를 참지 못했다. 정신 개조 훈련 중 억눌려 있던 염력이 터져 나왔고, 그와 함께 주변의 작은 물건들이 튕겨 나가기 시작했다. 점점 더 큰 물건들이 날아갔고 구석에서 거의 꺼져 있던 모닥불이 엄청난 소리를 내며 폭발했다. 폭음이 신호라도 되는 양, 송지규와 박중휘의 주변에 모여 있던 아이들은 말 그대로 미쳐 날뛰기 시작했다.

그때였다. 한쪽에 우두커니 서서 비명을 지르고 있던 최윤로의 머리가 폭발한 것은.

고전 영화에 대한 지식이 밝은 사람들이라면, 데이비드 크로넨버그의 「스캐너스」나 브라이언 드 팔마의 「더 퓨리」 같은 옛날 영화에 나왔던 장면을 떠올릴지도 모르겠다. 하지만 양수도에서 일어난 폭발은 그렇게 온화한 것이 아니었다. 자잘하게 부서진 두개골 조각들과 이빨들은 초속 400미터로 날아가 주변 사람들의 몸을 관통했다. 아이 세 명과 직원 한 명이 그 자리에서 즉사했고 열세 명이 심각한 부상을 입었다. 그리고 흥분한 다른 아이들이 최윤로와 비슷한 증상을 일으키기 시작했다.

이 사태를 해결한 건 조한식이라는 아홉 살짜리 소년이었다. 최윤로의 어금니가 얼굴에 명중하기 직전에 발을 걸어 넘어뜨린 채유라는 직원 덕에 조한식은 아슬아슬하게 목숨을 건졌다. 일어난 아이는 달아나려 했지만, 머릿속에다 누군가가 명령을 했다고 한다. '서둘러. 지금 이 상황을 해결할 수 있는 사람은 너뿐이야.' 조한식은 그게 채유라의 목소리라고 생각했지만, 정작 채유라는 나중에 그 사실을 부정했다.

그 목소리의 주인이 누구인지는 중요하지 않다. 중요한 건 조한식이 적절한 순간에 적절한 위치에서 적절한 행동을 했다는 것이다. 아이는 주머니 안에 들어 있던 천 원짜리 지폐를 돌돌 말아 작은 파이프 모양으로 만들었다. 주변에 굴러다니던 돌멩이 중 작고 둥근 것을 하나 골라 그 안에 넣은 조한식은 3미터쯤 떨어진 곳에서 우왕좌왕하고 있는 송지규의 머리를 겨냥하고 마치 바람총이라도 쏘듯 파이프에 입김을 불어 넣었다.

그 행동은 철저하게 상징적이었다. 파이프에 들어간 바람은 아무 역할도 하지 못했다. 실제로 일어난 일은 아이의 염력에 의해 엄청나게 속도가 붙은 돌멩이가 파이프를 따라 날아가 송지규의 두개골을 관통했다는 것이다. 송지규는 즉사했고, 섬을 난장판으로 만들던 에너지는 순식간에 사라져 버렸다. 조한식의 빠른 조치에도 불구하고 그사이 송지규 주변에 있던 아이들 두 명이 죽고

네 명이 영구적인 뇌 손상을 입었지만 더 이상의 인명 피해는 없
었다.

당시 섬에 있었던 사람들은 몰랐지만, 이날은 수많은 일들의 시
작이었다. 박중휘와 송지규는 자유 비행에 성공한 최초의 염동력
자와 배터리 콤비였다. 조한식이 지폐로 만든 파이프는 염력총과
염력포라는 무기의 원조가 되었다. 최윤로는 염력만으로 폭발한
최초의 인간 폭탄으로, 그의 죽음은 그해 10월 15일 텔아비브의 도
심가에서 폭발해 302명의 희생자를 낸 무명의 인간 폭탄보다 삼
개월이 앞선다.

송지규의 방법론은 재검토되었고 몇몇 실험을 통해 거의 모두
가 무의미한 것으로 결론지어졌다. 그래도 인간 능력이 유동적인
것은 사실이기 때문에 사람들의 능력을 의도적으로 바꾸려는 시
도는 지금도 계속 이어지고 있다. 하지만 대부분의 과학자들은 배
터리와 그를 통해 발휘되는 능력 사이의 물리 법칙을 구명하기 전
에는 의미 있는 결과를 얻지 못할 것이라 보고 있다.

박중휘의 후일담을 언급하지 않는다면 이 이야기는 미완성이
될 것이다. 캠프에서 나오자마자 그는 정부의 특별 연구 대상이 되
었다. 열다섯 살에 공군 사관 학교에 들어갔고, 심지어 졸업하기도
전에 염력 비행의 세계 최고 권위자가 되었다. 이후에도 그는 가
족의 지원과 비행 능력, 무엇보다 루카스 에크보리 캠프 사건에서
비롯된 위인전스러운 분위기에 힘입어 승승장구했다. 그러는 동

안 그의 빈곤한 도덕성과 지휘자로서의 자질 부족을 보여 주는 증거들은 꼼꼼하게 은폐되었다. 마흔도 되기 전에 박중휘는 다섯 번째 공사 출신 국방부 장관이 되었다. 그리고 전근익이 김진철 정권 당시 대구 사건에 연루되었다는 것이 밝혀져 임기를 두 달 남기고 탄핵되자, 그 혼란 통에서 환상술사를 동원한 교묘한 대중 선동 작전을 펼쳐 마침내 대한민국 역사상 최연소 대통령이 되었는데, 그가 청와대에 들어선 지 팔 개월 만에 제3차 한국 전쟁이 터졌고……. 계속해야 하는가?

사설
지옥

1

곽도성은 귀신도 사후 세계도 믿지 않았다. 배터리 시대가 열린 뒤로 온갖 종류의 능력자들이 튀어나왔지만 그래도 세상엔 존재할 수 없는 것들과 불가능한 일들이 있다. 사람은 죽으면 끝이다. 미래는 읽을 수 없다. 과거도 바꿀 수 없다. 신을 찾는 건 쓸데없는 일이다. 당연하기 그지없는 일이지만 아직도 사람들은 이 달짝지근한 거짓말들에 속았다.

아슬아슬하게 재개발을 피해 버티고 있는 심곡 2동의 2층짜리 단독 주택에 들어섰을 때, 그는 이 모든 사기의 흔적을 보았다. 오

랜 시간 동안 악몽에 짓눌려 얼굴이 상한 다섯 명의 중년들. 십중
팔구 아이를 잃은 부모들이다. 그리고 벽에 등을 기대고 서 있는
저 젊은 여자는 무당이나 영매겠지.

돌아가 버릴까.

등 뒤의 현관문이 덜컥 닫혔다. 거실에 있는 누군가가 염력으로
문을 잠근 것이다. 그 사람이 쓴 에너지는 곽도성이 발산하는 것이
었다. 지인이다. 전에 그와 동기화한 적 있는. 곽도성은 목을 쭉 빼
고 사람들 너머에서 익숙한 얼굴을 찾았다. 한참 까치발을 하고 목
을 움직인 끝에 신영주의 동그란 얼굴을 발견했다.

"만약 귀신이라도 부를 생각이라면……."

곽도성이 입을 열자마자 신영주는 잽싸게 앞으로 튀어나와 말
을 잘랐다.

"그런 건 아니에요. 여기 모인 사람들 중 귀신 같은 걸 믿는 사람
은 없어요. 있다고 해도 그런 이유 때문에 온 건 아니고요."

"거짓말하지 마시죠. 적어도 전 이분들 중 한 분은 압니다. 저기
저분은 함사임 판사죠? 이제 나머지 분들도 누군지 알 것 같군요.
모두 홍재철 사건 희생자의 부모들 아닙니까?"

지금까지 음침한 얼굴로 그를 보고 있던 함사임 판사가 나지막
한 목소리로 끼어들었다.

"가족을 연쇄 살인마에게 잃었다고 모두 굿을 하는 건 아닙니
다."

"그럼 뭐하러 모이셨나요? 다과회라도 하실 생각입니까?"

"아뇨. 우린 그냥 이 일을 끝내기를 바랄 뿐입니다."

"이미 끝났습니다, 판사님. 홍재철은 자살했잖습니까."

"살인자가 죽었다고 모든 일이 끝나는 건 아니에요. 우리가 끝났다고 해야 끝이 납니다."

곽도성은 대답하지 않았다. 한참 동안 방 안에 있는 사람들을 관찰한 그는 구두를 벗고 거실로 올라섰다. 그때서야 벽에 기대고 서 있던 젊은 여자의 얼굴을 확인할 수 있었다. 얼굴이나 몸매는 기껏해야 고등학생으로밖에 보이지 않았다. 하지만 옷차림이나 몸가짐을 보면 아무리 어려도 서른은 넘은 게 분명했다. 요새는 저런 괴물들이 흔했다. 치유자에게 돈을 엄청나게 썼거나 배터리의 영향 탓에 성장을 좌우하는 무언가가 끊긴 사람들. 저 여자는 후자인 것 같았다.

"민지희 교수입니다. 한국 최고의 정신감응자 중 한 명이죠."

신영주가 소개했다.

곽도성은 고개를 끄덕였다. 바로 '그' 민지희다. 얼굴은 오늘 처음 봤지만, 정신감응력에 대해 연구하는 사람이라면 그 이름을 피해 갈 수 없었다. 최고의 정신감응자일 뿐만 아니라 최고의 연구가, 그리고 결정적으로 이 미친 역사의 일부였다. 그런데 언제부터 민지희가 대학교수였지?

"그럼 뭘 하시려는 겁니까? 일종의 심리 치료인가요?"

곽도성이 물었다.

"비슷해요. 여기 모인 분들은 아이들에게 마지막 작별 인사를 하지 못했어요. 아이들에 대한 기억은 모두 열려 있는 채고요. 민 교수가 그 열려 있는 문을 하나씩 닫아 줄 거예요."

"씻김굿이군요."

"상관할 일이 아니지 않나요? 그냥 돈 받고 에너지만 제공해 주면 돼요. 그냥 구석에 처박혀서 만화책이라도 읽으라고요. 진짜 일은 우리가 직접 할 테니까요. 뭐가 문제인가요? 지금까지 늘 그래 왔잖아요."

2

잠을 제대로 잘 수 없었다. 홍재철 사건과 죽은 여자아이들에 대한 생각이 계속 머릿속을 맴돌았다. 아래층 소파에 누워 자신과 동기화하고 있는 민지희도 신경 쓰였다. 곽도성은 이런 고속 동기화 작업이 싫었다. 누군가가 보이지 않는 스푼으로 자신의 뇌를 조금씩 떠먹는 것 같았다.

홍재철. 그 미치광이는 왜 아이들을 죽였던 거지? 소문과 달리 소아 성애자는 아니었다고 한다. 기독교 광신자라고도 하던데, 여자아이들만 골라 죽인 이유는 되지 못한다. 진상은 끝끝내 알 수 없었다. 홍재철은 경찰 독심술사 앞에 끌려가기 직전에 자살용으로 보관하고 있던 다이너마이트를 터뜨려 도곡동 자택 지하실에서 스스로 목숨을 끊었다. 범행 장소이기도 했던 그 집은 이제 주차장이 되었는데, 아직도 정신감응력이 있는 아이들은 근처를 지나치다가 홍재철과 아이들의 귀신을 본다.

결국 잠을 이루지 못한 곽도성은 옷을 대충 차려입고 아래층으로 내려갔다. 차가운 물이라도 마시면 기분이 나아질 듯싶었다.

집은 기분 나빴다. 복도는 좁고 퀴퀴한 좀약 냄새가 났으며 시꺼먼 나무 바닥과 때가 탄 벽지 때문에 사방이 컴컴했다. 그러고 보니 누구 집인지도 몰랐다. 서영주나 민지희의 집은 아니다. 희생자들은 모두 목동과 고척동의 아파트촌 아이들이었다. 그렇다면 저들은 이 연극을 위해 일부러 집을 빌린 걸까. 하지만 왜 부천인가.

부엌으로 가는 동안 그는 거실을 지나쳤다. 민지희는 소파에 누워 멍한 눈으로 먼지 낀 샹들리에를 응시하고 있었다. 집에는 곽도성과 민지희 둘뿐이었다. 다른 사람들은 동기화에 방해가 된다며 모두 집으로 돌아갔다.

찬장에서 컵을 꺼내 냉장고 정수기에서 물을 따른 그는 가스레인지 옆에 있는 등 없는 의자에 앉아 천천히 찬물을 들이켰다. 열린 문으로 보이는 시계는 벌써 새벽 4시 5분을 가리키고 있었다. 다시 자는 건 포기해야겠군.

일어나서 빈 컵을 싱크대 위에 올려놓으려던 곽도성은 그 자리에서 굳어 버렸다.

일곱 살 정도로 보이는 여자아이가 열린 문 너머에서 그를 응시하고 있었다. 하얀 얼굴. 커다랗게 뜨인 검은 눈. 어깨까지 내려오는 긴 머리칼. 그리고 하얀 잠옷.

이하나였다. 홍재철의 세 번째 희생자.

벌써 동기화가 끝난 것이다. 민지희가 죽은 아이들의 환영을 만들기 시작한 것이다.

속이 뒤틀렸다. 그는 좋은 배터리였다. 쉽게 마음을 읽히지 않았고 남의 환상술에 잘 넘어가지도 않았다. 그런 그가 비몽사몽 상태로 누워 있는 여자가 만들어 낸 환영에 겁을 집어먹고 사시나무처럼 덜덜 떨고 있었다.

한참 동안 겁먹은 얼굴로 곽도성을 바라보던 이하나는 느릿느릿 문 뒤로 사라졌다. 타닥타닥타닥. 어린아이의 작은 맨발이 습기로 끈적거리는 나무 바닥을 때리는 소리. 발소리는 조금씩 멀어졌지만 메아리는 더 크게 울렸다. 잠시 뒤 빽빽한 문을 여는 소리가 들렸고 발소리는 사라졌다.

곽도성은 천천히 부엌에서 빠져나왔다. 다시 한 번 집의 구조를 확인해 보았다. 부엌 앞은 거실과 연결된 식당으로 다소 큰 듯한 식탁과 의자들이 빽빽하게 공간을 차지하고 있었다. 창가 쪽 구석에 살짝 열린 문이 있었다. 그는 문을 열고 안을 들여다보았다. 아래로 내려가는 나무 계단이 있었다. 계단 아래 왼쪽으로 역시 살짝 열려 있는 문이 눈에 띄었다.

그는 계단을 내려갔다. 지하실에 가까워질수록 문 너머에서 들려오는 희미한 소리들이 조금씩 커졌다. 장판을 밟는 발소리, 옷깃 스치는 소리, 여자아이들의 지분거리는 속삭임.

곽도성은 지하실 문을 열었다.

창문 없는 방은 칠흑처럼 어두웠다. 스위치를 찾느라 오른쪽 벽을 더듬었다. 불을 켜는 그 몇 초 안 되는 시간 동안, 희미한 형광을 발하는 작은 사람 같은 존재들이 소란스럽게 움직이다 순식간에 사라졌고 거대한 하얀 날개가 퍼덕거리며 그의 뺨을 스치고 지나갔다.

불이 켜진 지하실은 텅 비어 있었다.

3

곽도성은 몇 시간째 식당 의자에 앉아서 스마트폰으로 음악을 듣고 있었다. 모두 현악 사중주였다. 그는 쇼스타코비치 8번을 듣고 라벨로 넘어갔다. 거실에서는 함사임 판사가 태블릿으로 무언가를 읽고 있었고, 민지희는 머그잔에 담긴 마테 차를 마시고 있었다.

"아미쿠스 현악 사중주단."

라벨이 끝나고 하이든의 「십자가 위의 일곱 말씀」이 시작되자, 곽도성은 뜬금없이 입을 열었다.

"최근 들어 제가 관심을 갖고 따라가는 중인 사람들입니다. 줄리아드 출신 동갑내기들이 모여 만든 사중주단이지요. 올해로 꼭 육 년 됐습니다. 첼로가 배터리이고 나머지 단원들은 모두 정신감응자입니다. 배터리가 앙상블을 묶어 주는 역할을 하긴 합니다만, 정작 그 역할을 하는 첼리스트는 이 앙상블에서 소외되어 있지요. 그 결과 첼리스트와 다른 단원들 사이에 괴상한 긴장감이 생겨나는데, 그 투쟁의 끝에 최종적으로 음악을 지배하는 건 늘 첼리스트랍니다. 하긴 배터리가 없다면 그들이 정신감응 장난을 칠 수나 있겠습니까?"

두 여자는 무슨 개 풀 뜯어 먹는 소리냐는 얼굴로 그를 쳐다보았다. 그 틈을 노려 곽도성이 잽싸게 물었다.

"도대체 무슨 짓을 하려는 겁니까?"

민지희는 어리둥절한 표정을 지으며 머그잔을 커피 테이블에 내려놓았다. 가증스러웠다.

"무슨 뜻이죠?"

"이 집에서 제힘을 빌려 무얼 하려는 거냐 말입니다. 씻김굿이라고는 하지 마시죠. 그런 게 아니라는 걸 알고 있습니다."

"왜 그렇게 생각하시는데요?"

"정말 제가 아무것도 모른다고 생각하십니까?"

　민지희는 희미한 미소를 지으며 등 뒤의 함 판사를 올려다보았
다. 판사는 헛기침을 했고, 곽도성은 자리에서 일어나 두 사람 모
두를 시야에 둘 수 있는 커피 테이블 맞은편에 섰다.

　"뭔가를 보신 모양이군요……."

　함 판사가 천천히 입을 열었다.

　"네, 봤습니다. 여자아이 유령요. 누군지도 압니다. 이하나요. 바
로 판사님의 손녀 아닙니까?"

　함 판사의 얼굴이 일그러졌다. 그 표정은 너무도 괴상해서, 곽도
성은 거기에 담긴 감정이 무엇인지 도저히 읽어 낼 수 없었다.

　"그 아이는 민 교수가 만든 환영이 아니었습니다."

　그는 말을 계속했다.

　"그럴 리가 없지요. 환상술 능력이 과한 사람들이 종종 방심한
상태에서 유령을 만들어 내는 경우도 있습니다. 하지만 그런 유령
들은 흐릿하고 비논리적입니다. 아무리 그럴싸해도 결국 꿈이니
까요. 제가 본 유령처럼 완벽하게 사실적일 리가 없습니다. 심지어
그 유령은 발소리마저도 진짜 같았습니다."

　"그럼 진짜 유령이라도 보셨다는 뜻인가요?"

　함 판사가 조심스럽게 물었다.

　"그런 게 없다는 건 판사님이 더 잘 아시잖습니까."

　곽도성이 쏘아붙였다.

　"궁금한 게 하나 더 있습니다. 왜 이 집을 택했느냐는 거죠. 여기

는 희생자의 집이 아닙니다. 살인 현장이나 희생자 집과도 가깝지 않고요. 여러분이 모이기에는 그렇게 넓지도 않습니다. 그런데도 여러분은 굳이 부천까지 와서 이 집을 샀습니다. 빌린 것도 아니라 그냥 샀습니다. 몇 개월 뒤에나 있을 굿판 한 번을 위해? 그게 말이 됩니까?

그래서 간단히 조사해 봤습니다. 판사님이 오시기 전에 사건 기록들을 다시 읽고 사진들을 한 장씩 확인했지요. 답이 나오더군요. 이 집은 홍재철이 살던 집과 구조가 거의 비슷합니다. 모양도 같고 방의 위치도 같습니다. 방의 크기나 창문 위치 등이 조금씩 다르긴 하지만 얼핏 보면 그 차이를 눈치채긴 어렵지요. 벽지와 가구를 확인해 보니 모두 새것이더군요. 낡아 보이고 퀴퀴한 냄새가 나지만, 때와 얼룩은 모두 물감으로 칠한 것이고 곰팡이 냄새도 합성 약물을 스프레이로 뿌려 만들어 낸 것이었습니다. 여러분은 살인 현장을 그대로 재현하려 했던 겁니다.

이러니 궁금해집니다. 여러분은 홍재철의 집 내부 상태를 어떻게 알았을까요? 홍재철은 경찰이 체포하러 오자 집에 불을 지르고 다이너마이트를 터뜨렸습니다. 화재 진압 후 집 안은 엉망이었지요. 집 내부에 대한 정확한 정보를 가진 사람은 있을 수가 없습니다. 그런데도 여러분은 집을 재현하는 데에 조금도 주저하지 않았습니다."

두 여자는 여전히 대답이 없었다. 곽도성은 의기양양한 미소를 지으며 덧붙였다.

"홍재철은 지금 어디에 있습니까?"

"경찰 발표를 믿지 않으시는군요?"

민지희는 재미있어하는 것 같았다.

"경찰이 거짓말을 하지 않았다는 건 믿습니다. 하지만 그래서요? 홍재철의 시체는 산산조각이 나 모양을 알아볼 수 없을 정도였습니다. 그나마 형체가 남은 건 창문 사이에 끼인 오른손뿐이었지요. 경찰도 그 손에서 DNA와 지문을 채취했고요. 하지만 그건 지금 홍재철에게 오른손이 없다는 사실을 뜻할 뿐입니다. 여러분이 홍재철을 숨긴 겁니다. 경찰보다 먼저 찾아내 다른 곳에 감금하고, 오른손을 잘라 증거를 조작하고, 가짜 시체를 심고, 집에 불을 지르고, 다이너마이트를 터뜨린 거란 말입니다.

지금 홍재철은 이 집에 있습니다. 지하실에 내려가니 문이 두 개 있더군요. 모두 잠겨 있었습니다. 하나는 벽장 같고 다른 하나는 보일러실 같았습니다. 홍재철은 지금 그 보일러실에 감금되어 있겠지요. 제 말이 맞지 않습니까?

어제 저랑 동기화한 사람은 한 명이 아니었습니다. 단순한 씻김굿을 하려고 민지희 교수를 부른다는 게 말이 안 되기는 했지요. 민 교수는 어제 자신뿐만 아니라 홍재철도 함께 저와 동기화시켰던 겁니다. 제가 본 환영은 민 교수 것이 아니라 홍재철 것이었습니다."

민지희는 두 손을 조그맣게 모아서 박수 쳤다.

"브라보."

"별거 아닙니다. 정신감응자들이 부글거리는 이 세계에서 살아남으려면 저 같은 배터리들은 탐정이 되어야 합니다."

민지희와 달리 함 판사는 곽도성의 추리가 맘에 들지 않는 모양이었다. 그녀는 미간에 십자 주름을 잡고 어두운 목소리로 물었다.

"꼭 진상을 알아야겠습니까?"

곽도성은 슬슬 짜증이 났다.

"제가 많은 걸 요구하는 것도 아니지 않습니까. 전 여기서 벌어지는 일에 대해 아무것도 모른 채 에너지만 빼앗길 수는 없습니다. 배터리와 일을 하고 싶으시다면 최소한의 존중은 해 주십시오. 그게 당연한 순서입니다."

함 판사는 잠시 고민하더니 태블릿을 커피 테이블에 내려놓고 소파에 등을 묻었다. 그녀의 표정은 몇 분 전과 달리 평화로웠다.

"질문하세요."

"홍재철을 가지고 무얼 할 생각입니까?"

"우리 아이들을 해방시켜야지요."

"아이들은 이미 풀려났습니다. 모두 죽었어요."

"아뇨, 그렇지 않습니다. 적어도 부분적으로는요. 홍재철이 왜 여자아이들을 죽였는지 아시나요? 홍재철의 기준에 따르면 살인 같은 건 없었습니다. 그 인간은 아이들을 납치해서 정신을 '먹어 버렸습니다'. 아이들의 정신을 빨아들여 자기 뇌 속에 감금한 거예요. 홍재철에게 살인은 쓸모없어진 찌꺼기를 청소하는 과정에 불과했어요."

곽도성의 의기양양함은 순식간에 사라졌다.

"그게 가능합니까?"

"그 악당은 지금 심각한 해리성 정체 장애를 앓고 있습니다. 자신과 지금까지 죽인 다섯 아이들의 인격이 모두 하나의 뇌에 들어 있으니까요.

다행히도 저를 포함한 희생자 가족들은 여섯 번째 살인을 준비하던 홍재철을 경찰보다 먼저 찾아낼 수 있었습니다. 무의식중에 홍재철과 같은 악당에게 에너지를 대 주는 미등록 배터리가 있을 거라 가정하고, 그 배터리를 찾아 인근 지역을 수색했어요. 그리고 홍재철 바로 옆집에서 교통사고를 겪고 배터리가 된 열네 살 소년을 찾아냈지요.

앞으로 어떻게 할 거냐고요? 알려 드리죠. 민지희 교수는 홍재철의 흉악스러운 머릿속에 붙잡힌 아이들의 인격들을 모두 해방시켜 줄 겁니다. 홍재철이 아이들의 얼굴과 이름도 기억하지 못할 정도로 뇌를 청소해야겠지요. 그러고도 그 안에 찌꺼기가 남아 있다면 그것이 어울리는 적절한 곳으로 보낼 겁니다. 그곳이 어디인지는 민 교수가 더 잘 알겠지요. 저 인간이 체포되어 정신 병원으로 들어갔다면 이 일이 가능했을까요?"

함 판사는 이제 완전히 딴사람이었다. 그녀의 주름진 긴 얼굴은 복수의 흥분으로 상기되어 거의 아름다울 지경이었다. 곽도성은 여전히 차분한 얼굴로 마테 차를 마시고 있는 민지희와 함 판사를 번갈아 바라보며 생각을 정리했다.

"홍재철을 보여 주십시오."

그가 말했다.

함 판사는 소파에서 일어나 계단 쪽으로 걸음을 옮겼다. 곽도성은 그녀의 뒤를 따라 지하실로 내려갔다. 지하실에 도착한 함 판사는 오른쪽 끝 나무 문에 달린 커다란 자물쇠를 풀고 문을 활짝 연 다음 그에게 손짓했다.

예상했던 대로 그곳은 보일러실이었다. 조명이 없어서 안은 어두웠다. 곽도성은 아직도 하이든의 음악이 흘러나오는 스마트폰 빛으로 벽을 비추었다.

한 남자가 팔걸이가 달린 의자에 앉아 있었다. 걸치고 있는 옷은 땀에 젖은 얇은 셔츠가 전부였다. 구멍이 뚫린 의자 밑에는 병원용 간이 변기가 달려 있었다. 양팔은 팔걸이에 묶여 있었고 두 다리 역시 쇠사슬로 결박되어 있었다. 오른손이 있던 자리는 망치처럼 부풀어 있었는데, 아마 끈을 풀지 못하게 무언가를 삽입한 모양이었다. 연쇄 살인마의 모습치고는 하찮았다. 얼굴만 보면 술 마시고 패싸움을 하다가 경찰서에 끌려온 취객이라고 해도 이상할 게 없었다.

곽도성은 검지로 홍재철의 턱을 들고 시선을 유도했다. 홍재철은 얼굴을 돌릴 생각도 하지 않았지만, 유리알처럼 텅 빈 그의 눈에서는 어떤 것도 읽을 수 없었다. 곽도성의 호기심은 순식간에 사라져 버렸다. 이 공허한 짐승이 무슨 생각을 하고 있는지 따위는 알고 싶지 않았다.

등 뒤에서 인기척이 느껴졌다. 곽도성은 싫었지만 억지로 뒤를 돌아보았다. 하얀 잠옷을 입은 다섯 명의 여자아이들이 나란히 서서 그를 올려다보고 있었다. 희미하게 날개 치는 소리가 났다. 아이들 등에는 반투명한 백조 날개가 돋아나 있었다. 싸구려 향수 냄새가 방을 채웠고, 하얗게 탈색된 벚꽃 잎들이 눈처럼 떨어졌다. 저 짐승의 빈약한 머리가 만들어 낸 인공 천국이었다.

"미치광이의 환상에 불과합니다."

곽도성은 이를 악문 채 손녀의 유령을 응시하고 있는 함 판사에게 말했다.

"확신할 수 있나요? 이 시대에?"

그녀가 되물었다.

그는 대답할 수 없었다.

스마트폰에서 흘러나오던 제3소나타가 끝났다. 트랙 사이의 침묵이 흐르는 동안 민지희의 경쾌한 목소리가 밖에서 들려왔다.

"다들 도착했어요. 시작할까요?"

돼지치기
소녀

"한 소녀가 있었어. 그 아이의 이름은 샤오메이라고 했어.

샤오메이는 돼지치기였어. 돼지가 뭔지 아니? 옛날에 지구인들이 키우던 가축이야. 벌거벗은 분홍색 몸이 통통한 네 다리 짐승. 사람들은 그 짐승이 다 클 때까지 기다렸다가 죽인 다음 작은 조각으로 잘라서 먹거나 팔았어. 그래, 당시엔 단백질 큐브를 그렇게 만들었단다. 돼지로 만든 큐브를 돼지고기라고 했고 소라는 가축으로 만든 것은 쇠고기라고 했어.

돼지치기라고 했지만, 샤오메이의 직업은 목가적인 것과 거리가 멀었어. 아이가 일하는 곳은 도시 변두리에 있는 10층짜리 돼지 공장이었어. 이곳 꼭대기 층에서 태어난 돼지들은 자라면서 점점 아래층으로 옮겨졌고 지하 2층까지 내려가면 도살되고 분해되었어. 돼지들은 죽은 뒤에야 공장에서 벗어날 수 있었지.

샤오메이의 일은 돼지들을 깨끗하게 관리하는 것이었어. 목욕을 시켰고 배설물을 치웠고, 가끔 돼지들이 좁은 우리에서 싸우거나 날뛰다가 다치면 간단한 치료도 했어. 여덟 시간 동안 샤오메이 혼자였지만 힘든 일은 아니었어. 공장은 일을 대신해 주는 기계와 컴퓨터로 가득했거든. 이 공장에서 진짜 힘든 일을 하는 사람들은 돼지 근처에도 가지 않았어. 다들 돼지 돌보는 기계만 살폈지.

사람들이 샤오메이에 대해 모르는 게 하나 있었어. 그 아이는 뛰어난 정신감응자였어. 아이 자신도 몰랐지. 그런 힘이 있다는 걸 알려 줄 배터리가 주변에 없었으니까.

일을 하고 거의 일 년이 되던 날부터, 샤오메이는 자기 능력을 조금씩 깨닫기 시작했어. 사람들의 마음은 물론, 돼지들의 마음도 들렸어. 지금까지 꿀꿀거리는 고깃덩어리에 불과하다고 생각했던 작은 영혼들의 고통과 공포가 읽혔던 거야.

그게 가능했던 건 공장 안에 배터리 돼지가 한 마리 있었기 때문이야. 태어난 지 팔 개월이 된 암컷. 샤오메이는 그 돼지를 '빕'이라고 불렀어. 공장의 돼지에게 처음으로 붙여 준 이름이었지. 사실 BIB29661라는 일련번호에서 숫자를 뺀 것에 불과했지만.

샤오메이와 빕이 함께하면서 공장 안의 돼지들은 점점 성장했어. 치유 돼지가 생겨서 모두의 지능이 높아졌고, 지능이 높아지자 정신감응 돼지들과 염동 돼지들의 수가 늘었어. 그리고 한 달도 지나기 전에 공장 안의 돼지들은 자신들이 왜 태어났고 어떻게 죽게 될지 알아 버렸어.

샤오메이는 공포에 질린 돼지들을 위로하려고 최선을 다했어. 처음에는 천국을 위조하려 했지. 지하 2층에서 죽어 가는 돼지들의 뇌가 산소 부족으로 환각을 체험하면 그것을 천국이라고 속였어. 하지만 이미 영리해진 돼지들은 그 말을 믿지 않았어.

샤오메이는 이번엔 다른 것들을 보여 주었어. 공장 밖에 무엇이 있는지. 흙과 돌이 무엇인지, 나무와 풀이 무엇인지, 강과 바다가 무엇인지, 바깥세상의 동물들은 어떻게 살고 어떻게 죽는지.

샤오메이가 정신감응으로 보여 주는 풍경들은 아름답기만 하지는 않았어. 그럼에도 돼지들은 그 모든 것을 원했어. 돼지들은 살고 싶었어. 오래 살고 싶은 게 아니라 그저 살고 싶었어. 며칠이라도 밖으로 나가 진짜 공기를 마시고 진짜 물을 들이켜고, 샤오메이가 알려 준 '달리기'라는 행동도 해 보고 싶었어. 그냥 빌딩 안에서 갇혀 지내다 돼지고기가 되고 싶지는 않았어.

빕이 한 살이 되던 날, 돼지들은 탈출하기로 결정했어. 그 계획을 세운 게 돼지들이었는지 샤오메이였는지는 아무도 몰라. 그들의 정신은 이미 하나로 묶여 있었으니까.

결전의 날이 다가왔어. 샤오메이는 저녁에 퇴근하는 척 공장을 떠났다가 뒷문으로 슬쩍 돌아왔어. 일부러 고장 낸 배설물 처리 장치 때문에 다음 담당 직원이 정신없는 동안, 샤오메이는 어렵사리 하나씩 복사한 전자 열쇠로 빌딩 전체의 돼지우리 문을 열었어. 빌딩은 하나의 복도처럼 연결되었고 돼지들은 지하 2층까지 내려가 주차장 통로를 통해 밖으로 빠져나갔어. 불쌍한 직원은 난리 통에 돼지 화장실에 빠져 허우적거리고 있었지.

돼지들은 교외를 향해 뛰었어. 난생처음 바깥세상의 공기를 마시고 그 냄새에 도취된 돼지들은 뭐든지 할 수 있을 것 같았어.

돼지들의 목적지는 샤오메이의 고향이었어. 도시에서 180킬로미터 떨어진 산골 마을. 근처 발전소의 사고 때문에 방사능으로 오염되어 더 이상 사람들이 살 수 없는 곳이었지만 상관없었어. 돼지들은 오래 살고 싶었던 게 아니야. 후손을 남길 생각도 없었어. 잠시나마 진짜로 살고 싶었던 거지.

하지만 사람들은 돼지들을 그대로 두지 않았어. 돼지들, 그리고 넓게 보면 샤오메이도 공장의 소유물이야. 멋대로 나간다고 공장이 소유를 포기하는 것은 아니었지. 무엇보다 정부가 그들을 노리고 있었어. 탈출 상황을 조사한 정부의 과학자들이 공장에서 무슨 일이 일어났는지 알아냈거든. 그들에게 이 일은 배터리의 영향력 안에서 인간들만큼 똑똑해진 돼지들이 반란을 일으킨 중대 사건이었어.

검열당한 언론이 모른 척하는 동안 군대는 샤오메이와 돼지들을 추적했어. 샤오메이들은 가지고 있는 온갖 능력을 동원해 흔적을 지웠지만 쉽지 않았어. 겨우 샤오메이의 고향에 도착했건만 군대는 몇 시간 만에 인공위성으로 돼지들의 위치를 확인했어.

돼지들은 군대가 사냥하러 오고 있으며 자신들이 살아남을 가능성은 거의 없다는 것을 알았어. 예상하고 있던 일이었어. 무섭지도 않았어. 아쉽지도 않았어. 바깥세상에서 보낸 며칠 동안 그들은 진정으로 살아 있었으니까. 단지 군대가 오기 전에 샤오메이가 떠나길 바랐어. 이것은 돼지들만의 일이었으니까. 샤오메이가 상관할 일이 아니었으니까. 하지만 샤오메이는 더 이상 그들을 떠날 수 없었어. 돼지들과 샤오메이는 이제 한운명이었어.

군대가 도착했어. 처음에는 샤오메이를 설득하려 했지만 아무 반응이 없자 사냥이 시작되었어. 총탄이 튀고 폭탄과 독가스가 터졌어. 어차피 오염된 곳이었기에 군인들은 가차 없었지. 사냥이 끝나고 군인들은 사방에 흩어진 돼지고기 조각들 사이에서 샤오메이의 시체를 찾았지만 불탄 고기들은 다들 비슷비슷했어.

정부에서는 돼지들의 반란 사건을 철저하게 은폐했어. 샤오메이는 사고로 죽었다고 발표했지. 실직해서 친척 집에 얹혀 지내던 주정뱅이 아빠는 보상금을 몇 달 만에 술값으로 날려 버렸어. 공장은 잠시 폐쇄되었다가 버섯 공장으로 바뀌었어.

아니, 이야기는 아직 끝난 게 아니야.

그날 모든 돼지들이 죽은 게 아니었어. 빕을 포함한 다섯 마리의 돼지들이 부상당한 채 살아남았거든. 군인들은 다섯 마리를 트럭에 싣고 다른 도시의 연구실로 데려갔어. 그리고 돼지들의 뇌를 가지고 온갖 연구를 했어. 어떤 돼지는 인공 배터리 연구에 사용되었고, 어떤 돼지는 정신감응에 면역력이 있는 인공 지능 연구에 사용되었어.

배터리 연구는 실패했고 빕은 실험 도중 죽었어. 하지만 인공 지능 연구에 쓰였던 두 마리는 살아남았지. 그들은 정신감응력을 잃었지만 새로 배운 인간의 언어로 실험에 이용된 다른 돼지들에게 그들과 샤오메이의 이야기를 들려주었어.

그렇게 전설처럼, 옛이야기처럼, 돼지들의 입을 통해 전해진 기억은 그들의 뇌를 컴퓨터 대신 장착한 우주선들이 목성과 토성으로 날아간 뒤에도 살아남았어. 그리고 그 이야기는 언제나 이렇게 시작해. 한 소녀가 있었어. 그 소녀의 이름은 샤오메이라고 했어……."

나비의
집

1

다섯 명의 괴물들이 전자기 펄스[*]로 속이 타 버린 도시의 폐허 사이를 걷고 있었다.

멀리서 보기에 그들은 휴일을 맞아 쇼핑 나온 평범한 가족 같았다. 하지만 제정신인 사람들이 나들이의 목적지로 송도 시내를 택했을 가능성은 없다. 그들의 태평스러움은 자신들이 얼마나 비정

● 핵폭발 등으로 인해 발생하는 전자 충격파. 과전류를 유발해서 전자 회로를 파괴할 수 있다.

상적인지를 보여 줄 뿐이었다.

"어이!"

공 팀장은 트럭에서 내려 그들에게 손을 흔들었다.

다섯 명 모두 걸음을 멈추었다. 잠시 무표정한 얼굴로 공 팀장을 째려보던 그들은 나른하고 게으른 발걸음으로 도시유지부 트럭을 향해 걸어왔다.

이들 중 가장 정상적으로 보이는 건 앞장서서 걷는 중년 여자였다. 키는 작지만 씨름꾼처럼 다부진 체형의 그녀는 마치 밭에서 일하다가 그냥 나온 사람처럼 초라한 차림이었다. 단단하게 볶은 파마머리는 마치 스프링을 얽어 만든 헬멧 같았고, 회색 작업복 바지에는 흙탕물 자국이 남아 있었다.

그 뒤를 따르는, 여자보다 머리 하나가 크고 열 살 정도 젊어 보이는 남자 역시 그 정도면 정상이었다. 단지 그는 한국인이 아니었다. 동남아시아 아니면 서남아시아 어딘가에서 왔으리라. 한 손에 바닥이 찌그러진 맥주 캔을 들고 있는 품새가 그리 좋은 무슬림은 아닌 모양이었다. 공 팀장이 알기로 저 둘은 커플이었다.

세 번째부터 조금 괴상해졌다. 곰처럼 두리뭉실하게 생긴 남자는 척 봐도 다운 증후군이었다. 단지 그의 작은 눈에는 정신 지체의 흔적이 전혀 느껴지지 않았다. 그가 이 무리에 막 합류했던 오 개월 전에는 그렇지 않았다. 짧은 시간 동안 남자의 내면 어딘가가 급속도로 바뀐 것이다.

네 번째는 무리 중 가장 시선을 끌었다. 20대 중반 정도로 보이는, 완벽하게 짜인 작은 얼굴과 길쭉한 팔다리를 과시하는 젊은 여자는 마치 패션 잡지에서 툭 튀어나온 것 같았다. 공 팀장은 아직도 저 외모가 믿어지지 않았다. 이 년 전까지만 해도 저 여자는 이 모임 중년 여자와 별다를 것도 없는 작달막한 열네 살짜리 여자아이였다. 공 팀장도 지금까지 성형 수술과 시술에 대한 온갖 이야기를 다 들어 봤지만, 어떻게 해야 외모가 저 정도로 변할 수 있는지 상상도 안 됐다. 만날 때마다 여자아이는 서서히 다른 종족으로 변신하는 것 같았다.

가장 괴상한 건 다섯 번째였다. 공 팀장이 이 무리를 처음 만났던 이 년 전, '그것'은 검은 휘장을 둘러친 유모차 안에 있었다. 처음에는 애완동물이 아닌가 했다. 일 년 뒤에야 공 팀장은 유모차 바깥으로 장갑 낀 작은 손이 삐져나오는 것을 볼 수 있었다. 온몸을 검은 옷으로 둘둘 말고 선글라스를 쓴 아이가 유모차에서 나온 건 석 달 전이었다. 그런데 과연 저것은 인간 아이가 맞는가? 저 회색 피부는, 곤충의 다리를 연상시키는 저 손가락들은, 거대한 노란 눈동자가 흰자위가 있어야 할 자리까지 차지하고 있는 저 눈은 뭐냔 말이다.

"그동안 어떻게 지냈어요, 공 팀장?"

중년 여자가 물었다.

"그럭저럭요. 산책합니까?"

공 팀장이 되받았다.

"그냥 운동 삼아."

"이수, 많이 예뻐졌네."

젊은 여자는 웃는 건지 찡그리는 건지 알 수 없는 표정을 지으며 역시 뜻을 읽기 어려운 손짓을 했다.

"새 팀원이 왔나 봐요?"

중년 여자는 화물칸을 흘깃 쳐다보더니, 고참들 사이에서 호기심 어린 눈으로 조카를 훔쳐보는 젊은 남자를 턱으로 가리켰다.

"오늘 처음 데리고 나왔어요. 이제부터 가르쳐야죠."

"재개발 소식은 들었나요?"

"저도 모르죠. 하지만 그게 가능하겠습니까? 시는 파산했고, 서울에서도 사람들이 빠지고 있는데. 아무리 겉이 멀쩡해도 그렇지 누가 피폭 지역에 오려 하겠어요?"

"기껏해야 중성자탄인데."

"여보세요, 아줌마. 그건 댁 생각이죠."

"하긴 그런 사람들이 있으니 우리가 살지."

공 팀장은 대답하지 않았다. 저들을 만날 때마다 기어 나오는 궁금증이 그를 괴롭혔다. 왜 저들은 이 폐허에서 살고 있을까. 방사능이 문제가 되지 않는다고 해도 송도는 사람 살 곳이 아니다. 이곳엔 전기도 수도도 들어오지 않았다. 약탈할 물건들은 바닥난 지 오래였고, 이중 삼중으로 둘러친 검역벽 때문에 바깥 세계로 나가는 것도 만만치 않았다. 지금의 송도는 방부제를 맞은 예쁜 시체였다. 항구 주변을 제외하면 겉은 그럭저럭 멀쩡했지만, 도시유지부 사람들이 분주하게 돌아다니며 붕괴를 막고 있는 덕이었다. 도시는 시체로 남는 데에도 돈이 들었다.

그런데도 저들은 별다른 문제가 없어 보였다. 입고 있는 옷을 보면 밖에도 자주 나가는 모양이었고 돈도 많은 것 같았다. 적어도 젊은 여자가 무심하게 걸치고 있는 정장을 사려면 그의 월급의 몇 배는 지불해야 할 것이다. 저들은 마법사처럼 불가능한 삶을 살고 있었다.

"내일부터 4분기 휴가죠? 뭐 할 거예요?"

중년 여자가 물었다.

"아내와 함께 통영에 잠시 내려갈까 하고요. 그래도 고향인데 가끔 가 줘야죠."

여자는 뭐라고 뜻 모를 소리를 중얼거리며 메고 있던 낡은 숄더백을 뒤적거리더니 깔끔하게 포장된 작은 상자를 꺼냈다.

"별건 아닌데, 동생에게 줘요. 고향에 빈손으로 가면 되나."

공 팀장은 별 주저 없이 선물을 받아 포장을 뜯었다. 백금으로 만든 작고 예쁘장한 물건이었다. 뭔지는 모르겠지만 비싸 보였다. 상자 밑에는 보증서와 설명서가 들어 있었지만 읽지 않았다. 그는 뚜껑을 닫으며 고맙다고 웅얼거렸다.

괴물들은 이제 공 팀장과 볼일이 다 끝났다고 생각한 모양인지,

트럭을 향해 건성으로 손을 흔들고 다시 롯데 백화점을 향해 걸음을 옮겼다. 그들이 현관 앞에 도착하자 자동문이 낮잠에서 깬 듯이 헐레벌떡 열렸다. 젊은 여자와 아이가 가장 먼저 들어갔고 어른들이 느긋하게 그 뒤를 따랐다.

"누굽니까, 팀장님?"

지금까지 젊은 여자만을 뚫어지게 보던 신참이 물었다.

"그런 사람들이 있어."

공 팀장이 바지 주머니에 상자를 쑤셔 넣으면서 대답했다.

"여기는 민간인들이 와서는 안 되는 곳 아닙니까? 매뉴얼에는 저런 사람들을 발견하면 당장 본부에 보고하라고……."

"저 사람들은 달라."

"뭐가요?"

"그건……."

공 팀장은 잠시 말을 멈추었다. 생각해 보니, 그도 왜 저들이 예외여야 하는지 알 수가 없었다. 심지어 왜 자신이 저들에게 알은척을 했는지도 알 수 없었다. 그는 머리를 긁었고 난감한 얼굴로 신참을 올려다보았다.

하지만 그것도 잠시, 공 팀장이 운전석에 올라 시동을 거는 즉시 그들은 괴물들에 대해 까맣게 잊어버리고 말았다.

2

　이수는 미라마레 레스토랑 대기실 안에서 디지털 거울을 켜고 제 얼굴을 관찰했다. 그녀는 얼굴을 확인할 때 좌우가 바뀌어 보이는 광학 거울을 쓰지 않았다. 심지어 눈썹 개수까지 정확하게 세어서 좌우 대칭을 맞추었지만 광학 거울은 늘 실제와 조금씩 다른 얼굴을 보여 주었다. 이수는 왜 그런지 이해할 수 없었다.

　이 정도면 완성품 아냐? 이수는 노란 조명에 반사되어 부드럽게 빛나는 얼굴을 손등으로 쓸어내리며 생각했다. 이마 선이 조금 더 높으면 좋을까? 골격이 너무 모진 걸까? 너무 나이 들어 보이는 건 아닐까? 아니, 그렇지 않다. 이모가 '멀쩡한 눈을 삼백안으로 만들어 놨다.'라고 투덜거리는 새로운 눈도 마찬가지다. 이수의 목표는 아름다움이 아니었다. 그것도 중요하긴 했지만 그보다는 자신의 내면을 바깥으로 끄집어내는 것이 우선이었다. 이수에겐 패션 모델의 화려함을 얼굴에 담는 것보다 디즈니 만화 영화 속 마녀들의 통속적인 사악함을 눈과 입매에 정교하게 반영하는 것이 중요했다.

　조명이 깜빡거리다가 다시 잠잠해졌다. 등 뒤에 기우뚱 서 있는 마루의 시선을 느끼며, 이수는 무덤덤한 발걸음으로 식당 안에 들어갔다. 그녀는 마루의 감정이 무엇인지 알고 있었다. 이 독심술사들 소굴에서 서로에게 감정을 감추기란 불가능했다. 짜증 났지만 어쩔 수 없었다. 그냥 모르는 척 예의를 차리며 서로를 대하는 수밖에.

레스토랑의 창문을 통해 해 지기 직전 골든 타임의 해변이 보였다. 얼핏 15층 높이에서 내려다보는 듯한 그 풍경은 여러 면에서 가짜였다. 우선 미라마레(Miramare)는 이름에 어울리지 않게 지하 2층에 있었고, 해변에서 몇 킬로미터나 떨어져 있었으며, 지금은 오래전에 해가 넘어간 저녁 8시 5분이었다. 결정적으로 창밖의 모든 풍경은 카피탄 레오노프호에 숨겨져 있던 중성자탄이 폭발하기 이 초 전에 멎어 있었다.

창문 앞에서는 이모와 현우 아저씨가 이야기를 나누고 있었다. 나비는 옆쪽의 유아용 의자에 앉아 스푼으로 테이블을 치고 있었다. 알리는 주방에 있었다. 벌써부터 그가 만들고 있는 양고기 스테이크의 향이 퍼져 나왔다. 벽에 달린 스피커 안에서는 프랭크 시나트라가 「마이 퍼니 밸런타인」을 부르고 있었다. 공기 정화기에서 흘러나오는 산들바람에 테이블의 냅킨이 가볍게 떨렸다.

벨이 울리고 원통형의 웨이터 로봇이 주방에서 굴러 나왔다. 로봇의 서툰 금속 손이 강낭콩 수프를 서빙하기 시작하자 사람들이 뒤늦게 테이블로 몰려들었다. 현우의 얼굴에는 전에 없었던 상처가 나 있었다. 치유자의 능력 없이도 충분히 지울 수 있는 정도였지만, 그는 광대뼈를 따라 완벽한 각도로 그어진 상처가 자랑스러운 모양이었다. 현우다웠다. 그는 그런 식의 구닥다리 남성성의 흔적에 집착했다.

"이제 꼬마도 사람 꼴이 되어 가네. 네 작품이냐?"

현우가 테이블 맞은편에서 이유식을 떠먹고 있는 나비를 가리키며 말했다.

"응."

이수는 빵 조각으로 접시 바닥에 남은 수프를 훑으며 대답했다.

"그래도 아직 멀었다. 얼마나 더 걸려?"

"일 년. 아니면 이 년?"

"어떤 모양으로 굳힐 건지 계획은 세워 놨어?"

"물론."

"우리가 꼬마를 처음 발견했을 때 생각나냐? 쟤 엄마는 바로 저기 샹들리에에 목매고 죽어 있었잖아. 꼬마는 바닥에 뒹굴고 있었고. 담요 벗겨 내고 얼마나 놀랐었는지 기억나? 세상에 괴물도 그런 괴물이 없었어. 그러니 엄마가 자살하지."

"기억나, 아저씨. 하지만 '우리'라고 하지는 말지? 그때 아저씨는 여기 없었잖아. 지금 아저씨가 말하는 기억은 우리 기억이야. 아저씨 것이 아니야."

"이러니까 내가 미치지. 게다가 네 이모는 날 제대로 대접하지도 않았지. 엔진을 돌려라, 발전기를 돌려라, 돌무더기를 옮겨라, 불을 붙여라. 염동력자가 무슨 머슴인 줄 알아."

"우리가 없었다면 넌 제대로 된 염동력자도 못 됐어."

그때까지 가만히 있던 이모가 말했다.

"말은 똑바로 합시다. 거기 왜 당신들이 들어가나? 모두 저 괴물 배터리 때문인데."

주방에서 웨이터 로봇이 양고기 스테이크를 가지고 돌아오자 말싸움은 제대로 시작하지도 못한 채 중단되었다.

양고기 스테이크는 알리와 이수의 공동 창작품이었다. 메뉴판에는 '미라마레에서는 풀무원 배양육만을 사용합니다.'라는 문구가 적혀 있지만 이는 절반 정도만 옳았다. 접시에 담긴 고기는 풀무원 배양 기계를 통해 제조된 것이지만, 배양에 사용한 씨앗 세포는 알리가 직접 구해 온 것이다. 그리고 스테이크에 스며 있는 양고기 특유의 향과 피의 맛은 모두 이수의 작품이었다. 치유자가 가진 수많은 재주 중 하나였다.

처음에는 이수도 치유자가 그냥 병을 고치는 능력이 있는 사람인 줄 알았다. 하지만 자연은 그 어떤 것도 기능을 목적으로 창조하지 않는다. 이수의 능력은 신경을 통해 흐르는 인체의 미세한 정보에 감응하며 세포와 같은 작은 것들에 분자 단위의 변형을 가할 수 있는 미세 염동술이었다. 병의 치료에 가장 효과적으로 쓰였지만 다른 용도도 많았다. 외모 변형, 양고기 맛 개량과 같은 일은 그중 일부였다. 이수는 만만치 않은 해커이기도 했다. 인체에 비하면 인간들이 만든 전산망은 단순하기 짝이 없었다.

처음부터 이수가 원했던 능력은 아니었다. 하지만 그들이 먹을 거리를 찾아 들어간 텅 빈 레스토랑에서 자살한 엄마와 죽어 가는 아기를 발견했을 때, 누군가는 치유자가 되어야 했다. 스스로 능력을 선택할 수 있었다면 이모가 치유자가 되었을 것이다. 하지만 아기와 감응하며 꺼져 가는 생명에 불을 붙일 수 있었던 건 이수뿐이었다. 일단 치유 능력이 발현되자 그것은 곰팡이처럼 조금씩 그녀의 정신을 장악했다.

그러는 동안 이모와 알리 역시 각자의 능력을 개발했다. 알리가 정신감응 쪽이었다면, 이모는 정신통제 쪽이었다. 속도는 빨랐다. 그들의 소유가 된 아기의 힘은 엄청났다. 공짜로 핵 발전소 하나를 얻은 셈이나 다름없었다.

아기를 뺏기고 싶지 않았던 그들은 자연스럽게 송도에 눌러앉았다. 아기의 능력을 들키지 않을 정도로 텅 비고 넓으면서 어느 정도 문명화된 생활이 가능한 곳으로 다른 대안이 떠오르지 않았다. 단지 이 빈 도시를 가동시키기 위해서는 염동력자가 한 명 필요했다. 처음에는 인천 폭동 때 동지였던 자야 아저씨가 그 역할을 했지만 이모와 대판 싸우고 떠났다. 다음에 데려온 건 알리가 몇 년 전 직장에서 잠시 알고 지냈던 현우 아저씨였다. 현우 아저씨도 이모와 그리 잘 지내지 못했고, 그들의 관계는 팔 개월 만에 끝났다. 한 달 동안 염동력자 없이 지낸 그들은 결국 극빈자 병원에서 폐렴으로 죽을 날만 기다리던 마루를 데려왔다. 이수는 그의 수명을 오 년 연장시켰고, 뇌를 수리했다.

"도대체 왜 왔어?"

식사가 거의 끝날 무렵, 지금까지 주방 문가에 서서 현우의 등을 바라보고 있던 알리가 물었다. 그 질문은 아무런 맥락 없이 그냥 던져진 것 같지만 그렇지 않았다. 알리는 식사 내내 현우의 마음을 읽고 있었고, 현우도 그 사실을 알고 있었다. 알리의 질문은 그동안 물밑에서 이어지던 비공식적인 대화를 밖으로 끄집어내는 것이었다.

"일거리가 있어. 아주 큰 거."

현우는 뒤돌아보지도 않고 대답했다.

"도대체 언제부터 나인규 밑에서 일했던 거야?"

"그럼 안 되나? 내가 언제까지 너네 같은 괴물들 하인 노릇이나 하다 죽을 줄 알았어?"

"의사한테나 가라고 그래."

이수는 헛기침을 했다. 누군가 끊지 않는다면 계단을 한 칸씩 건너뛰는 듯한 대화가 끝없이 이어질 판이다.

"의사가 고칠 수 있는 병이 아니야."

현우가 말했다.

"고친다고 해도 뇌에 더덕더덕 생체 칩을 박아야 해. 말하는 법도 새로 배워야 하고 후각과 미각은 온전하게 복구가 불가능하대. 훨씬 좋은 방법이 있는데 왜 그 고생을 하냐? 앞으로 살날이 얼마나 남았다고."

“그러게 건강 진단을 꾸준히 받을 일이지.”

현우는 그 비아냥에 대꾸하지 않았다.

“나인규는 치유사가 없어? 왜 하필이면 이수야?”

이모가 물었다.

“치유사야 있지. 하지만 지금 그쪽에서 쓸 수 있는 배터리가 겨우 3급이야. 그것 가지고 치유사가 무얼 하겠어? 기껏해야 부러진 뼈나 붙일 수 있겠지. 이수가 전자 현미경이라면 그쪽 치유사는 마트에서 파는 장난감 현미경 수준이야. 당연히 뇌는 손도 못 대지. 1급 배터리를 구한다고 해도 그 정도 에너지는 다룰 줄도 모르고. 제대로 치료하려면 이수와 나비 모두 필요해.

날 배신자처럼 보지 마. 나도 당신들 비밀은 노출하고 싶지 않았다고. 말 못하게 저 아줌마가 자물쇠도 채웠잖아. 하지만 그쪽 독심술사가 내 마음을 먼저 읽어 버렸으니 나라고 어쩔 수 있나. 게다가 이 정도면 모두에게 이익 아냐? 그냥 고객이 아니야. LK라고. 언제까지 나비를 송도에 숨겨 둘 거야? 조금만 지나면 송도도 좁을걸? 그때가 되면 어떻게 할 거야? 그냥 정부에 나비를 갖다 바칠 생각이야? 안 좋은 일이 있었다는 건 알아. 하지만 과거는 잊고 미래를 생각해. LK를 뒤에 업는 건 그렇게 나쁘지 않아. 어차피 나인규는 그때 일과 별 상관도 없잖아.”

잠시 조용해졌다. 알리를 통해 사람들의 생각들이 희미하게 흘러나와 연기처럼 방 안을 채웠다. 현우는 정곡을 찔렀다. 언제까지 이렇게 살 수는 없다. 나비와 자신들을 위해 무언가를 해야 할 때이다. 그리고 현우의 제안은 그들이 지금까지 꿈꾸었던 것들의 총합보다 그럴싸했다. 현우는 언제나처럼 불편하고 불쾌했지만 그의 생각에는 진실이, 심지어 약간의 선의까지 담겨 있었다. 이것은 모두가 이기는 게임이다.

"언제 시작하면 되는데?"

이모가 물었다.

"빠를수록 좋아. 하지만 사전 작업을 하려면 며칠 잡아먹을 거야. 그쪽도 그렇지만 당신들도 준비해야 하잖아. 일주일 뒤 이 시간, 여기는 어때? 이수도 저녁이 좋지?"

이수는 엉겁결에 고개를 끄덕였다.

현우는 자리에서 일어났다. 이모와 알리가 그의 주변으로 모였다. 그들은 나인규의 병세에 대해 좀 더 자세한 이야기를 나누었고 관련 자료가 담긴 카드를 받았다. 이수는 여전히 식탁 앞에 앉아 있었지만 이모를 통해 모든 정보들을 확인할 수 있었다. 기술적으로 그렇게 어려워 보이지는 않았다. 필요한 건 이수의 끈기와 나비가 줄 수 있는 에너지였다.

이모는 동의할 것이다. 아무리 나인규와 LK가 싫어도 지금으로서는 대안이 없다. 어차피 지금의 LK는 옛날의 LK가 아니다. LK는 본토에서 더 멀리 떨어진 섬을 찾아 줄 수 있을지도 모른다. 해외로 보내 줄 수도 있겠지. 아니면 나비의 정체를 공개하고 정부로부터 적극적으로 보호해 주거나.

어느 경우든 그들은 송도를 떠나야 할 것이다. 이수는 아쉬웠다. 그녀는 이미 이 유령 도시에 정들어 있었다.

3

로터 없는 헬리콥터 두 대가 롯데 백화점 앞 도로에 착륙했다. 방음 장치 때문에 소음은 거의 나지 않았고, 창문 없는 몸체는 클로크(Cloak) 외피 때문에 유리병처럼 투명해 보였다. 조용한 동시에 요란하기 짝이 없는 방문이었다.

문이 열린 건 나중에 착륙한 헬리콥터였다. 맨 처음에 현우가 내렸고, 그다음에 검은 양복을 입은 남자 둘이 내렸다. 마지막으로 작은 키에 얼굴이 네모나고 통통한 체구의 노인이 휠체어를 타고 나왔다. 그가 나인규라는 건 현우가 소개하지 않아도 알 수 있었다. 주치의로 추정되는 등이 구부정한 중년 남자가 나인규의 뒤를 따랐다.

이수는 이모를 통해 그들의 능력을 확인했다. 헬리콥터 조종사들과 양복 입은 보디가드들은 모두 염동력자다. 주치의는 당연히 치유자였다. 나인규는 염동력과 독심술 능력을 반반씩 가지고 있었는데, 굳이 한쪽으로 능력을 모을 생각은 없는 모양이었다. 이들은 송도에 도착한 뒤로 이모의 관리를 받고 있었다. 어려운 일은 아니었다. 염동력자들은 대부분 관리가 쉬웠다. 가장 짜증 나는 자들은 이모처럼 정신통제 능력이 있는 부류나 환상술사들이었다. 그런 부류를 만나면 이모는 아예 처음부터 상대도 하지 않았다.

나인규의 휠체어 바퀴가 이모와 함께 현관 앞에 나와 기다리고 있던 이수의 발 바로 앞에서 멎었다. 노인은 이모를 올려다보며 싱긋 웃었다.

"조하늘 씨입니까? 반갑습니다. 나인규입니다."

이모는 아무 말 없이 무표정한 얼굴로 손을 내밀었다. 그는 이모가 내민 손을 왼손으로 엉성하게 잡았다.

"치료해 준다니 고맙습니다. 날 좋게 보지 않는다는 것은 압니다. 하지만 언제까지 우리가 이러고 지낼 수는 없지 않습니까. 같이 잘해 봅시다."

"그래야죠."

이모는 무뚝뚝하게 대답했다. LK 연구소 세균 감염 사건으로 아버지를 잃은 사람이 갖출 수 있는 최대한의 예의였다.

"그때 파일을 봤어요."

노인이 말했다.

"우릴 안 좋게 생각하는 것을 압니다. 하지만 당시 난 말단 월급쟁이였어요. 그 일에 대해서는 아무것도 모릅니다. 그리고 아버지 대에서 회사가 늦게나마 보상을 했지요. 많이 모자랄 수밖에 없다는 건 압니다. 돌아가신 분들이 살아 돌아올 수는 없지만, 여기서 병을 치료하고 나가면 당시 가족을 잃은 모든 분들에게 몇 배로 보상하겠습니다. 회사의 책임도 다시 한 번 분명히 밝힐 겁니다."

이수는 얼굴을 찡그렸다. 알리는 나비와 함께 있느라 못 왔지만, 이모의 정신감응력만으로도 노인의 말이 진담이라는 것을 알 수 있었다. 하지만 그 진담은 억지로 만들어지고 불필요하게 힘이 들어간 조악한 생각이었다. 죽는 게 무서워 발버둥 치는 이기적인 노인네나 만들어 낼 수 있는 뻔한 생각.

그때 노인이 갑자기 이수에게 고개를 돌렸다.

"네가 이수냐?"

이수는 고개를 끄덕였다. 노인은 아까의 죄책감 어린 표정을 싹 지우고 키들거리며 웃었다. 그의 입 안에서는 입 냄새와 약물 냄새가 최악의 비율로 섞인 악취가 났다.

그들은 현우의 안내를 받으며 미라마레 레스토랑을 향해 움직였다. 마루가 이미 엘리베이터와 조명을 켜 놨기 때문에 지하상가는 잠시 살아 있는 것처럼 보였다. 이수는 뒤에서 따라가며 나인규의 뇌를 스캔했다. 그의 상태는 자료에서 보았던 것과 거의 비슷했다. 수술은 가능했지만, 부작용이 심각했다. 그 나이의 환자에게 치유자는 상상할 수 있는 유일한 대안이었다.

레스토랑 대기실은 이미 준비가 끝나 있었다. 조명은 마루가 들고 있는 작은 LED 전구가 전부였고, 대기실 문 옆에는 방음기가 작동되고 있었다. 구석 벤치에 앉아 있던 마루는 일어나서 흐릿하게 인사하고 뒤로 빠졌다. 현우로부터 이미 들었는지 주치의는 주저하지 않고 휠체어에서 노인을 안아 일으켜 한가운데에 놓인 리클라이너에 앉혔다. 보디가드 두 명은 대기실 밖에 머물렀다.

"나비는 어디 있나?"

노인이 물었다.

"다른 건물에요."

이수가 대답했다.

"치유 과정 중에는 너무 가까운 곳에 배터리를 두면 안 좋아요. 제 능력에 과부하가 걸리니까요."

"그래도 얼굴을 봤으면 좋겠는데."

"현우 아저씨가 사진을 보여 주지 않았나요?"

"그때와는 많이 다르다고 하던데."

"그래도 지금은 안 됩니다. 지금도 너무 늦었어요. 자, 과정은 들어서 아시죠? 전 회장님의 종양 세포를 격리한 다음 자기 파괴를 유도할 겁니다. 하지만 회장님의 종양은 악성이기 때문에 이것만으로는 완전히 치유할 수 없어요. 최소한 나흘간 치유를 반복하면서 남은 종양을 제거하고 파괴된 조직을 복원해야죠. 한꺼번에 하면 제 집중력이 떨어지고 사고가 생길 수도 있습니다. 뇌종양의 경우 저에겐 삼십 분이 한계예요. 하지만 나흘만 들이면 문제가 되는 부분을 깨끗하게 청소할 수 있어요. 시술이 끝난 뒤에는 적어도 오

년 동안 재발 여부를 정기적으로 확인해야 해요. 하지만 그걸 다 합쳐도 일반적인 나노봇 수술보다 훨씬 빠르고 정확하지요. 부작용은 물론 불필요한 칩을 이식할 필요도 없고, 이후 재활 훈련 기간도 몇십 분의 일로 줄 거예요. 그럼 지금부터 시작할까요?”

노인은 포기한 듯 리클라이너에 등을 대고 누웠다. 마루가 들고 있던 LED 전구를 탁자 위에 내려놓자 전구는 곧 빛을 잃고 어둠 속으로 사라졌다. 방 안의 방음기가 최대한으로 작동되어 완벽한 침묵 상태였다.

이수는 노인의 머리에 손을 얹었다. 천조 개의 시냅스로 연결된 천억 개의 신경 세포가 이수를 향해 노래를 불렀다. 이수의 정신은 그 노래를 타고 밑으로 더 밑으로 내려갔다. 그러는 동안 이수의 심상에 잡힌 노인의 뇌는 야구 경기장 크기로 부풀었고 그녀는 그 안을 헬륨 비행선처럼 천천히 유영했다. 이수가 떠도는 공간은 노인의 실제 뇌와 그대로 대응하지는 않았다. 지하철 노선도처럼, 이수가 만든 심상들은 오로지 뇌의 위상 기하학적인 연결과 기능만을 보여 주었다.

곧 신호가 들려왔다. 조그만 아이들의 속삭임처럼 들리는 노래 속에 팀파니가 울리는 듯한 쿵쿵거리는 소리가 들렸다. 종양 세포들이었다. 이수는 곧 그 소리를 검은 잉크 얼룩과 같은 심상으로 전환시켰다. 작은 비명 소리가 들렸다. 마치 주변의 순진무구한 뇌 세포들이 자기네 속에 숨어 있던 적들을 뒤늦게 발견하고 소스라

치게 놀라는 것 같았다. 이 역시 이수가 만들어 낸 허구였다. 이수
는 이런 식의 의인화와 드라마를 거쳐야만 일을 할 수 있었다.

　이수는 남은 이십 분 동안 제거할 수 있는 종양 세포들을 찾아
지도를 그렸다. 팀파니 소리가 점점 커졌고 그에 따라 잉크 얼룩은
점점 짙어졌다. 그러다 완전히 검은색이 된 얼룩은 소리를 멈추고
하나둘씩 타 버린 종이처럼 가루가 되어 사라졌다. 이십여 분간 이
과정이 되풀이되면서 후두엽의 시각 신경로를 침범한 종양은 거
의 완벽하게 제거되었고, 주변의 과발현된 혈관 조직 역시 깨끗하
게 정리되었다.

　이수는 휘청거리면서 자신이 만든 심상에서 빠져나왔다. 머릿
속의 가짜 이미지와 눈으로 보는 현실을 구별하느라 몇 초간 애를
먹었다. 현기증을 느낀 그녀는 옆의 벤치에 주저앉았다. 탁자 위의
LED 전등이 빛을 냈다. 한동안 감고 있던 눈을 뜨니 걱정 어린 표
정의 마루가 그녀의 얼굴을 내려다보고 있는 게 보였다. 방음기는
꺼져 있었다.

　현기증이 멎자 이수는 벤치에서 일어났다. 주치의는 의식을 잃
고 누워 있는 노인을 진찰하고 있었다. 그가 가지고 있는 소닉 스
크류 드라이버*처럼 생긴 작은 장비로 이수의 시술 결과를 확인
하는 것은 불가능하다. 이미 나인규를 위한 다른 장비를 첫 번째

---

* 영국의 SF 드라마 「닥터 후」 시리즈의 주인공이 사용하는 다용도 장비.

헬리콥터에 싣고 왔다는 걸 이수도 알고 있었다. 맘껏 확인해 보라지. 난 하겠다고 한 일은 다 했답니다.

정신을 차린 노인은 신음을 뱉으며 윗몸을 일으켰다. 그는 눈을 비비고 이마와 관자놀이를 문질렀다. 주치의는 다시 그를 부축해서 휠체어에 앉혔다. 마루는 호텔 직원이라도 되는 양 달려가서 그들 앞의 문을 열었다.

"나비는?"

노인이 힘없는 목소리로 물었다.

"일단 좀 쉬시죠?"

이수가 쏘아붙였다.

"난 나비를 봐야겠어. 내가 그 애에게 해 줄 일이 얼마나 많은데 그 정도도 요구 못 하나?"

이수는 손가락을 딱 쳐서 마루를 부르고 노인을 가리키며 손짓했다. 마루는 알겠다는 듯 미소를 지으며 아까 연 문을 통해 나갔다. 휠체어와 주치의가 잇따라 나갔고, 그 뒤를 다시 두 명의 보디가드들이 따랐다.

이수는 대기실에 남았다. 그녀는 조명을 켜고 아까까지 나인규가 앉아 있던 리클라이너에 누웠다가 다시 일어났다. 리클라이너와 그 주변에는 늙은 남자의 몸에서 옮은 불쾌한 노린내가 남아 있었다. 진저리를 치며 일어난 그녀는 계산대 옆에 있던 공기 탈취제를 들고 의자에 뿌렸다. 다시 누우려 했지만 영 찜찜했다. 결국 옆의 벤치에 걸터앉았다.

이 년 전까지만 해도 이수는 이런 자신을 상상도 할 수 없었다. 치유사란 그냥 아픈 부분을 어루만지기만 하면 되고, 나머지는 치유력이 다 알아서 해 주는 줄 알았다. 그렇지 않았다. 치유에도 기술과 공부가 필요했다. 대부분의 치유사들이 암을 치료한다고 설치다가 오히려 환자를 죽이고 마는 것도 능력만 믿고 아무렇게나 덤볐기 때문이다. 특히 암의 경우, 절대로 몸의 자연 치유 능력을 믿어서는 안 되었다. 몸은 그런 것까지 알아서 할 정도로 똑똑하지 않다.

이 년 동안 이수의 지식은 급속도로 성장했다. 책이나 인터넷으로 배우기도 했지만 대부분은 알리가 송도로 납치해 온 다른 의사들의 지식을 약탈한 것이었다. 이수의 머릿속에는 스무 명이 넘는 의사들의 지식을 얽어 만든 프랑켄슈타인의 괴물이 들어 있었다. 그것들은 끊임없이 서로 충돌하고 어긋났지만, 이수는 관리하는 방법 역시 알고 있었다. 지난 이 년 동안 그녀가 손댄 300여 명의 환자들 중 사망자는 단 한 명도 없었고 95퍼센트가 완치되어 돌아갔다. 치유자들의 능력에 대한 정확한 통계는 아직 나와 있지 않지만, 이 정도면 자랑스러워할 만도 했다.

알리와 이모, 이수는 완벽한 삼총사였다. 알리는 병원에서 의사들이 포기한 환자를 찾아내 보호자들을 설득했다. 이수는 알리가 송도에 데려온 환자를 치료했다. 이모는 보호자로부터 돈을 받아

냈고 그들의 머릿속에서 송도에 대한 구체적인 기억을 지웠다. 알리는 종종 이수가 하는 중간 과정은 생략되어도 상관없다고 농담했다. 정말 그렇게 믿었던 건 아니었지만.

쉬는 동안, 나인규 일행의 정보가 이모와 알리의 두뇌를 거쳐 희미하게 전해졌다. 그들은 지하상가를 벗어나 나비가 있는 롯데 호텔 3011호실로 들어갔다. 알리가 그들을 맞이했다. 보디가드들은 나비의 모습에 질겁했다. 그들이 발산한 염력 때문에 미니바의 아몬드 깡통이 튕겨 나갔다. 나인규는 짜증 나는 듯 쉿 소리를 냈다. 이수는 나비의 관점에서 나인규를 보고 싶었지만, 나비는 손님이 왔을 때 늘 그러듯이 굳게 방화벽을 치고 있었다.

지루한 대화들. 의미 없는 예의와 절차들. 따분한 그림들. 이수는 이모와 알리가 보내오는 정보들을 배경 음악처럼 무시하며 책장의 종이 책을 한 권 꺼내 들었다. 20세기 대만 작가가 쓴 단편집의 영어 번역본이었다. 훑어보았다. 조폭 남자 친구 때문에 고생하는 술집 여자 이야기였다. 한숨이 나왔다. 이수는 이런 부류의 인간들을 이해할 수 없었고, 이런 이야기를 읽으라고 내놓는 작가들은 더더욱 이해할 수 없었다. 책을 도로 꽂고 옆에 있는 다른 책을 뽑았다. 자개 공예 사진집이었다. 꿀꿀한 인간들보다 예쁜 조개껍데기가 나았다.

한참 사진들에 몰두하고 있는데, 갑자기 주변이 조용해졌다. 이수는 처음에 방음기가 오작동한 것이라고 생각했다. 하지만 사라진 건 주변의 소음이 아니었다. 여전히 레스토랑 안쪽에서 공기 정화기의 희미한 소리가 들려오고 있었다. 사라진 것은 알리와 이모가 보내오는 신호였다.

이수는 벤치에서 일어났다. 귀를 기울이고 심안을 열었다. 아무것도 들리지 않았고, 아무것도 보이지 않았다. 그녀는 휴대 전화를 꺼냈다. 주변의 보안 장치와 연결된 증강 현실 앱을 켜고 호텔 쪽을 겨누었다. 호텔 조명이 불안하게 깜빡이고 있었다.

바로 그 순간 지하상가와 레스토랑의 조명이 모두 꺼졌다. 호텔의 조명은 일이 초 동안 더 깜빡였지만 역시 사라져 버렸다.

이수는 레스토랑에서 뛰쳐나갔다. 백화점 입구까지 숨도 제대로 쉬지 않고 달렸다. 열려 있는 입구 너머에서 윙윙거리는 소음이 들렸다. 헬리콥터 두 대가 모두 날아오르고 있었다. 이수는 유리문을 통해 이 어이가 없는 광경을 바라보고만 있었다. 믿을 수가 없었다. 이런 엄청난 일이 일어나고 있는데 오직 눈과 귀로 정보를 얻을 수밖에 없다니.

투명한 헬리콥터들은 모두 동쪽을 향해 날아갔다. 그런데 왼쪽에서 날던 한 대가 갑자기 휘청거렸다. 사오 초 동안 미친 듯이 회전하던 헬리콥터는 마치 충돌이라도 하려는 것처럼 오른쪽 헬리콥터에 접근했다. 동체가 거의 닿으려는 순간 오른쪽 헬리콥터가 급히 고도를 높였고, 왼쪽 헬리콥터는 공중에서 노란 불꽃을 내며 폭발해 버렸다.

그리고 그 순간에야 이수는 이모가 보내는 마지막 신호를 읽을
수 있었다.

4

공 팀장은 잠에서 깼다. 무언가 거북하고 이상한 느낌이 배를 자
극했다. 그는 신음 소리를 내며 침대에서 몸을 일으켰다. 저녁에
무얼 잘못 먹었나? 아니, 이 통증은 장과 아무 상관도 없었다. 생각
해 보니 처음부터 통증 같은 건 없었다.
새벽 2시 반이었다. 그는 끙끙거리며 다시 침대에 누워 이불을
뒤집어썼다.
희미한 벨 소리가 들렸다.
다시 눈을 뜬 그는 문 쪽을 노려보며 귀를 기울였다. 누군가가
아파트 초인종을 누르고 있었다. 공 팀장은 잠에서 깨어 어리둥절
한 얼굴로 남편을 올려다보는 아내를 뒤로하고 침실에서 나왔다.
현관문의 보안 모니터가 켜져 있었다. 연예인처럼 예쁘고 늘씬한
젊은 여자가 지친 표정으로 카메라를 응시하고 있었다.
처음엔 무슨 장난인가 했다. 저런 여자가 내 집 초인종을 누르다
니 말이 되는가. 하지만 모니터를 바라보는 동안 그의 뇌는 지금까
지 묻혀 있던 정보들을 하나씩 살려 냈다. 이수였다. 송도의 이수.

공 팀장은 문을 열었다. 이수는 마치 술에 취한 것처럼 비틀거리며 아파트 안으로 들어왔다. 이수의 뒤에는 지금껏 그녀에게 가려져 보이지 않았던 마루가 서 있었다. 마루는 허락해 달라는 듯, 강아지 비슷한 얼굴을 하고 공 팀장을 바라보았다. 그가 고개를 끄덕이자 마루는 조용히 안으로 들어와 신발을 벗었다. 밝은 곳에서 보니 그의 외투 목 주변은 피로 젖었고 등 부분이 찢겨 있었다.

침실 문 옆에 선 아내는 어깨를 으쓱하며 그들을 턱으로 가리켰다. 공 팀장은 난감해졌다. 저들을 어떻게 해야 설명할 수 있을까. 그나마 다행은 아내가 이수를 숨겨 놓은 애인으로 착각할 일은 없다는 것이었다. 둘의 급이 다르다는 것은 누가 봐도 알 수 있었다.

"무슨 일이니?"

공 팀장이 물었다.

"이모랑 알리가 죽었어요. 나비는 납치당했고요."

이수는 식탁 앞 의자에 털썩 주저앉으며 대답했다.

이모와 알리, 나비에 대한 정보가 살아나는 데에는 또 십여 초의 시간이 필요했다. 한참 뒤에야 그는 다음 질문을 했다.

"누가?"

이수는 나인규의 이름을 꺼냈다. 그녀는 이어서 환상술사, 정신 통제사와 같은 단어들을 꺼냈고 공 팀장이 온전히 이해할 수 없는 끔찍한 음모들을 늘어놓았다. 그러는 동안 새로 깨어난 정보는 없었다. 공 팀장이 이해한 건 지금 자신의 뇌가 이런 상태인 이유였

다. 그 사람 같지 않은 아기는 연속극 세계에서나 존재하는 줄 알
았던 괴물 배터리였다. 이수의 가족들이 그렇게 먹고살 수 있었던
것은 바로 그 아기 덕이었다. 그들이 공 팀장과 팀원들의 뇌를 주
물럭거릴 수 있었던 것도 바로 그 아기 때문이었다.

　화가 머리끝까지 났다. 하지만 그 감정은 곧 사그라졌다. 이수
는 이야기하는 동안 울고 있었다. 목소리는 언제나처럼 냉담했고
얼굴은 무표정했지만, 눈에서는 소리 없는 눈물이 흘러나오고 있
었다. 공 팀장은 가족을 잃은, 어이가 없을 정도 예쁜 여자 앞에 서
있었다. 그는 그만 순진하게도 그 광경에 넘어가 버렸다.

　아내가 티슈를 꺼내 이수에게 넘겨주었다. 이수는 티슈로 눈물
을 닦고 잠시 천장을 노려보며 눈물이 멎기를 기다렸다. 그러는 동
안에도 마루는 엉거주춤한 자세로 서서 이수의 등을 바라보고 있
었다. 뒤늦게 마루의 상처를 눈치챈 아내는 침실 벽장에서 구급상
자를 꺼내 가지고 나왔다. 마루는 주춤하더니 아내를 따라 소파에
앉았고 상처를 치료할 수 있도록 주섬주섬 외투와 셔츠를 벗었다.
마루의 등에는 날카로운 금속 물체가 대각선으로 스치고 지나간
것 같은 상처가 나 있었다.

　"이제 어떻게 할 건데?"

　공 팀장이 다시 이수에게 물었다.

　"나비를 찾아와야죠."

　"왜?"

"왜라뇨?"

이수는 어이가 없다는 듯 되물었다.

"잘은 모르지만, 네가 어쩔 수 있는 일이 아닌 것 같은데?"

"하지만 알리는요? 이모는?"

"경찰에 신고하면?"

이수는 어이가 없다는 듯 픽 소리를 냈다. 하긴 공 팀장이 생각해도 말이 안 되는 소리였다.

"그럼 뭔가 방법이 있니?"

"당연하죠. 그래서 아저씨한테 온 건데. 우리가 지금까지 아무 대비도 하지 않았을 것 같아요? 왜 우리가 아저씨를 계속 도와주었을까요? 왜 우리가 아저씨 빚을 대신 갚아 주고, 동생분 병원비를 대 주었을까요? 아저씨가 지금도 이 집에서 쫓겨나지 않고 살 수 있는 이유가 뭐라고 생각하는 거예요?"

이수는 당황한 공 팀장이 대답을 생각하기도 전에 잽싸게 덧붙였다.

"모르겠어요? 아저씨는 우리의 여벌 배터리예요."

5

자야는 가는눈을 뜨고 이수 옆의 의자에 쪼그리고 앉아 있는 손님을 관찰했다. 머리가 벗어지고 초라한 40대 초반의 남자였다. 트럭에서 일하는 시간이 많은 듯, 재활용 식용유의 구수한 냄새를 풍겼다. 그는 불안한 얼굴로 하야로비 이삿짐센터 사무실의 비디오 벽지에서 춤추고 있는 하늘하늘한 속옷 차림 여자들을 훔쳐보고 있었다.

"이 사람이 너의 새 배터리란 말이지? 도대체 지금까지 어떻게 숨긴 거야?"

자야가 이수에게 물었다.

"우리 구역을 도는 도시유지부 직원이야."

이수가 대답했다.

"알리가 맨 처음 알아봤어. 나비가 있는 곳에 배터리가 또 들어오면 어떻게 되겠어? 일 나기 전에 막아야지. 그냥 억제한 게 아니라 능력이 조금씩 쌓이게 두뇌 구조를 조절하고 나비 때문에 완전히 충전되지 않도록 입구만 막아 놨어. 그러다 어제 내가 안전핀을 뽑았고. 저 아저씨도 자기가 배터리라는 걸 어제 처음 알았어."

"그게 가능해?"

"우린 그렇게 잘났거든."

"능력은?"

"느껴지지 않아?"

자야는 책상 위에 놓인 나무 오뚝이를 향해 손가락을 가볍게 내밀었다. 오뚝이는 강한 바람이라도 맞은 듯이 앞뒤로 흔들렸다.

“4급 정도는 되겠네.”

“지금은 그 정도면 충분해. 아니, 오히려 더 세면 불편해. 우린 나비가 있는 곳까지 가기만 하면 되거든. 거기서부터는 나비의 힘을 쓸 거니까. 저쪽은 나비의 힘에 제대로 동기화하지 못했을 테니까 아직은 우리가 유리해. 그래도 빠를수록 좋아.”

“도대체 무얼 하겠다는 거야?”

“나비를 되찾아야지.”

“도대체 왜?”

“그럼 나인규에게 나비를 그냥 넘기라고?”

“그러지 말아야 할 이유가 있나? 어차피 그 애는 너네 소유물이 아니야. 언제까지 곁에 둘 수 없었다고. 그건 너도 알고 있었잖아.”

“어떻게 아저씨 입에서 그런 말이 나와? 이모랑 알리가 죽었는데, 그걸 그냥 잊으라고?”

“그쪽에도 이유가 있었을 거라고 생각 안 해 봤어?”

화가 난 이수가 씩씩거리는 동안 자야는 느릿느릿 설명했다.

“네 주장이 얼마나 이상한지 알아? LK는 깡패 집단이지. 나도 알아. 하지만 나인규가 LK 연구소 감염 사건과도 관련이 있다? 뇌종양에 걸려서 갑자기 환상술과 정신통제술을 자유자재로 구사하는 괴물이 되었다. 그래서 네 이모랑 알리랑 너를 다 속여 넘기고 순진한 병자 흉내를 내다가 나비를 빼앗았다? 그리고 헬기 폭파 사고를 일으켜 이모와 알리를 죽였다? 세상 모든 죄를 몽땅 나인규에게 몰아주려는 거냐?"

"하지만 마루가 다 봤어!"

"물론 마루는 뭔가 봤겠지. 하지만 거기 환상술사가 있었다며? 그게 나인규인지 다른 누구인지는 모르겠지만, 마루가 본 게 진짜인지 어떻게 알아? 네 이모가 뭔가를 보냈다고 하지만 그게 진짜인지 어떻게 아느냐고."

"무슨 소리야?"

"상식적으로 생각해 봐. 나인규와 LK가 나비를 빼앗으려 했다. 그건 충분히 가능한 일이야. 나비 정도의 배터리라면 누구나 탐낼 테니까. 하지만 그 사람들에게 너희가 어떤 무리로 보였을지 생각해 봤어? 유령 도시에 핵폭탄 몇 개와 맞먹는 무기를 숨기고 있는 범법자들이야. 게다가 그중 둘은 인천 폭동 사건에 연루된 위험인물. 당연히 LK 쪽에서 나비를 빼앗는다고 해도 얼마든지 정당화할 수 있어. 이미 그쪽에서는 변호사들을 잔뜩 써서 모든 일을 합법화했을 거라고. 굳이 네 이모나 알리를 죽일 필요도 없어."

"하지만……."

"그래, '하지만'이다. 이번엔 네 이모 쪽 입장을 검토해 볼까? LK는 너네 외할아버지를 죽였어. 보상은 했다지만 네 이모가 거기에 만족할 리 없었겠지. 네 이모는 나인규가 그 사건의 주모자라고 생각해. 그게 정말인지 아닌지는 몰라도 나인규를 미치게 죽이고 싶었겠지. 그런데 나인규가 제 발로 송도에 오겠다네? 이 정도면 완벽한 복수 기회 아닌가? 단지 네 이모는 나인규가 그런 괴물이거나 그 정도의 능력자를 데리고 왔다는 건 몰랐겠지. 네가 목격한 헬기 사고를 돌이켜 봐. 네 이모와 알리를 죽이기 위해 굳이 헬리콥터를 폭파시켜야 했나? 그 안엔 나인규의 부하도 타고 있었을 텐데. 계획된 사고였을 리가 없어. LK는 그냥 알리와 이모를 납치했을 뿐이야. 그러다 막판에 어느 정도 힘을 되찾은 이모가 헬리콥터 파일럿을 조종해서 복수하려고 했던 거겠지. 그쪽에서는 자기방어를 위해 헬리콥터를 폭파시킨 거고. 이게 더 말이 되지 않아?"

"아니, 아저씨는 몰라. 이모가 마지막으로 보여 준 건……."

"네 이모는 네가 믿어야 할 것을 보여 줬을 뿐이야. 넌 정말 이모를 믿냐?"

이수는 벌떡 일어나 고함을 질렀다.

"아저씨, 도대체 왜 그래?"

자야는 말없이 안락의자 등받이에 몸을 묻었다. 그의 독심술 능력은 미미하기 짝이 없지만 지금 저 아이를 이성적으로 설득하는 게 쓸데없는 짓이라는 건 굳이 마음을 읽지 않아도 알 수 있었다. 하긴 그가 만들어 낸 이야기 역시 하나의 가설에 불과했다. 그에게 더 그럴싸하게 보인다고 사실이라는 법은 없다. 정말 모든 게 나인규의 음모일 수도 있겠지. 정말 그가 작정하고 하늘과 알리를 죽였을 수도 있지.

분노인지 슬픔인지 구별하기 어려운 감정이 자야를 덮쳤고 코끝이 시큰거렸다. 그때서야 그는 두 사람이 죽었다는 것을 온몸으로 느낄 수 있었다. 그들과 함께 지냈던 세월이 주마등처럼 자야의 머리를 스치고 지나갔다. 자신들이 유의미한 무언가를 하고 있다고 믿었던 사 년 반을, 그리고 그 노력이 불꽃처럼 터져 나왔던 마지막 여드레를 천천히 되씹었다. 지금은 별것 아닌 폭동 중 하나로 기록되고 기억되는 그 며칠 동안 그들은 얼마나 아름다웠던가.

그는 그 마지막 순간을 보존하기 위해 무슨 짓이든 할 수 있었다. 목숨도 버릴 수 있었다. 하지만 자칭 '시민의 정부'와 LK는 그에게 정정당당히 맞서 싸울 기회도 주지 않았다. 간지럼 폭탄과 무기력 가스로 무장한 경찰 앞에서는 심지어 제때 죽을 수도 없었다. 죽음은 '폭동'이 끝나고 일 년 뒤, 연쇄 자살의 형태로 뒤늦게 찾아왔다. LK가 뿌린 가스의 부작용을 입증하려던 자야의 시도는 모두 실패로 돌아갔다.

하늘과 알리가 나비를 발견했을 때, 자야는 그것이 기회라고 생각했다. 죽어 버린 사 년 반의 세월에 다시 불을 붙이고 새로 시작할 기회. 하지만 그건 자야만의 생각이었다. 하늘도 알리도 심지어 이수도 나비의 능력을 더 큰 목적에 사용할 생각이 전혀 없었다. 그들은 그냥 송도의 폐허 속에 숨어 빈둥대는 것으로 만족했다. 마음 어딘가가 죽어 있었다. 자야는 무기력 가스의 부작용이라고 생각했다. 하늘은 그런 그를 비웃었다. 알리를 설득하거나 나비의 소유권을 빼앗으려던 시도는 실패로 돌아갔다. 자야는 그들에게 욕설을 퍼붓고 떠나는 것밖에 할 수 없었다.

그 기회가 지금 다시 찾아온 것이다.

이성 따위는 개나 가져가라지.

자야는 이수에게 시선을 돌렸다. 이수는 더 이상 찡그리고 있지 않았다. 작은 악마 같은 사악한 미소가 서서히 얼굴 위에 피어올랐다. 그녀는 이미 자야의 심경 변화를 읽고 있었다.

"그 애를 우리에게 넘겨."

자야가 말했다.

"오케이."

이수는 건성으로 대답했다.

"나인규를 어떻게 처리하건 난 관심 없어. 하지만 네가 정말 일을 저지르겠다면 내 계획을 따라야 해."

"그런 게 있긴 있어?"

"이제부터 만들면 되지."

6

현우는 창문에 얼굴을 바짝 붙이고 바깥을 내다보려 시도했다. 맨눈에 들어오는 것은 태평양 섬 어딘가에서 찍은 듯한 해변 영상이 전부였지만, 뇌 구석에 조금 남아 있는 독심술 능력을 총동원하면 바깥 사람들이 무얼 하고 있는지 짐작할 수 있을 것 같았다. 하지만 십여 분간 머리를 쥐어짠 결과 얻은 것이라곤 눈앞에서 반짝이는 하얀 별들과 징징거리는 이명과 두통뿐이었다. 이들이 무언가를 의미하고 있을지도 모르지만 그로서는 해석할 수 없었다.

그는 바보였다. 지난 몇 년간 그랬던 것처럼. 어째서 단 한 번도 LK에서 고속 승진할 수 있었던 이유를 의심하지 않았을까. 학벌도, 경력도 별로인 현우가 내세울 수 있었던 건 오로지 나비 옆에 있을 때 발전시킨 염동력뿐이었다. LK의 과학자들은 당연히 그가 어딘가에 있을지도 모르는 괴물 배터리로 인도하는 지표라고 알았을 것이다. LK가 지금까지 원했던 건 나비였다. 발에 차일 정도로 흔해 빠진 염동력자인 그가 아니라.

현우는 벽을 발로 걷어찼다. 고무 벽은 충격을 흡수했고, 대비하지 못한 그는 균형을 잃고 휘청거렸다. 염동력으로 균형을 잡으려 했지만 지금 있는 건물엔 배터리가 없었다. 결국 중심을 잃고 넘어진 현우는 주저앉아 울었다.

그는 송도에서 있었던 일을 떠올렸다. 자연스럽고 지루하게 흘러가던 나비와의 면담이 갑자기 폭력적으로 변한 순간을. 그 순간 느꼈던 무력감을. 다른 사람 같았다면 절대로 통제하지 못했을 나비의 에너지를 자유자재로 휘두르며 정신통제와 환상술의 폭풍우를 일으켰던 나인규의 모습을. 옛날 서부극의 팬인 현우에게 그런 나인규의 모습은 야생마 위에 올라탄 야키마 카너트[*]처럼 보였다. 나인규와 야키마 카너트라니. 이런 연결이 가능할 거라고 누가 생각했을까.

현우는 무서웠다. LK가 앞으로 그를 어떻게 처분할지 감히 상상도 할 수 없었다. 재주 부린 애완견에게 개껌 던져 주듯 승진시켜 줄 가능성도 있었다. 더 낙관적으로 본다면 나비와 공생한 경험을 인정해서 나인규의 측근으로 기용할 가능성도 없지는 않았다. 하지만 쥐도 새도 모르게 제거하고 아무 일도 없었던 척할 가능성 역시 만만치 않았다. 아니, 만만치 않은 게 아니라 그 가능성이 가장 컸다. 그렇지 않다면 왜 그를 나비 옆에 두지 않고 배터리 하나 없는 안전 가옥에 감금해 두었겠는가. 나인규는 누구의 도움도 받지 않고 적응 과정을 스스로 해치울 생각인 것이다. 이미 송도에서 별다른 적응 없이 엄청난 일을 벌이지 않았는가.

현우는 나비를 생각했다. 간신히 사람을 닮은, 정체불명의 괴물인 그 아이의 모습을 떠올렸다. 하늘은 아이의 모습이 그렇게 된 게 자궁 안에 있을 때 치유자였던 엄마의 능력을 자극했기 때문이라고 했다. 현우가 함께한 동안, 이수는 나비에게 인간의 모습을 찾아 주려고 스케치를 수천 장 했다. 그러는 동안 나비는 그 스케치의 얼굴들 중 하나와 비슷해져 갔다.

* 20세기 초 할리우드에서 활약한 전설적인 스턴트맨.

나인규는 어떨까. 과연 자기가 막 손에 넣은 배터리의 외모에 신경이나 쓰고 있을까.

현우는 나인규가 배터리들을 양산하기 위해 무슨 짓을 저지르는지 알고 있었다. 그중 가장 끔찍한 것은 소아 뇌종양 환자들을 이용한 실험이었다. 현우는 LK가 벌이는 대부분의 음모에 무관심했지만 이건 무시할 수가 없었다. 그의 첫 배터리였던 윤서가 LK가 운영하는 병원 출신이었던 것이다. 아이는 가지고 있던 에너지를 육 개월 동안 몽땅 방출하고 돌돌 말린 치약 튜브처럼 죽었다. 장례식에서 사람들이 했던 말이라곤 그 아이가 두 달만 버텼다면 2급으로 죽을 수 있었다는 것이었다.

당시 현우는 회사의 다른 사람들처럼 아이의 죽음에 냉담했다. 나인규의 자택에 제물처럼 끌려갔다가 시체가 되어 나오는 아이들을 보면서도 상관없는 일이라고 생각했다. 자신 역시 아이들과 마찬가지로 LK와 나인규의 소모품이라는 사실을 알게 된 지금에서야 아이들에게 연민과 미안함을 느꼈다. 하지만 그게 무슨 의미가 있는가. 그 감정이 얼마나 공허한지는 심지어 그도 알고 있었다.

죽어라, 나인규. 뇌종양과 초능력을 끌어안고 혼자 죽어 버려.

현우는 움찔했다. 저주가 절정에 달한 순간, 테이블 위의 꽃병이 휘청거리다 쓰러진 것이다. 손가락을 까딱하자 꽃병은 시계 방향으로 회전했다.

가까운 곳에 배터리가 있다. 최근에 능력을 얻었는지 안정감이 없고 가볍지만 분명 배터리다. 회사의 배터리는 아니다. 다른 누군가가 안가에 침입한 것이다.

현우는 문으로 달려갔다. 밖에서 잠긴 문은 이전처럼 난공불락이 아니었다. 염력으로 자물쇠의 내부를 몇 번 건드리자 문이 탈칵하고 열렸다.

이수의 예쁘장한 얼굴이 그를 바라보고 있었다.

이수의 등 뒤에는 남자 셋과 여자 하나가 서 있었다. 남자 둘은 마루와 자야였다. 마루는 송도에 다시 방문했을 때 만났고, 자야의 얼굴은 뉴스에서 보았다. 머리가 벗어진 작은 남자와 흰색으로 머리를 염색한 끝내주는 몸매의 여자는 얼굴이 낯설었다. 하지만 그들의 능력이 무엇인지 알아차리는 것은 어렵지 않았다. 남자는 배터리다. 여자는 독심술사에다 정신통제사다. 심지어 환상술사일지도 모른다. 저런 부류는 늘 과시적이고 공감각적인 체취를 풍기고 다닌다. 십중팔구 정신 매춘부다.

"짜잔."

이수가 말했다.

"왜 왔어?"

현우가 물었다.

"나인규가 아저씨를 바비큐 치킨으로 만드는 걸 막으러 왔지. 고맙다고 해."

"그 자식 계획을 네가 어떻게 알아?"

"이 언니가 몇 분 전에 저 사람들 마음을 읽었거든."

하얀 머리 여자는 히죽거리며 옆으로 두 걸음을 옮겼다. 바닥에 쓰러져 있는 정장 차림의 남자들이 보였다. 복도 끝에도 앞으로 쓰러져 있는 남자의 잘 닦인 구두가 보였다. 옆에 뒹굴고 있는 길쭉한 물체의 정체 따위는 알고 싶지도 않았다.

"마취시켰어."

이수의 표정은 심드렁했다.

"환자들을 다룰 때처럼 공들이지는 못했지만. 깨어나면 두통 때문에 고생이 심할 거야. 하지만 자업자득. 업무상 재해."

"뭘 어쩌려고? 지금 달아난다고 나인규 손아귀에서 빠져나갈 수 있을 것 같아?"

"누가 달아난대? 우린 지금 나인규를 치러 가는 거야."

제2차 세계 대전 때 독일군 기갑 부대를 향해 돌진했다던 폴란드 기병대의 모습이 현우의 눈앞을 휙 스치고 지나갔다.

"미쳤구나."

"이 기회를 잡지 않는다면 아저씨가 미친 거지. 나인규가 나비의 능력에 적응하면 아저씨는 그냥 죽은 목숨이야. 하지만 지금 맞서면 아저씨가 살 가능성이 티끌 정도는 돼. 그냥 죽을래, 아니면 티끌을 잡을래?"

"나인규가 어디에 있는지는 어떻게 알고?"

"나비가 어디에 있는지는 알아. 나비가 있는 곳에 나인규가 있겠지."

"나비가 있는 곳은 어떻……."

"뻔하지 않아? 괴물 배터리의 존재를 사람들에게서 감추려면 어디로 가겠어? 섬이야. 전 세계에 LK가 소유하고 있는 섬이 일곱 개. 그 정도 단서가 있으면 나머지는 어렵지 않아. 사람 몸에 비하면 인터넷은 블록 장난감처럼 단순하다는 걸 몰라? 나비와 나인규는 지금 인도네시아에 있는 이솔라 로사라는 인공 섬에 있어. 사년 전까지만 해도 넓이 10제곱미터의 암초에 불과했는데, 콘크리트를 잔뜩 부어서 섬을 만들었대. 우린 지금 거길 갈 거야. 저걸 타고."

이수는 턱 끝으로 활짝 열려 있는 거실의 프랑스식 창문을 가리켰다. 12인승으로 보이는 뭉툭한 모양의 수직 이착륙기가 잔디밭에 착륙해 있었다. RX-113이었다. 고장 난 클로크가 껌뻑일 때마다 LK의 로고 위에 나노 페인트로 엉성하게 쓴 '하야로비 항공'이라는 글씨도 같이 깜박였다.

맙소사, 이 미치광이들이 진짜로 일을 저지르려 하는구나.

"뺨빠라 빠 바, 뺨빠라 빠 바……."

최면이라도 걸린 것처럼 잔디밭을 향해 걸어가는 현우의 등 뒤에서 이수는 「발퀴레의 기행」을 흥얼거렸다.

글리니스 크래독은 병원 옥상의 난간에 기대어 이솔라 로사의 풍경을 내려다보았다. 병원 건물은 기껏해야 10층이었지만, 섬 전체를 조망하는 데에는 아무런 문제가 없었다. 아무리 공원을 만들어 초록색을 입혀도, 이솔라 로사는 지름이 800미터인 납작한 콘크리트 원판에 불과했다. 그리고 '이솔라 로사 아동 병원'이라는 상상력 부족한 이름으로 불리는 원통형 건물은 정확히 섬 중앙에 위치해 있었다.

그녀는 팔 개월째 섬에 감금되어 있었다. 그게 불만이라는 건 아니다. 어차피 그녀는 사 개월 뒤면 섬을 떠날 예정이었다. 그리고 LK가 그녀의 계좌에 넣어 줄 거금을 펑펑 쓰면서 세계 일주를 할 생각이었다. 경제적인 면만 보았을 때, 이솔라 로사는 복권 당첨과 같았다.

글리니스는 원해서 간호사 일을 택한 것이 아니었다. 하지만 그녀의 몸은 치유자의 길을 선택했다. 어렸을 때는 어떻게든 다른 능력으로 바꾸어 보려고 노력했지만 몸은 고집스럽기 짝이 없었다. 다른 일에 재능도 관심도 없었던 그녀는 결국 간호사가 될 수밖에 없었다. 그래도 그걸 발판 삼아 앞으로 정부에서 공식 인증한다는 전문 치유사 자격증을 따려고 했다. 암담한 계획이었다. 그녀는 병든 사람들의 몸을 만지는 것이 싫었고 그와 함께 흘러들어 오는 끈적거리는 고통과 불쾌함도 싫었다. 카디프에서 사 년 동안 간호사 노릇을 하면서 그녀는 점점 인간 혐오자가 되어 갔다.

숨 막혀 죽을 것 같던 바로 그때, LK의 대리인이 글리니스에게 연락을 해 왔다. 조건은 어이가 없을 정도였다. 열대의 섬에서 일 년간 일하고 오 년간 침묵 서약을 지키면 100만 LK크레디트에 삼십 년 동안 연금까지 받는다고? 그녀는 당장 인터뷰에 응하겠다고 답장했고 반나절도 지나기 전에 그쪽에서 보낸 인사 담당자를 만났다. 로즈 배링턴 어쩌고 하는 하이픈 붙은 긴 이름의 그 여자는 글리니스에게 아시아와 한국에 대해 무엇을 아느냐고 물었다. 글리니스의 지식이 영화 제목 몇 편과 요리 이름 정도에 불과하다는 것을 알자, 배링턴 어쩌고는 만족하는 듯했다. 인터뷰가 계속되는 동안 글리니스는 LK가 자신의 능력보다 무지를 더 높이 평가한다는 인상을 받았다.

이솔라 로사는 그녀의 예상보다도 재미없는 곳이었다. 그곳의 모든 것들은 LK에 종속되어 있었다. 비행장, 지열 발전소, 숙소 구역을 제외하면 병원, 연구실, 양로원, 요양원이 전부였다. 병원은 두 개였다. 글리니스가 일하는 아동 병원 그리고 북쪽 해변에 있는 부적응 환자 치료 센터. 후자에 속하는 회사 임원 두 명은 북쪽 병원 옆에 따로 집이 있었다. 숙소 구역에 직원 전용 쇼핑몰과 술집이 있지만 거기서도 회사에서 벗어났다는 생각은 들지 않았다.

섬에서 가장 이상한 점은 의사와 연구원들을 제외하면, 고용인들이 모두 외국인이라는 것이었다. 대부분 유럽이나 남아프리카 공화국에서 온 영어 구사자였다. 동양인은 단 한 명도 없었다.

처음에는 그들이 발리우드* 영화에서 유럽인 백댄서들을 쓰는 것처럼 역인종차별을 즐기는 것이 아닌가 생각했다. 하지만 이 섬에는 그런 장난에 어울리는 쾌락주의적인 구석이 거의 없었다. 반대로 병원이나 연구실에는 거의 교회나 기도실 같은 경건한 분위기까지 맴돌았다. 이곳은 일벌레들의 섬이었다.

차별점은 인종이 아니라 언어였다. 그제야 배링턴 어쩌고의 질문이 이해되었다. 그들이 원하는 것은 한국어를 전혀 못하고, 외모로 그 사실이 쉽게 구별되는 고용인이었다. 병원에서는 영어가 통용되었다. 영어를 못하는 환자들에게는 통역기가 주어졌다. 하지만 의사나 연구원들은 서로 대화할 때 오로지 한국어만 사용했다. 심지어 자기네들도 그러는 것이 힘든지, 종종 익숙한 영어 어휘에 맞는 한국어를 생각해 내느라 짜증을 내며 발을 굴렀다.

그들의 연구가 배터리와 기타 능력에 대한 것임을 모를 수는 없었다. 배터리 능력은 보통 사춘기 전후부터 나타난다. 뇌종양 환자들 중 배터리와 비정상적인 능력자들이 많다는 사실은 이미 알려져 있다. 이솔라 로사는 그 관계를 연구하는 수많은 곳 중 하나였

●인도 뭄바이의 예전 이름인 봄베이와 할리우드의 합성어. 인도 영화 산업을 일컫는 말이다.

다. 단지 최근에 무언가를 이루었음이 분명했다.

글리니스가 이곳으로 왔을 무렵, 섬의 인구 절반 정도가 다른 곳으로 전출되었다. 전출된 사람들은 한국인이거나 독심술 능력이 있는 외국인들이었다. 무엇보다 아동 병동에서 부인하기 어려운 힘이 느껴졌다. 그곳의 환자들 중 몇 명은 배터리였다.

궁금해진 글리니스는 LK가 숨기고 있는 비밀이 무엇인지 알아내려 했다. 시도는 허탕으로 끝났다. 한국어는 배우기 쉬운 언어가 아니었고, 전문 분야에서 통역기는 자기 구실을 못 했다. 어쩌다 접근한다고 해도 3분의 1 정도가 독심술사인 의사나 연구원이 그 경로를 차단해 버렸다. 무엇보다 그녀에게는 중요한 일을 하는 사람들 곁에 갈 시간 여유가 없었다. 스트레스가 적을 뿐, 작업량은 이전 직장과 비슷하거나 더 많았다.

죄의식을 느껴야 하는 걸까? 그녀로서는 알 수 없었다. 섬에서 아이들은 모두 좋은 대우를 받았다. 의사들이 배터리 능력을 향상시키기 위해 올바른 조치를 취하고 있는지는 확인할 길이 없었다. 가끔 섬을 떠나는 아이들도 있었는데, 그들의 행선지 역시 극비였다. 이 상황에서 그녀가 할 수 있는 일은 그저 직무에 집중하는 것뿐이었다.

일주일 전, 또 모든 것이 바뀌었다. 삼 개월 전부터 꾸준히 줄어서 열몇 명 정도 남아 있던 환자들과 병원에서 일하던 배터리들이 모두 본국이나 인근 섬으로 떠나갔다. 섬에 남은 직원들의 수도 10분의 1로 줄었다. 하지만 의사들은 그대로 있었다. 그들은 텅 비어 있는 부적응 환자 치료 센터에 우르르 몰려가서 거의 나오지 않았다. 숙소에 남겨진 외국인 직원들은 곧 헬기를 타고 도착한다는 VIP에 대해 이야기했다.

다들 VIP가 LK의 명예 회장인 나인규라고 했다. 숙소에 떠돌던 몇몇 소문들은 좀 더 구체적이었다. 가장 인기 있던 가설은 나인규가 회사의 배터리에 노출된 긴급 부적응 환자라는 것이었다. 그래야 섬의 배터리들을 모두 내보낸 이유가 설명이 됐다.

궁금해진 글리니스는 그녀와 동료들에게 거금을 지불한 남자에 대해 검색해 보았다. 마지막 '재벌'.(이 단어의 뜻을 확인하기 위해 다시 검색이 필요했다.) 탈세와 뇌물 혐의. 지난 정권을 붕괴시켰지만 정작 당사자는 무혐의로 빠져나온 '세기의 재판'. 두 번의 암살 기도와 딸의 자살. LK, 북한 친중 정권, 체첸 마피아, 일본 극우 단체들이 거미줄처럼 얽혀 있는 스캔들은 너무 복잡해서 기사를 쓴 기자들도 뭐가 어떻게 돌아가는지 제대로 모르는 것 같았다.

VIP가 도착한 순간, 부적응자 어쩌고 하는 소문은 순식간에 사라졌다. 섬은 그 즉시 충전되었다. VIP가 누구이건, 그는 무언가 엄청난 것과 함께 왔다. 섬의 부적응자들은 단 한 명도 버텨 내지 못할.

이제 섬의 모든 사람들이 그 힘의 영향권 아래에 있었다. 그렇다고 모두가 그 힘을 쓸 수 있는 것은 아니었다. 힘은 예측 불허여서 통제하기 어려웠다. 도저히 감출 수 없었는지 행정부에서는 즉시 공지를 하달했다. 발전소가 멈추었고 숙소 구역에서는 오로지 연료 전지만 사용되었다. 공지에는 몇몇 괴상한 권고도 포함되어 있었는데, 그중에는 빈 병실을 이용한 일주일간의 인공 수면도 있었다. 괴상하지만 뜬금없는 소리는 아니었다. 치유력이 엉뚱한 방향으로 튄 일부 간호사들이 픽픽 기절하기 시작했다. 그들 중 두 명은 이가 빠지고 비장이 부푸는 등의 부적응 증세를 보이기도 했다. 복도나 길거리도 위험했다. 직원들의 염동력에 자극받은 무거운 물건들이 갑자기 날아올라 사람들을 덮치곤 했던 것이다. 몇몇 사람들은 남쪽으로 달아났지만 별 소용이 없었다.

그래도 글리니스의 기분은 최고였다. 섬의 외국인 직원 중 오로지 그녀만이 이 새로운 에너지 폭풍의 바람을 탈 수 있었다. 몸 안의 전 신경이 깨어나고, 모든 세포가 전기로 충전된 것 같았다. 그러는 동안 전에는 있는지도 몰랐던 다른 능력들도 깨어났다. 독심술 능력이 생겼고, 심지어 염동력에도 익숙해졌다. 물건을 던지는 건 전혀 못했지만 염동력을 자기 몸과 땅에 이용해 점프할 수는 있었다. 이제 글리니스는 10미터를 뛰어올랐다가 허공에서 감속하며 안전히 착지할 수 있었다. 병원 옥상도 계단을 통해 올라온 것이 아니다. 창가의 테라스들을 발판 삼은 세 번의 점프만으로 충분했다.

난간에 몸을 기댄 그녀는 양팔을 펼치고 눈을 감았다. 겉으로는 바람의 감촉을 즐기는 것 같지만, 머릿속으로는 북쪽 치료 센터에서 흘러나오는 심상들을 더듬고 있었다. 나인규의 작달막한 모습이 보였다. 다른 직원들과 다를 바 없이 흥분하고 당황한 의사와 연구원들도 보였다. 그리고 그들의 중심에는 가까스로 인간처럼 보이는 기형적인 외모의 여자아이가 있었다. 배터리였다.

나비구나. 아니, 고양이인가. 한국어에서는 이 두 동물을 가리키는 단어가 같은가? 넌 버려진 빌딩들이 있는 고향에서 끌려왔구나. 그 와중에 너의 가족들이 죽었어. 나인규가 죽였니? 정확하게는 알 수 없었다. 나인규의 마음으로 추정되는 거대한 덩어리는 위선과 허위와 거짓말로 겹겹이 싸여 있어서, 심지어 당사자도 자신의 속마음을 모를 것 같았다. 그나마 객관적으로 주변을 보고 있을 것 같은 아이의 마음은 블랙홀처럼 검었다. 두 사람 이외엔 당시 상황을 말해 줄 수 있는 이가…….

……아니, 잠깐. 지금까지 눈치채지 못했던 무언가가 글리니스의 마음속으로 들어오고 있었다. 맨 처음에는 허공중에 나풀거리는 몇 개의 점과 같았다. 하지만 그것들은 순식간에 풍선처럼 부풀어 올랐고……. 세상에. 그것은 그녀의 뇌가 만들어 낸 심상이 아니다! 무게가 있고 공간을 차지하는 단단한 물리적 실체들이 하늘에서 병원 옥상을 향해 내려오고 있었다.

글리니스는 심상에서 빠져나와 현실 세계를 보려고 눈을 깜빡였다. 하지만 시야가 정리되기도 전에 누군가가 억센 손으로 그녀의 뒤에서 양팔을 잡고 뒤틀었다. 글리니스는 비명을 질렀지만 방음기가 소리를 죽여 버렸다.

모두 아홉 명이었다. 여자 둘, 남자 일곱. 남자들은 모두 염동력자였다. 글리니스의 뒤에 있는 남자 둘은 나비의 에너지를 당연한 듯 타고 있었다. 나머지도 비교적 편안해 보였는데, 그건 여자들이 남자 둘의 경험을 전달해 주고 있기 때문이었다. 글리니스는 이 모든 것을 한순간에 알 수 있었다.

먼저 움직인 사람은 하얀 머리칼을 포니테일로 묶은 유라시안 여자였다. 처음엔 염색한 것인가 했지만 가까이서 보니 아니었다. 그녀는 눈에 미용 시술을 받은 알비노였다. 여자는 하얀 속눈썹에 살짝 가려진 까맣게 염색한 눈으로 글리니스의 얼굴과 가슴에 달린 명찰을 번갈아 보았다.

"새 장난감이 그렇게 재미있었나 봐, G. 크래독?"

그녀는 냉랭한 미국식 영어로 물었다.

무슨 답변을 해야 할지 상상도 할 수 없었다. 하지만 그녀에게 의례적인 대답을 해 봤자 무의미하다는 것은 알고 있었다. 이미 그녀는 글리니스의 머릿속에 들어와 있었다. 무릎에 힘이 빠지고 머리가 울렸다. 그냥 정보만을 빼 가는 게 아니었다. 알비노 여자는 그 과정의 쾌락을 즐기고 있었다. 그리고 그 쾌락은 몇 배로 증폭되어 글리니스에게 되돌아갔다. 글리니스는 가쁜 숨을 내쉬며 무릎을 꿇고 쓰러졌다. 이명 사이로 남자들이 키득거리는 소리가 들렸다. 욕지기가 나왔다.

"숙녀 앞에서 예의 좀 차리시지?"

말없이 뒤에 서 있던 여자가 한국어로 말했다. 적어도 글리니스는 그런 뜻으로 이해했다. 독심술이 있어도 언어의 장벽은 여전히 존재한다. 상대방의 의도를 읽을 수 있을 뿐, 구체적인 의미는 짐작할 수밖에 없었다.

남자들이 웃음을 멈추었고, 뒤에서 글리니스를 잡고 있던 손이 풀렸다. 그녀는 뒤를 돌아다보았다. 다운 증후군 환자로 보이는 남자와 칭기즈 칸 초상화에서 튀어나온 듯한 둥근 얼굴에 묵직한 체구의 중년 남자였다. 글리니스를 잡고 있던 건 다운 증후군이었다. 그녀가 째려보자 그는 무표정한 얼굴로 양손을 치켜들며 뒤로 물러났다.

이제 글리니스는 사태가 파악되었다. 이들은 나인규로부터 절대 권력을 빼앗기 위해 나비를 납치하러 온 사람들이다. 그중 네 명은 나인규에게 개인적 원한을 품고 있고, 나머지 다섯은 용병이다. 그리고 북쪽 치료 센터의 사람들 역시 침략자들에 대비해 왔다는 사실을 알 수 있었다. 거대한 괴물의 근육이 부푸는 듯한 이상한 느낌이 치료 센터에서 흘러나왔다. LK는 단지 대비만 한 것이 아니라 침략자들의 경험과 지식을 빼앗아 새 배터리에 대한 적응 기간을 줄일 생각도 하고 있었다. 그리고 침략자들 역시 그 속셈을 알고 있었다. 양쪽의 전력은 심지어 글리니스에게도 그대로 노출

되었다. 바로 그렇기 때문에 앞으로 벌어질 싸움의 결과는 오리무
중이었다.

"제군들."

칭기즈 칸은 마치 글리니스를 배려하는 듯이 영어로 말했다.

"결전의 밤이 왔다. 우리 중 몇 명은 새벽을 보지 못할 것이다.
그래도 이건 보장한다. 적어도 지루하게 죽지는 않을 거야."

남자들이 키득거렸다. 글리니스가 제대로 이해하지 못한 무언
가가 그들 사이에 흐르고 있었다. 칭기즈 칸의 연설은 그녀에게 뜻
을 알 수 없는 농담이었다. 아마 드라마나 영화의 패러디이리라.
하지만 그녀는 억지로 언어 장벽을 뚫어 가며 의미를 알고 싶지는
않았다.

여자들은 조용했다. 은발은 치료 센터를 노려보며 그쪽에서 날
아오는 정보들을 읽어 다른 사람들에게 보내고 있었다. 다른 여자
는 눈을 감고 난간에 기댄 채, 자기 마음을 지배하고 있는 증오를
온몸으로 즐기고 있었다. 이 무리의 진짜 두목은 칭기즈 칸이 아
니라 저 여자다. 아니, 저 어린아이. 그녀는 아직 열여섯 살이었다.
소녀의 외모는 어린 여자아이들이 낙서장에 그리는 패션모델처럼
가짜였고 판타지였다.

"시작할까, 이수?"

은발이 소녀에게 물었다. 소녀는 눈을 뜨고 무덤덤한 목소리로
대답했다.

"시작해, 율라."

율라가 칭기즈 칸에게 손짓했고, 그 순간 그들은 아홉 마리의 새처럼 하늘로 날아올랐다.

8

그의 원래 이름은 마루가 아니라 나무였다. 한나무. 한 그루의 나무. 또는 큰 나무. 언제부터 그의 이름이 한마루가 되었는지는 정확하게 기억하지 못했다. 하지만 새나라 보육원에 버려졌을 때, 이미 새 이름이 사용되었다는 것은 알았다. 고아원과 경찰은 그의 지문과 유전자 정보를 통해 부모나 친척을 찾으려 했지만 허사였다. 그의 신분을 알려 줄 수 있는 정보들은 이미 전문가에 의해 세탁되어 있었다. 그의 부모는 키울 능력이 안 되어 버린 게 아니었다. 그런 전문가들을 사려면 돈이 꽤 들 테니까. 부모에게 마루는 갖다 버려도 되는 하자 있는 물건에 불과했다.

마루는 분노하지 않았다. 보육원 환경은 그렇게 좋다고 할 수 없었지만, 그는 달콤한 안개 같은 행복 속에서 청소년기를 보냈다. 마루는 증오와 같은 감정을 몰랐다. 그는 주변 사람들에게 특유의 묵직하고 오래가는 애정을 보냈고, 몇 명은 그 사랑을 조금이나마 돌려주었다. 뒤에서 놀려 대는 아이들도 있었지만 마루는 조롱의 의미도 몰랐다.

행복은 보육원이 폐쇄되면서 끝났다. 마루는 이곳저곳의 시설을 오갔다. 아는 얼굴들은 다시 만날 수 없었다. 마지막에 끌려간 시설에서 독감에 걸렸고 곧 급성 폐렴으로 번졌다. 극빈자 병원에서는 다른 병 다섯 개를 더 찾아냈다. 그를 치료하는 건 시간과 돈의 낭비였다. 마루는 병원 안에 분실물처럼 버려졌다. 일주일이 지나면 그는 죽을 것이고 시체는 화장될 터였다.

마루를 구원한 건 이수와 알리였다. 그들은 마치 중고품 가게에서 물건 고르듯 환자들을 둘러보다가 마루를 선택했다. 병원에서는 별로 묻지도 않고 그를 내주었다. 이수와 알리는 마루를 송도로 데려갔다. 그날 밤이 지나기 전에 폐렴은 치료되었다. 모든 병이 치료되는 데 한 달이 걸렸다. 완치는 아니라고 했다. 그래도 그는 오 년의 시간을 얻었다.

송도의 사람들은 마루의 몸에 별 관심이 없었다. 관심 대상은 염동력을 일으키는 그의 뇌였다. 그리고 제대로 부려 먹기 위해서는 일단 지능을 높여야 했다.

그 과정은 그렇게 계획적이지도, 치밀하지도 않았다. 알리나 하늘이 마루의 뇌를 스캔해서 뒤떨어지는 부분을 찾아내면 이수가 다리라도 놓듯이 기능을 보완했다. 그러는 동안 그의 언어 기능이 개선되었고 수학 능력은 엄청나게 향상되었다.

불균질하게나마 지능이 높아지는 동안, 마루는 사랑의 대상을 선별하는 방법과 누군가를 증오하는 방법을 배웠다. 이제 그는 자신을 버린 부모를 증오했고 이수를 사랑했다. 이수는 그런 그의 감정을 거부하고 외면했다. 그가 마루였기 때문은 아니었다. 그녀는 사람 자체에 흥미가 없었다. 처음으로 마루는 채워질 수 없는 욕망의 고통을 체험했다. 밤마다 이수의 꿈을 꾸었지만, 그 안에서 결말은 현실보다 끔찍했다. 게다가 다음 날이면 송도의 모든 사람들이 그의 꿈에 대해 알았다. 마루는 창피함을 무릅쓰고 살아가는 방법을 배워야 했다.

대화 상대는 나비밖에 없었다. 이수는 그를 거부했고, 하늘과 알리는 자기들만의 세계에 빠져 있었다. 그들에게서는 예의 차린 공허한 반응 이상의 무언가를 기대하기 어려웠다. 솔직한 건 나비뿐이었다.

송도의 다른 사람들도 나비를 사랑했다. 그러나 그 애정은 기독교인들이 자신들의 신을 사랑하는 것과 비슷했다. 나비는 지금의 그들을 만들었다. 나비가 없으면 그들은 존재할 수 없다. 그들은 아이를 숭배했다. 나비는 단지 보호하고 가꾸어야 하는 신이었다. 그들도 자각하고 있었다. 하늘은 이를 신과 신학자의 관계로 보았다. 어느 순간부터 신학자가 창조한 신은 창조주 신을 먹어 버렸다.

마루와 나비의 관계는 평등했다. 그는 아이를 배터리로도, 신으로도 보지 않았다. 자신과 마찬가지로 장애를 가진 한 명의 사람으로 보았다. 그는 자주 나비와 이야기했고, 나비 역시 방화벽을 열고 무언가를 말해 주고 있다고 생각했다. 이수는 그게 고양이에게 말하는 것과 다를 바 없는 대화라고 생각했다. 하지만 오로지 자기 밖에 모르는 버릇없는 여자아이가 무엇을 알겠는가.

마루와 나비의 소통은 어느 순간부터 언어를 초월했다. 그들의 대화는 에너지의 흐름을 통해 이루어졌다. 나비의 에너지를 세련되고 복잡한 작업에 쓰느라 정신이 팔려 있는 송도의 다른 사람들은 그 의미를 감지하지 못했다. 마루처럼 마음을 열고 아이의 모든 것을 받아들일 준비가 되어 있는 우직한 머슴만이 읽을 수 있었다.

이수는 거기에 '의미'가 있다는 발상 자체가 난센스라고 말하고 싶을 것이다. 하지만 아침 식사 테이블 앞에서 점잔을 떨며 타이탄*의 바다와 장뤼크 고다르의 옛날 영화와 이집트에서 새로 발견된 사포**의 시에 대해서 의견을 교환해야만 의미 있는 대화인가? 미안하지만 난 당신들의 그런 '대화'에서 단 한 줌의 진실도 못 봤어.

이슬라 로사로 날아가는 RX-113에서 나비의 존재를 처음 눈치챈 사람이 마루였다는 건 당연하다. 처음에는 아무도 그를 믿지 않았다. 하지만 십여 분 뒤, 이수 역시 나비의 에너지를 느끼기 시작했다. 공 팀장이 그다음, 현우와 자야가 그 뒤를 이었다. 가장 흥분

---

* 가장 큰 토성의 위성. 태양계 행성의 위성 중 유일하게 짙은 대기를 가지고 있다. 지구처럼 액체 바다가 있으나 타이탄의 바다는 메탄이 액화한 것이다.
** 기원전 그리스의 여성 시인.

한 사람은 공 팀장이었다. 그는 점점 충전되었다. 지금까지 상상도 못 했던 무언가가 되어 갔다. 마루는 그들 모두를 연결시키고 있던 율라를 통해 지금까지 희미했던 공 팀장의 방화벽이 점점 두꺼워지는 것을 보았다.

나비의 힘이 염력 비행을 지탱할 수 있을 정도로 가까워지자 그들은 RX-113에서 뛰어내렸다. 남은 건 조종사와 공 팀장뿐이었다. 조종사는 치료받은 부적응자로, 어떤 배터리에도 무감각한 사람이었다. 허공중에서 마구 충전되고 있는 초보 배터리와 함께 있어도 안심할 수 있는 소수였다.

마루에게 염력 비행은 처음이었다. 이수의 지도하에 몇 번 시도한 적은 있지만 2미터 이상의 점프는 어려웠다. 무거운 물건을 들어 올리고 발전기를 돌리는 일 따위는 쉽게 할 수 있었지만 힘을 자기에게 쓴다는 건 이해할 수 없는 개념이었다.

하지만 이번엔 사정이 달랐다. 이제 마루는 아홉 명의 사람들로 이루어진 작은 비행기의 부품이었다. 능숙한 비행사인 팀원이 두 명 있었다. 마루는 나비의 힘을 정교하게 받아들이며 바람을 탈 수 있었다. 이수는 지상의 전산망을 꿰뚫고 있었다. 그리고 이 모든 능력을 율라가 하나로 묶고 있었다.

아동 병원 옥상에 착륙해서 마침 거기에 있던 빨간 머리 간호사로부터 필요한 정보를 얻은 그들은 다시 부적응 환자 치료 센터로 날아갔다. 그러는 동안, 침입에 대비하고 있던 적들의 모습이 하나씩 그의 머릿속으로 들어왔다.

치료 센터 입구에 착륙하기도 전에 총탄들이 날아왔다. 총알을 양옆으로 날려 버린 것은 자야였다. 그가 한 번 힘을 주자 옥상에 설치된 기관총들이 깡통처럼 으스러지며 옥상 바닥에 떨어졌다.

마루는 착륙하자마자 동료들과 함께 건물 안으로 돌진했다. 사방에서 나인규의 사병들이 덤벼들었지만 신경 쓰지 않았다. 그들은 다른 용병들의 상대였다. 마루의 목표는 나비를 찾는 것이었다. 그는 율라가 전달하는 정보를 읽으며 계단으로 돌진했다. 정보는 이어졌다 끊어졌다를 반복했다. 일부러 불안정하게 해서 상대방의 도청을 막으려는 술수였다. 율라를 통해 전달받는 상대편의 정보들도 마찬가지였다. 사람들은 운명의 여신을 아군으로 끌어들이기 위해 즉흥적으로 몸과 머리를 날리고 있었다.

유일한 변수는 나인규였다. 그의 능력이 어느 정도인가. 그가 나비의 힘에 얼마나 적응했는가.

마루는 나인규의 힘을 보았다. 막 시술을 받은 지치고 허약한 노인네가 위장막을 걷어 버리고 갑자기 괴물처럼 변하는 모습을. 마루의 염력을 빼앗아 쓰고 하늘의 정신통제를 막고 나비의 주변에 환상막을 치던 모습을. 모든 과정이 너무나도 자연스럽고 유연해서 나인규가 나비의 힘을 처음 쓴다는 사실이 믿기지 않았다.

하지만 지금은 어떨까. 언제까지고 나비를 속일 수는 없을 것이다. 마루는 헬기가 폭파되기 직전에 하늘이 환상막을 찢고 보낸 마지막 메시지를 보았다. 아마 나비도 보았을 것이다. 그 후에도 나인규가 나비를 속일 수 있었을까. 아니면 아이를 순응시킬 다른 방법을 찾아냈을까.

이런 난장판 속에서는 아무것도 알 수 없었다. 감지할 수 있는 것은 나비의 감정뿐이었다. 나비는 자기의 에너지를 훔쳐 감각을 가두려는 환상술사들의 간계와 싸우고 있었다. 그것은 주변 모든 것에 대한 투쟁이었다. 하지만 의지만으로는 스스로의 힘을 차단할 수 없었다. 나비가 할 수 있는 것은 흐름을 흩뜨리고 휘젓는 일뿐이었다.

마루는 4층에 도착했다. 그가 느끼는 에너지의 흐름에 따르면 나비는 4층 아니면 5층에 있었다. 5층일 가능성이 조금 더 높았지만 4층을 무시할 수는 없었다. 그는 에너지가 흘러나오는 방향을 향해 질주했다. 복도에 아무도 없는 것이 걸렸다. 역시 5층이었나.

마루는 멈추어 섰다. 소름이 쫙 끼쳤다. 그가 보고 있는 광경은 진짜가 아니었다. 그의 감각을 통해 복도의 진짜 모습을 본 율라가 경고를 보냈다. 그 경고는 순식간에 끊겼지만, 몇 초의 영상만으로도 복도의 실상을 그려 낼 수 있었다.

환상술의 보호 아래에 있는 작은 몸집의 원숭이 같은 존재들이 사방에서 마루를 노려보고 있었다. 바보같이 그는 지금까지 적들을 네 명이나 지나쳤던 것이다.

율라가 다시 신호를 보내왔다. 그와 함께 환상막이 비눗방울 터지듯 풀렸다.

마루를 둘러싸고 있는 것은 몸에 착 달라붙는 회색 옷을 입고 머리를 빡빡 민 여덟 살에서 열 살 사이의 어린아이들이었다. 모두 여덟 명이었다. 남자애들처럼 보였지만 성별을 정확하게 구별하기는 어려웠다. 아이들은 마치 도마뱀처럼 벽 이곳저곳에 붙어 있었다.

아이들이 박쥐와 같은 초음파의 괴성을 지르며 마루에게 달려들었다. 그는 염력으로 세 명을 물리쳤지만, 나머지 두 명은 막을 수 없었다. 한 명은 그의 왼팔을 뒤로 꺾었고, 다른 한 명은 배를 걷어찼다. 아이들의 힘은 엄청났다. 근력이 아니었다. 아이들의 팔다리는 염력에 의해 강화되어 있었다.

팔이 부러졌다. 의기양양한 아이는 이제 마루의 목을 휘감았다. 그는 어떻게든 아이를 떨어내려 했지만 쉽지 않았다. 방어막을 쓰기엔 지나치게 가까이 있었다. 몸에 붙어 있는 무언가를 떨어내는 일은 자기 몸에 염력을 쓰는 것만큼이나 어려웠다.

갑자기 마루의 몸이 날아올랐다. 그의 의지가 아니었다. 율라가, 아니면 율라의 힘을 빌린 이수가 마루의 염력을 써서 그를 던져 버린 것이다. 마루는 아이들을 매단 채 엄청난 속도로 벽을 향해 날아갔다. 그는 필사적으로 염력을 주변 벽에 내던져 허공에 브레이크를 걸었고, 충돌하기 직전에 멈출 수 있었다. 그러는 동안 배를 걷어차던 아이는 뒤로 쓸려 갔고, 목을 조르던 아이는 관성을 이기지 못하고 벽으로 날아갔다. 마루는 흐린 눈으로 벽에 부딪쳐 목이 부러진 아이의 작은 시체가 바닥에 떨어지는 것을 보았다.

남은 아이들이 그를 향해 날아들었다. 아무런 계산 없이 아이들을 집어 던지고 앞으로 돌진했다. 아이 한 명이 방어막을 뚫고 다리를 붙잡았지만 마루는 무시한 채 에너지의 중심으로 찍은 방의 철문을 뜯어냈다.

방 안에 들어간 뒤에야 왜 자신이 층을 헷갈렸는지 알 수 있었다. 그가 들어간 방은 위로 뻥 뚫려 있었다. 그곳은 4, 5, 6층을 차지하는 커다란 원통형 공간이었다. 관람석이 나선형으로 벽을 둘렀고, 중앙의 단상 위에는 검은 벨벳으로 덮인 상자가 있었다. 왼쪽 다리에 달라붙은 아이가 그의 정강이를 분질렀지만 마루는 신경 쓰지 않고 염력으로 천을 날려 버린 다음 그 안에 있던 갈색 유리 상자를 깼다. 초록색 물이 쏟아졌다. 물이 다 빠지자 산소마스크를 쓴 나비의 작은 몸이 드러났다.

마루는 아직도 허벅지를 물어뜯고 있는 아이를 매달고 절룩거리면서 상자를 향해 걸어갔다. 나비의 벌거벗은 몸을 꺼내 마스크를 벗기고 옆에 널린 하얀 천으로 닦았다. 나비는 작은 고양이처럼 비명을 질렀고, 그와 동시에 다리에 매달려 있던 아이가 뒷걸음질치며 달아났다. 문구멍으로 들어오려던 아이들도 주춤한 채 그 자리에 멈추어 섰다. 그들은 비명을 지르며 나비를 손가락으로 가리켰다.

마루는 나비를 안고 바닥에 주저앉았다. 그때서야 주변을 제대로 볼 수 있었다. 머리가 박살 난 일곱 구의 시체가 단상과 문가에 쓰러져 있었다. 그리고 회색 트레이닝복을 입은 땅딸막한 노인이 벽에 몸을 바짝 붙인 채 마루와 나비를 번갈아 노려보고 있었다.

나인규였다.

9

얼마 전까지만 해도 나인규는 자신감에 차 있었다. 세상을 뒤흔들 힘이 그의 손아귀 안에 있었다. 인천에서 한 무리의 범죄자들이 그 힘을 훔치려 날아오고 있다는 것을 알았지만, 그는 걱정하지 않았다. 그때까지만 해도 그의 자신감을 무너뜨릴 만한 변수는 전혀 보이지 않았다.

지금 나인규는 겁에 질려 소리 없는 비명을 지르고 있었다.

어디서부터 잘못되었던 걸까.

처음으로 돌아가 보자. 하지만 어디가 처음인가. 차현우의 마음 속에서 송도에 숨어 있는 괴물 배터리에 대한 정보를 읽었을 때? 서화영과 군인들이 전주 시내를 난장판으로 만들었을 때? 사기꾼 목사 최명섭이 치유 서커스를 벌이며 그의 시선을 끌었을 때? 아니, 그보다 훨씬 전이다. 진정한 시작은 나인규 인생의 시작과 때를 같이했다.

그는 처음부터 자신의 능력을 알고 있었다. 그는 타인의 마음을 읽을 수도, 조작할 수도 있었다. 어머니와 세 명의 형을 밀어내고 그룹의 꼭대기 자리에 오를 수 있었던 것도 그 힘 덕이었다. 다른 사람들의 생각처럼 잔머리를 잘 굴리고 아부를 잘 떨어서가 아니었다. 그의 힘은 20대 중반 이후 서서히 시들었지만 그의 권력욕을 충족시켜 줄 때까지는 버텨 냈다.

그냥 그대로 살다가 죽을 수도 있었을 것이다. 마지막 재판 이후 LK는 위원회의 손아귀로 넘어갔다. 자신의 제국을 물려줄 자식도 없었다. 그는 살아남은 마지막 재벌, 멸종 위기의 천연기념물이었다.

그런 그에게 엉뚱한 기적이 찾아왔다. 뇌종양이었다.

처음에는 그냥 제거해 버리려고 했다. 하지만 뇌종양과 함께 한동안 사라졌던 능력이 되살아나면서 생각이 바뀌었다. 나인규는 회사에서 연구하는 배터리들을 불러들여 조심스럽게 스스로의 능력을 시험했다. 그는 순식간에 이전의 능력을 회복했고 계속해서 무서운 속도로 발전했다. 에너지를 빼앗긴 배터리들이 시들어 죽어 가는 동안, 나인규는 모든 기록을 깨뜨리며 괴물이 되었다. 지금 가진 정신조종술과 환상술만으로도 그는 원하는 모든 것을 할 수 있었다. 모자라는 건 위대한 능력에 걸맞은 에너지를 공급해 주는 배터리였다.

나인규는 배터리를 스스로 만들려 했다. 병원을 인수했고 연구비를 늘렸다. 하지만 2급 이상의 배터리를 만들기란 어려웠다. 3급 배터리들을 모아도 힘을 하나로 묶기가 쉽지 않았다. 돼지의 뇌를 이용해 만든 인공 배터리의 성능은 그보다 나빴다.

그러는 동안 뇌종양은 점점 커져만 갔다. 의사는 수술을 권유했다. 나인규는 죽음과 실명이 두려웠다. 하지만 수술과 함께 힘을 잃을까 봐 더 두려웠다.

그러다 차현우의 마음을 읽고 말았다.

머리를 얻어맞은 것 같았다. 될 수 있는 한 빨리 그 아이를 가져야만 했다. 늦기 전에 자신에게 남은 시간을 힘으로 채워야만 했다. 그 힘으로 무엇을 할지는 더 이상 중요하지 않았다. 회사를 위원회로부터 되찾고 자신을 밀고한 옛 부하들과 친구들에게 복수하겠다는 동기는 이미 머릿속에서 희미하게 사라져 있었다. 중요한 건 힘 자체였다.

그다음부터 모든 게 일사천리였다. 얼마나 대단한 사기였는가. 송도의 그 잘난 마법사 무리는 단 한 번도 꾀병을 의심하지 않았다. 징징거리며 틈을 보다가 아이의 힘에 올라타 환상술을 휘두를 때는 누구보다 그 스스로가 놀랐다. 준비는 되어 있었고 자신도 있었지만 아이의 힘이 그렇게 대단할 줄은 몰랐다. 그리고 자신이 그 정도로 능숙하게 힘을 통제할 수 있을 거라고도 상상하지 못했다. 그때 나인규는 신이었다. 다른 단어 따위는 필요 없었다.

그의 계획에 금이 간 것은 헬기에 올라탄 뒤였다. 하늘과 알리 중 한 명이 나인규의 통제를 끊어 버렸던 것이다. 그들을 태운 헬기는 가미카제 전투기처럼 나인규를 향해 날아들었다. 옆에 있던 보디가드가 염력으로 막았고, 날아들던 헬기는 폭발했다. 나인규가 원했던 결말은 아니었다. 둘을 데려가서 구체적으로 무엇을 할 계획이었는지는 잊어버렸다. 하지만 그렇게 송도 하늘에서 잿더미로 만들 생각은 없었다. 분명 그랬으리라.

그는 지금 많은 것을 기억하지 못했다.

처음에는 뇌종양 치료 때문이라고 생각했다. 실명을 막기 위한 필수적인 조치였기 때문에 그도 어느 정도의 능력 상실은 각오하고 있었다. 다행히 능력은 잃지 않았다. 하지만 다른 무언가를 잃은 걸까.

아니다. 모든 건 저 배터리 때문이다.

나인규는 비틀거리며 일어났다. 바닥은 피로 젖어 미끄러웠다. 몇 분 전에 머리가 터져 나간 시체들이 주변에 흩어져 있었다. 그는 독심술사들의 머리가 그렇게 터지는 걸 본 적이 없었다. 그런 일이 일어날 거라고 상상도 못 했다.

저 괴물 주변에서는 상상할 수 없었던 수많은 일들이 일어났다. 에너지의 엄청난 증가만으로 사람들의 뇌는 새로운 능력을 키워 나갔다. 염동력자들은 비교적 쉽게 적응했다. 하지만 독심술사나 환상술사, 정신통제사 같은 정신감응자들은 사정이 달랐다. 능력이 섞이고 연결되고 충돌하면서 그들의 정신은 조금씩 붕괴되었다. 바로 몇십 분 전까지만 해도 그들을 지배하고 있던 과도한 자신감 역시 알고 보면 그 부작용이었다. 나인규는 그걸 눈치챘으면서도 방치했다. 그런 편이 오히려 관리하기 수월하다고 생각했다. 지금에서야 자신의 자신감 역시 부작용이었다는 것을 알았다.

그는 배터리를 통제하지 못했다.

그는 스스로를 통제하지 못했다.

나인규는 휘청거리면서 괴물을 안고 있는 백치에게 걸어갔다. 바지 주머니에서 보디가드가 준 권총을 꺼냈다. 두 발을 괴물에게 쏘았다. 총알은 모두 엉뚱한 방향으로 날아갔다. 덜덜 떨리는 손으로는 아무것도 맞힐 수 없었다. 나인규는 백치의 염동력을 이용해서 세 번째 총알을 조종하려 했지만, 백치는 방아쇠를 당기기도 전에 가볍게 그의 손에서 권총을 빼앗았다. 권총은 관람석으로 날아갔고, 그 와중에 방아쇠울에 걸려 있던 검지가 부러져 버렸다.

나인규는 다시 한 번 백치의 머릿속에 들어갔지만 정신을 건드릴 수는 없었다. 백치의 정신은 단단하고 무거웠다. 그러면서도 괴물의 정신없는 에너지 폭풍에 완벽하게 적응하고 있었다. 나인규가 배터리에 대한 통제력을 잃을수록 백치는 더 강력해졌다. 백치가 나인규의 몸을 염력으로 묶었고, 균형을 잃은 나인규는 피 웅덩이에 얼굴을 박고 쓰러졌다. 근육이 땅기고 팔다리가 부러졌다. 눈을 감고 이를 악물었지만 기다렸던 마지막 한 방은 오지 않았다.

나인규는 굳어 가는 핏물 속에 코를 박은 채 살아 있었다.

주변의 소음은 천천히 사그라졌다. 어느 쪽이 이겼는지 확인하려고 바깥 사람들의 마음을 읽을 필요도 없었다. 염동력자 부대는 그도 잠시 감염되었던 기형적인 자신감을 안은 채 죽어 갔다. 목이 잘려 나가고 심장이 뜯기는 동안에도 그들은 자신감에 취해 주변 상황을 제대로 인식하지 못했다. 독일군 전차를 향해 달려드는 폴란드 기병대. 그 비유를 처음 읽었을 때는 모두 이쪽이 독일군이라 생각했는데.

발소리가 들렸다. 나인규는 강당 안으로 들어오는 사람들의 수를 세어 보았다. 하나, 둘, 셋, 넷……. 그 뒤로는 포기했다.

딱딱한 여자 구두가 그의 몸을 밀었다. 나인규의 눈에 처음 들어온 건 구두 주인의 얼굴이었다. 나이를 알기 힘든 하얀 머리 여자. 100퍼센트 정신감응자, 환상술사, 독심술사, 정신통제사. 하루 전이었다면 가족을 만난 것처럼 반가웠을 텐데.

"안녕, 영감."

익숙한 여자 목소리가 시야 밖에서 들렸다. 그가 대답하지 않자, 이수의 작은 얼굴이 시야 왼쪽에 들어왔다. 소녀의 얼굴엔 표정이 없었다. 나인규는 그 가면 같은 얼굴 뒤에 숨겨진 감정을 읽었다. 얼마 전까지만 해도 순수한 증오였던 것이 빠르게 혐오와 경멸로 옮겨 가고 있었다. 저 아이에겐 더러워진 내 육체가 사악함보다도 크게 보이는 걸까. 그는 모욕감을 느꼈다.

"죽이려면 당장 죽여. 복수를 해."

나인규가 말했다. 이수는 고개를 저었다. 대신 발로 그의 얼굴을 눌러 옆으로 돌렸다. 이제 나인규는 방 안의 사람들을 마주 볼 수 있었다. 이수, 차현우, 칭기즈 칸처럼 생긴 외국인, 괴물을 품에 안은 채 노려보고 있는 백치, 누군지 모르고 알 생각도 들지 않는 남자들, 그리고 아직도 영혼 없는 얼굴로 괴물을 쳐다보고 있는 대머리 아이들.

"먼저 우리에게 죄송하다고 해."

이수가 말했다.

그는 머리를 흔들었다. 도대체 무엇을 사과하라는 말인가? 그는 무엇을 잘못했는지 몰랐다. 알지도 못했고, 기억하지도 못했다. 스스로의 환상술과 정신통제술에 오염된 나인규의 두뇌는 더 이상 올바른 기억을 끄집어낼 수 없었다. 제대로 기억하지도 못하는 일을 사과할 수는 없다. 이수가 냉정한 판사처럼 읊고 있는 모든 죄들이 사실이라 해도 그는 사과할 생각이 없었다. 그 죄를 저지른 자, 그 기억을 갖고 있던 자는 이미 죽었다. 바로 내가 죽인 거야. 너희들은 나를 이렇고 밟고 구타하는 대신 그 일을 대신해 준 나에게 고맙다고 해야 해, 이 살인범들아. 나와 다를 게 하나도 없는…….

희미한 소음이 열린 문 너머에서 들려왔다. 수직 이착륙기가 옥상에 내려앉는 소리였다. 곧 인도네시아 정부군도 들이닥칠 것이다. 목표인 괴물도 찾았으니 저들은 섬을 떠날 것이다. 괴물을 안은 백치는 이미 용병들과 함께 옥상으로 달려가고 있었다. 칭기즈 칸은 어쩌겠냐는 듯 이수를 바라보았다.

"먼저 가, 아저씨. 난 나중에 따라갈게."

칭기즈 칸은 더 이상 묻지 않고 옥상으로 올라갔다. 대머리 아이들은 한 무리의 개처럼 그들 뒤를 따랐다.

이제 강당에는 나인규와 이수만이 남았다. 하얀 머리 여자가 주변을 맴도는 것 같긴 했지만 더 이상 시야에는 들어오지 않았다. 이수는 옆에 굴러다니던 접이의자를 끌어와 나인규의 옆에 앉았다.

"이런 걸 알아?"

이수가 심드렁한 목소리로 말했다.

"사람 몸은 언제나 불에 탈 준비가 되어 있어. 그 꼴을 보려면 그저 화학 성분과 온도만 살짝 바꾸어 주면 돼. 이렇게."

이수는 마치 하인에게 치워야 할 쓰레기를 가리키는 마나님처럼 손가락으로 나인규의 배를 가리켰다. 배 속의 가스가 부글부글 끓어올랐다. 근육이 후끈거리고 피부가 따끔따끔했다. 확 하는 소리가 들리고 모든 게 뜨거워졌다. 몸에서 흘러나온 뜨거운 지방을 심지처럼 빨아들인 트레이닝복이 파란색 불꽃을 내며 타올랐다. 나인규는 비명을 지르려 했지만 오래전에 부러진 성대는 쇳소리밖에 내지 못했다. 그저 애벌레처럼 모든 근육을 있는 대로 꿈틀거리면서 고통스러워하는 것밖에 할 수 없었다.

비행기의 소음이 서서히 희미해졌다. 배터리는 섬에서 멀어지고 있었다. 그와 함께 방향도 목적도 없이 뇌 속을 빙빙 돌던 나인규의 능력도 천천히 죽어 갔다. 나인규는 이를 악물고 눈을 감았다.

"안심하긴 일러, 영감."

이수는 그의 불타는 귀에 입술을 대고 조용히 속삭였다.

"나비가 떠나도 당신이 잿덩이가 될 때까지 살려 둘 수 있는 능력 정도는 남아 있을 테니까."

염력

도시

"제가 대구까지 간 건 순전히 민지희 교수를 믿었기 때문이죠. 보통 사람이라면 열다섯 살 시절 외모를 고집 세게 유지하고 있는 마흔다섯 살 변태 아줌마의 헛소리 따위 믿지 않을 거예요. 그 사람이 북미 대륙 전체에서 다섯 손가락 안에 드는 정신감응자라면 더더욱. 하지만 팔 년 동안 같이 일하다 보면 적어도 동북아시아 문제에서 민지희만큼 정확한 정보통은 없다는 걸 알게 되지요. 그 사람이 칠 년째 캐나다에서 '망명 중'이라는 건 중요하지 않아요. 민 교수의 몸이 어디에 있건 링크된 수백 명의 정보원이 있으니까.

 민 교수는 그 수백 명 중 한 명을 통해 대구에서 뭔가 수상쩍은 일이 벌어지고 있다는 걸 알았어요. 하긴 김진철 정권에서 일어난 일들은 죄다 뒤가 구렸지. 하지만 아무리 그래도 대구 일은 진짜로 이상했어요. 일단 그런 프로젝트가 가능하긴 할까요? 도시 하나만 한 대규모 염력 발전소를 세워서 나라 전체의 에너지 수요를 충당한다는 것이? 이 스탈린스러운 아이디어를 국민들이 박수 치며 환호했다는 것 자체는 이상하지 않아요. 당시엔 남북한 모두 환상술사들의 대중 통제가 도를 넘어선 때였으니까. 하지만 적어도 전문가들은 이 계획이 결코 쉽지 않다는 것을 알았어야 했어요.

저는 민지희 교수에게서 얻은 정보를 매기 원터본에게 보고했고, 백악관에서는 제 상사들에게 압력을 가해 대구 출장 팀에 저를 넣어 주었어요. 그 뒤에는 일사천리로 진행되었죠. 너무 빨라 이상할 정도로. 미국 대통령을 뒤에 업는 건 여러모로 편리하더군요. 이틀도 지나지 않아서 전 부산에 도착했어요. 거기서 대구까지는 비행선으로 삼십 분밖에 걸리지 않았지요.

가능한가 가능하지 않은가를 떠나, 대구는 그런 프로젝트에 썩 어울리는 곳이었어요. 한성윤과 김진철이 건드리기 전부터 도시는 엉망이었죠. 염력 열풍 때 죽어 나간 사람은 도시 인구의 5분의 1. 엎친 데 덮친 격으로 두 차례의 염력 폭탄 테러까지, 한성윤이 프로젝트를 승인했을 때엔 도심 자체가 존재하지 않았어요. 폭격기가 한 번 쓸고 지나간 것 같았지요. 한성윤의 프로젝트로 불사조처럼 다시 일어난다는 건 분명 모두에게 근사하게 들렸을 거예요. 적어도 대구 사람들에겐 환상술사의 조작도 필요 없었겠죠.

하늘에서 본 도시의 모습은 초현실적이더군요. 헐어 빠지고 더러운 건물들이 변두리를 차지하고 있는데, 그 안쪽에는 테러와 염력 열풍으로 쓸려 나간 폐허가 있었고, 폐허의 중심부에는 최근에 성급하게 지은 최신식 건물들이 자리하고 있었지요. 제 목적지인 메리어트 호텔은 도시의 북동쪽 변두리에 있었어요. 가이드의 말에 따르면 '변두리'라는 표현은 역사적으로 정확하지 않겠더군요. 하지만 당시 그곳이 변두리인 건 사실이었죠. 대구에서 진행 중이던 개발은 도시의 역사 따위 전혀 신경 쓰지 않았어요.

변두리건 폐허건 중심 지역이건 도시 전체는 이미 염력의 영향 아래 있었어요. 뫼비우스*의 만화 속에서나 나올 듯한 비행차들이 그 증거였죠. 그런 것 없이도 비행선에 탄 사람들은 모두 어마어마하게 거대하고 안정된 배터리의 영향권 안에 들어와 있다는 걸 알아차릴 수밖에 없었어요. 저는 치유자라 에너지에 그렇게 직접적으로 반응하지 않은 편인데도 온몸이 탱탱하게 붓는 것 같았지요.

호텔에 도착하자 이곳이 정상적이지 않다는 증거가 또 하나 보이더군요. 도시 곳곳에 한국어, 영어, 중국어, 일본어로 쓰인 경고문들이 붙어 있었어요.

---

* 2012년에 타계한 프랑스의 유명 만화가로 본명은 장 지로. SF 장르에서 후대에 많은 영향을 끼쳤다.

종교 활동 금지.

정치 활동 금지.

예술 활동 금지.

기타 집단행동 금지.

감사합니다.

이곳에서 벌어지는 실험을 생각해 보면 이치에 맞는 경고였죠. 하지만 프로젝트 자체의 문제점을 고려하면, 이건 핵폭탄이 터지면 책상 밑으로 들어가 숨으라는 경고와 다를 게 없었어요.

호텔에서 우릴 맞은 사람은 김광두라는 서울대 교수였어요. 저처럼 치유자였죠. 그 도시에서 제가 공식적으로 만난 사람들은 대부분 치유자나 비슷한 부류의 복합 능력자였어요. 이런 사람들이 배터리 도시에서 비교적 균형적으로 생각하고 행동한다는 연구 결과 때문이었겠지요.

김광두는 지금까지의 진행 과정에 대해 신 나게 떠들었어요. 먼저 이 모든 걸 가능하게 한 '씨앗 배터리'를 어떻게 구했는지 이야기했지요. 그 소년은 제2차 도심 테러 후 폐허 속에서 발견되었고, 그 뒤로 정부에서 극비리에 보호해 왔다고 하더군요. 괴물 배터리들은 대부분 재난 환경 속에서 발견되니 이상할 것 없는 일이죠. 그다음엔 이 프로젝트의 기초가 된 자기의 연구 내용을 들려줬는데, 염동력자와 정신감응자의 조합을 안정적으로 유지할 수 있는 비율에 관한 참 쓸데없는 이야기였어요. 쓸데없지만 진담이었지요. 제 정신감응력만으로도 그 진심이 보이더군요. 그래서 더 걱정이 되었어요. 저 허풍쟁이의 연구가 진짜로 이 프로젝트의 바탕이 되었을 리가 없으니까요.

공식 일정은 다음 날 있을 예정이었고 우리 주변에는 가이드로 위장한 감시꾼들이 따라붙더군요. 하지만 그들은 저에 대해 모르는 게 하나 있었어요. 저에겐 아주 특별한 능력이 있거든요. 저는 치유력을 이용해서 환상술사들이나 할 수 있는 정신 조작을 물리적으로 해치울 수 있어요. 다소 투박하고 숙취 비슷한 부작용이 남기는 하지만 이건 정신감응자들이 찾아낼 수 없는 일종의 비밀 병기와 같지요. 국방 첨단 연구 기획청의 미치광이들이 이 년 동안 제 두뇌를 주무른 뒤 생긴 부작용인데, 이건 본론과 상관없는 이야기네요.

어쨌든 밤이 되자 전 그 기술을 이용해서 가이드들을 따돌리고 호텔에서 빠져나왔어요. 수리수리마수리! 호텔에서 폐허까지는 두 블록도 떨어져 있지 않더군요.

폐허는 비어 있지 않았어요. 수많은 사람들이 더위를 피해 나와 있었는데 대부분 노인네들, 그것도 모두 남자들이었죠. 두뇌를 읽어 보니 그 나이 대 노인네의 상당수가 그렇듯 무능력자들이었어요. 심지어 부적응자도 못 되는 사람들이죠. 시 정부가 이들을 방치하는 것도 이해가 갔어요. 도시 기능의 관점에서 그들은 없는 거나 마찬가지니까요. 그 인간들은 제가 지나가자 다들 뭐라고 불쾌한 소리를 웅얼거리더군요. 그 동네 방언이라 통역기가 제대로 옮기지 못했지만 인종차별적인 욕설인 게 분명했어요.

폐허 건물 중 하나에 민지희 교수의 친구가 숨어 있었어요. 박수안이라는 이름의 남자였는데 얼굴만 봐서는 나이를 가늠할 수 없었어요. 민 교수처럼 미용 치유사의 손을 여러 번 거친 게 틀림없었지요. 민 교수에 따르면 그는 1급 환상술사로 폐허에서는 거의 투명 인간이나 다름없었어요. 그가 일주일째 아지트로 삼고 있다는 건물에 굴러다니는 통조림들도 모두 그 능력을 이용해 폐허의 이웃들에게서 멋대로 훔친 것들이었지요.

박수안은 지금까지 스파이질을 해서 얻은 결과물들을 신 나게 떠들더군요. 일단 대구시와 김진철 패거리가 발표한 자료는 모두 가짜였어요. 김광두의 연구는 예상대로 아무짝에도 쓸모없었고요. 그럼에도 불구하고 대구시의 염력 발전은 성공적으로 이루어지고 있었어요. 무언가 다른 변수가 존재하는 거죠.

박수안은 그 변수의 정체를 알아내고 싶어서 안달이 나 있었어요. 이를 밝혀내기 위해서는 중심 지역에 직접 들어가야 했어요. 유감스럽게도 정부가 고용한 환상술사의 방어막은 너무 강했고요. 박수안은 다짜고짜 자기를 팀 안에 넣어 달라더군요. 일단 안으로 들어가기만 하면 나머지는 자기가 다 하겠다고요. 고민됐어요. 대구에 대해 최대한 많이 알아내는 건 제 임무였어요. 하지만 그 와중에 민지희의 사설 스파이 집단을 도와주는 것은 선을 넘는 행동이 아닐까?

한참 고민한 끝에 전 도와주기로 결정했어요. 어느 정도까지 제 의지였는지는 모르겠지만요.

저는 박수안을 데리고 호텔로 돌아갔어요. 폐허에 올 때만 해도 저를 동물원 짐승처럼 보던 사람들이 나갈 때는 쳐다보지도 않더 군요. 그들의 눈에는 제가 보이지 않았어요. 박수안이 투명 방어막 안에 저를 넣어 주었기 때문이지요.

다음 날 우리가 두 팀으로 나뉘어 두 대의 염력 비행차에 탔을 때, 박수안은 시치미 뚝 떼고 저희 팀 차에 올라탔어요. 방어 기술 이 얼마나 능청맞은지 심지어 제 눈에도 종종 안 보이더군요. 가끔 그의 몸이 차창 바깥의 풍경을 가려도 그 부분의 풍경이 보이는 듯한 착각이 들 정도였어요.

새 도심지는 중구와 남구에 걸쳐 있었는데, 거의 똑같은 모양의 검은 건물들이 폐허를 배경으로 빽빽하게 들어선 모양은 마치 지 구를 침공한 외계인 기지 같았어요. 도시라기보다 거대한 공장의 일부 같았고 실제로 그랬지요. 저랑 같은 차를 탄 김광두는 건물 의 구조와 능력자 배치의 상관관계가 어쩌고 하며 떠들어 댔는데, 이미 그에 대한 믿음이 바닥을 친 상태라 한마디도 귀에 들어오지 않았어요.

대신 비행차를 조종하는 젊은 남자의 머릿속을 슬쩍 읽었어요.

워낙 대놓고 자기 감정을 표출하는 친구라 마음을 읽었다는 말이 어울리지도 않았지만요. 그는 비행차 조종을 배운 지 얼마 안 됐고, 이 장난감을 가지고 노는 일이 미치도록 좋은 상태였어요. 하지만 도시 자체에 대해서는 아는 바가 별로 없었지요. 우리가 모르는 특별한 방식에 의해 통제받는 사람은 아니었어요. 우리가 질문하자 염력을 안정시키는 약을 먹고 있다고 대답했는데, 그중에 모르는 것은 없었거든요.

비행차는 한 건물의 옥상에 도착했어요. 박수안은 저를 따라 조용히 내리더니 소리도 없이 사라져 버렸어요. 우리는 김광두와 가이드를 따라 밑으로 내려갔지요.

그 뒤 제가 겪은 일들은 김광두의 설명과 마찬가지로 지루하고 공허했어요. 염력 발전 시스템은 분명 경탄할 만했어요. 하지만 염동력자들과 배터리들이 겹겹으로 누워 있는 침실은 굳이 볼 필요도 없었지요. 각각의 염동력자에게서 어떻게 에너지를 뽑아내고 안정화하는지 명확한 정보도 없었고요. 김광두의 주장을 믿는다면 그 시스템은 그냥 알아서 잘 돌아가고 있을 뿐이었어요.

터무니없는 주장에 진력이 난 동료가 말했어요. '하지만 비율 조정과 약물 말고 다른 보조 장치도 있겠죠?' 김 교수가 대답했어요. '아뇨, 비율만 맞으면 그것으로 충분하니까요.' '그 외에 안전 장치가 없단 말입니까?' '정확한 비율 조정 자체가 완벽한 안전장치입니다.' '하지만 사람이 그렇게 단순할 리가 없잖아요. 조금만

감정이 이탈해도 안정이 깨질 텐데요? 정말 아무것도 안 쓰나요? 예를 들어 가상 현실이라든가.'

그 순간 쨍하고 뭔가 깨진 것 같았어요. 긴장한 사람은 김광두가 아니었어요. 옆에서 그를 노려보고 있던 가이드였죠. 분명 그는 뭔가 더 알고 있었어요. 하지만 자기 조절 능력이 뛰어나서 숨기고 있는 진실을 읽기는 어려웠어요. 가상 현실을 쓴다고 특별히 잘못도 아니잖아요. 도대체 왜 별것 아닌 것을 숨기려 하는 걸까? 밑으로 내려간 박수안이 무엇을 찾아냈을지 궁금해지더군요.

점심시간이 되자, 그들은 그렇게 맛있다고 할 수 없는 샌드위치를 파는 식당으로 우리를 데려갔어요. 입에 무엇이 들어가는지도 모르면서 멍하니 먹고 있는데, 갑자기 분위기가 변한 게 느껴졌어요. 환상술사의 통제 때문에 정신감응자 동료들은 못 느꼈을지도 모르지만 전 알겠더라고요. 무언가 일이 틀어졌고, 그 때문에 주변 사람들과 기계들이 긴장하는 게 느껴졌어요.

주머니에 들어 있던 휴대 전화에서 벨이 울렸어요. 전화를 받으니 민지희 교수의 잘난 척하는 어린애 같은 목소리가 들렸어요. '될 수 있는 한 빨리 마무리 짓고 거기서 나와요. 일이 위험해졌어요.' 당연히 박수안이 들통 난 거냐고 묻고 싶었지만 그러기만 해도 일이 커질 것 같았어요. 민지희 교수도 더 이상의 정보를 줄 생각이 없는지 냉정하게 전화를 끊어 버렸고요.

점심시간이 끝나고 김광두와 함께 대구 시장이라는 사람이 나타났는데, 둘 다 얼굴이 억지웃음 때문에 가관이었어요. 그들은 우리가 밑에서 일어난 어떤 사건과 관계있다는 걸 알았어요. 하지만 매기 윈터본의 소개장을 갖고 온 사람들을 범죄자처럼 다룰 수 없다는 것도 알았죠. 우리가 일이 끝났으니 도시를 떠나겠다고 하자 좋아서 어쩔 줄을 몰라 하더라고요.

도심을 떠나 메리어트 호텔에서 다시 비행선을 타고 부산으로 출발하기까지 민지희 교수는 세 번이나 전화를 걸었어요. 모두 빨리 떠나라는 독촉이었지요. 비행선이 뜨자마자 민 교수는 상황을 설명했어요.

우리가 염력 발전 장치를 구경하고 있을 때, 박수안은 아래로 내려가 도시의 환상술사 네트워크를 해킹했대요. 정보 보안용 환상술사와 정치 공작용 환상술사 밑에 또 다른 환상술사 부대가 있었는데, 이들이 시스템 안정의 핵심인 게 분명했어요. 그는 카멜레온 특기를 이용해 작업실로 들어가서 환상술사의 마음을 읽었어요. 그리고 대구시의 비밀을 알아냈지요.

그 비밀은 어처구니없이 간단했어요. 대구시는 전쟁 중이었어요. 가장 하층의 환상술사 네트워크는 '영원히 지속되는 한국 전쟁'이라는 가상 현실을 위한 장치였던 거예요. 발전소의 염동력자들은 모두 그 가상 현실의 참가자였고요. 그들의 머릿속에는 더 이상 21세기 중반의 기억이 남아 있지 않았어요. 들어 있는 건 백 년 전 사람들이 느꼈던 고통과 분노, 무엇보다 증오였지요.

그제야 모든 게 이해됐어요. 인간 감정 중 증오처럼 안정적인 것은 없어요. 사랑과 같은 감정들은 조건만 주어지면 쉽게 변형되고 휘발되지요. 하지만 그러는 동안에도 증오만은 끝까지 남아요. 사람들이 증오처럼 소중하게 여기는 감정도 없죠. 염력 강화와 안정화를 위해 이보다 좋은 게 어디 있겠어요? 우리도 알고는 있어요. 단지 에너지를 얻기 위해 사람들의 기억을 과거에 가두고 부정적인 감정만을 쏟아붓는 행위가 야만적이라고 생각했을 뿐이죠. 당연히 이 나라 사람들도 그렇게 생각했을 텐데, 어느 순간 누군가가 그 선을 넘어 버렸고 나머지 사람들이 우르르 뒤따른 거예요. 그러고 보니 몇 년 전 세미나에서 이 프로젝트에 대해 모를 리 없는 어느 한국인 교수가 우쭐거리며 한 이야기가 생각나네요. '역사상 가장 오랫동안 지속된 냉전 체제야말로 한반도의 제일 큰 자산입니다……'

하지만 민지희 교수가 허겁지겁 우리를 떠나게 했던 건 그 때문이 아니었어요. 하필이면 그때 박수안이 시스템의 심각한 불안정 요소를 발견했기 때문이었지요. 어떤 사람은 박수안이 일부러 바이러스 같은 걸 심은 게 아니냐고 하던데, 충분히 그럴 수 있는 사람이긴 했지만 아닌 것 같아요. 대구시 프로젝트를 붕괴시키려면 훔친 정보를 공개하기만 해도 충분했을 테니까요. 굳이 자폭까지 할 필요는 없었을 거예요. 여전히 사람들은 반신반의하지만 전 우연의 일치 쪽에 한 표를 던지겠어요.

박수안이 발견한 결함은 처음부터 시스템에 내재되어 있었어요. 증오로 똘똘 뭉친 수천 명의 사람들이 같은 환상 속에 갇혀 있었어요. 조작된 기억의 노예지만 이들은 여전히 스스로 생각하는 사람들이었어요. 증오를 해소하기 위한 돌파구를 만들어 낼 수 있는 존재들이었지요. 환상술사들이 꾸준히 돌파구를 막으며 시스템을 안정화시켰겠지만 결코 영구적인 해결책은 아니었어요. 누군가 그 허구의 세계 속에서 출구를 열고 넓힐 가능성은 얼마든지 있었던 거죠. 이런 일이 일어나면 어떻게 될까요? 붕괴 직전의 세계가 스스로 안정된 상태로 돌아갈 가능성은 거의 없어요.

박수안이 대구의 환상술사 시스템을 뚫었을 때, 마침 그 일이 일어났던 거예요. 누군가 그 세계가 허구임을 발견했겠죠. 아니면 냉전 드라마의 균형을 깨는 인물이 나타난 건지도 몰라요. 박수안의 해킹 때문에 사고가 일어난 거라고 생각하는 사람들도 있는데, 전 부정적이에요. 그런 과정은 결코 몇 분 만에 일어날 수 없으니까요.

우리가 탄 비행선이 부산을 향해 날아가기 시작한 지 얼마 되지 않아, 일이 터지고 말았어요. 처음에는 지진이라도 일어난 듯이 도시가 흔들리더군요. 그러다 갑자기 회오리바람에 휩쓸린 장난감처럼 도시의 모든 것들이 휘청거리더니 건물들이 뿌리째 뽑히면서 하늘로 날아올랐어요. 도시 중심에만 불던 바람은 순식간에 폐허와 변두리까지 먹어 버렸고요. 하늘로 떠오른 건물과 자동차, 지하철…… 아, 그리고 사람들은 죄 허공중에서 부딪히면서 부스러지고 짓이겨졌어요. 한때 대도시를 이루던 모든 것들이 지저분한 공터만 남기고 우주 저편으로 사라지는 데 딱 이십 분이 걸렸어요.

회오리바람이 시야에서 사라졌고, 전 소행성 감시 사이트로 들어가서 한때 대구시를 이루었던 잔해들의 위치와 속도를 확인했어요. 포물선을 그리며 무섭게 가속하던 잔해는 달 궤도를 벗어날 무렵에야 간신히 가속을 멈추었어요. 중력으로 뭉쳐진 작은 천체가 된 도시는 태양계 밖을 향해 날아가고 있었어요.

제 계산이 맞는다면 그것은 7만 4천 년 뒤에 글리제 876[•]을 지나칠 거예요."

● 물병자리에 있는 항성으로 지구에서 15광년 정도 떨어져 있다. 글리제 876의 행성계에 생명체가 존재할지도 모른다는 주장이 있다.

부적응의

끝

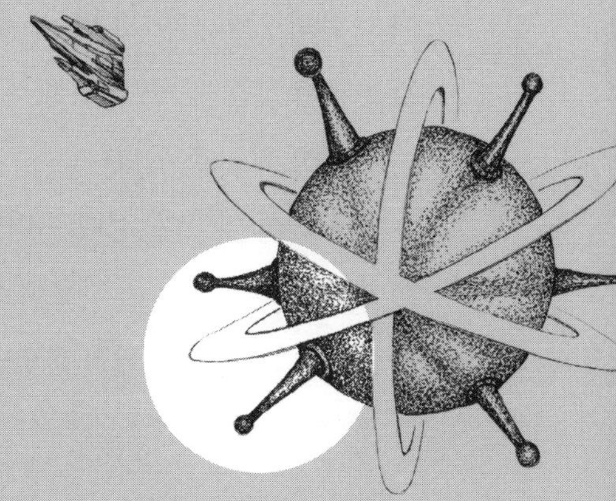

1

"UFO다!"

박주헌이 찢어지는 목소리로 외치면서 달려왔다. 현관 옆 벤치
에 나란히 앉아 늘어져 있던 서익호와 임종윤은 미친 사람처럼 양
팔을 휘두르는 친구를 보며 키들거리다가 그의 손가락이 가리키
는 방향으로 눈을 돌렸다.

친구 말이 맞았다. 절대로 비행기일 수 없는 모양을 한 무언가가
이솔라 로사의 하늘을 가로지르고 있었다. 서익호는 옆에 있는 태
블릿으로 그 물체를 찍고 화면을 확대했다.

"찍었어? 찍었어?"

물체가 석양에 물든 장밋빛 구름 속으로 사라지자 박주헌은 서익호에게 물었다.

"찍었어. 미안하지만 이건 UFO가 아니야."

서익호가 대답했다.

"그럼 뭔데?"

"밀레니엄 팰컨."

박주헌은 서익호가 찍은 영상을 보면서 얼굴을 찌푸렸다.

"그게 뭔데?"

"「스타 워즈」! 밀레니엄 팰컨! 한 솔로! 도대체 아는 게 없냐?"

"옛날 영화는 잘 몰라. 그리고 이게 UFO가 아니면 뭐야?"

"염력 비행기. 아니면 염력 우주선. 시간이 남아도는 어떤 「스타 워즈」 팬이 진짜로 날아다니는 밀레니엄 팰컨을 만든 거야. 그것도 실물 크기로."

"몸이 안 좋아."

임종윤이 말했다.

박주헌과 서익호는 일제히 임종윤을 향해 고개를 돌렸다. 친구의 얼굴은 새파랗게 부풀어 오르고 있었다. 박주헌은 현관 옆 꽃밭에서 뒹굴던 구급상자를 들고 임종윤에게 달려갔다. 상자에서 주사기를 꺼내 캡슐을 넣은 뒤 친구의 목에 대고 방아쇠를 당겼다. 고통 속에서 꿈틀거리던 임종윤은 몇 분 지나자 간신히 안정되었다. 여전히 얼굴색은 말이 아니었지만 그래도 숨은 쉴 만한 모양이었다.

"너희는 괜찮아?"

임종윤이 물어보고서야 박주헌과 서익호는 서로의 몸을 살폈다. 두 사람 모두 노출 초기 증상이 일어났다가 가라앉고 있었다. 보통 때라면 아프다며 엄살을 피웠겠지만 임종윤에게 정신이 팔려 있어서 둘 다 지나치고 넘어간 것이다.

"여기까지 힘이 닿다니 배터리가 얼마나 센 거야?"

박주헌이 투덜거리자 서익호가 대답했다.

"저 정도 물건으로 날아다닐 수 있을 정도니까 당연히 1급이지. 그런데 등급이 무슨 소용인가 몰라? 요새 웬만한 배터리들은 다 1급이래. 염력으로 공장도 돌리고 전철도 돌리고 그런다잖아."

"그러다 대구나 예루살렘처럼 도시가 통째로 날아가지."

"대구는 사고였고, 예루살렘은 테러였잖아."

"예루살렘이 더 이상 존재하지 않다니 이상하지 않아? 세상 끝날 때까지 거긴 남아 있을 줄 알았어."

"너 개신교였냐?"

"세례만 받았어. 요새 누가 종교 같은 걸 믿어."

이야깃거리가 떨어지고, 세 사람 사이에는 침묵이 흘렀다. 임종윤은 주사약이 몸에 들어갔을 때 늘 그러듯이 웅얼웅얼 옛날 걸그룹 노래를 흥얼거렸다. 서익호는 구급상자를 정리했다. 박주헌

은 뒷짐을 지고 옛날 영화 속 우주선이 사라진 구름 저편을 응시
했다. 어쩌다가 나는 이 병자들과 함께 이 섬에 갇혀 있는 걸까. 도
대체 어쩌다가.

　　2

　사마린다에서 날아온 드론은 100킬로그램짜리 상자를 떨어뜨
리고 날아가 버렸다. 지름 1미터의 원통이었던 상자는 떨어지면
서 주변 공기를 먹고 지름 7미터의 비닐 공으로 부풀어 올랐다. 박
주헌과 서익호는 야생 동물이라도 사냥하는 것처럼 이리저리 튀
어 다니는 공을 따라 뛰었다. 언젠가는 제풀에 멈출 텐데도 이들은
항상 이렇게 공을 사냥했다. 늘 몇 분 만에 싱겁게 끝나긴 했지만
이런 짓이라도 해야 뭔가 노력해서 먹고산다는 착각 속에서 살 수
있었다.
　박주헌은 간신히 잡은 공에 칼을 박았다. 뜨거운 공기가 빠져나
가니 LK 로고가 박혀 있는 검은 원통형 상자가 드러났다. 서익호
가 공의 잔해를 정리하는 동안 박주헌은 상자 밑에 있는 바퀴를
꺼내고 손잡이를 뽑았다. 서익호가 꼼꼼하게 접은 공을 상자 위에
묶자 박주헌은 손잡이를 잡고 상자를 끌었다.
　그들은 부적응 환자 치료 센터 4층에 있는 강당으로 상자를 끌

고 갔다. 엘리베이터는 멈춘 지 오래였지만 휠체어용 경사로가 있어서 끌고 가는 데에는 별문제가 없었다. 박주헌은 이 건물을 지은 건축가가 왜 강당을 4, 5, 6층에 걸쳐 만들어 놨는지 몰랐다. LK가 적도 한가운데에 이 쓸모없는 콘크리트 섬을 만들었다가 버린 이유도 몰랐다. 오 년 전, 섬에서 철수하기 직전에 뭔가 끔찍한 일이 일어났다는 소문이 떠돌았지만 진상과 망상을 구별하기란 불가능했다.

중요한 깃은 이곳이 그들의 집이라는 사실이다. 중증 부적응자 영감들이 배터리에게 괴롭힘을 당하지 않고 말년을 보낼 수 있는 몇 안 되는 곳.

강당에 도착한 박주헌은 무대 위의 1인용 소파에 앉아 사냥꾼들을 기다리고 있던 임종윤 앞에서 상자를 열었다. 통조림, 라면, 즉석 밥, 비누와 치약 세트, 구급상자용 약품과 새 주사기 바늘. 그렇게 요청했는데도 생과일은 없었다. 야자와 망고가 아닌 다른 과일을 먹고 싶었는데.

박주헌은 상자 구석에서 발견한 말린 사과 봉지를 임종윤에게 던졌다. 임종윤은 양손을 벌렸지만 상자는 왼손 엄지에 맞고 튕겨 나갔다. 임종윤은 의자에서 일어나 바닥에 떨어진 봉지를 집어 들고 뜯었다. 사과 칩 하나를 입에 넣고 느릿느릿 씹는 모습이 행복해 보였다.

얼마나 남은 걸까. 닷새 전 밀레니엄 팰컨이 섬을 가로질러 날아간 뒤로 임종윤의 건강은 급속히 나빠졌다. 배터리의 에너지에 노출된 건 기껏해야 몇 분에 불과했는데도 그 영향력은 엄청났다. 임종윤은 세 차례의 발작을 일으켰고, 마지막에는 거의 질식해 죽을 뻔했다.

지금 상태라면, 그는 일주일도 버티지 못한다.

박주헌은 지금까지 섬의 공원에 묻은 스물두 명의 사람들을, 그리고 바깥세상에 있을 때 눈앞에서 죽어 갔던 수많은 사람들을 생각했다. 만화에나 나올 법한, 만화에나 어울리는 죽음들.

처음에는 아무도 대수롭게 생각하지 않았다. 다들 알레르기라고 했다. 배터리 알레르기. 증세도 비슷했다. 완치는 어려워도 주사 한 방이면 나았다. 무엇보다 배터리가 그렇게 많지 않았고 주변에서 만나는 배터리들의 힘도 변변치 않았다. 다들 그렇게 견디며 살면 될 것 같았다.

배터리들이 늘어나고 힘이 점점 강해지면서 부적응 환자들의 삶도 점점 고달파졌다. 이제 재채기와 코 막힘에 시달리는 정도가 아니었다. 수많은 사람들이 말 그대로 길을 걷다가 민망하고 기괴한 죽음을 맞았다. 어떤 시체들은 너무 이상하게 변형되어서 사람처럼 보이지도 않았다.

그것은 알레르기가 아니었다. 능력이었다. 염동력자들이 물건을 움직이고, 정신감응자들이 마음을 읽거나 조종하는 것처럼 부적응자들은 자신의 신체를 변형했다. 대부분 그 능력은 아무짝에도 쓸모없었고 통제가 불가능했으며, 그 결과는 불구 또는 죽음이었다.

많은 사람들이 사실을 받아들이지 못했다. 인터넷에서는 음모론이 떠돌아다녔다. 배터리와 아무 상관 없는, 변종 미생물이 일으키는 병이라는 소문이었다. 허셜 4호가 지구로 가져온 엔켈라두스[●]의 미생물이 유출되어 병을 일으킨다는 식으로 그럴듯한 주석이 붙어 있는 경우도 있었다.

LK 연구실의 과학자들이 해답을 세시했다. 나노봇을 이용한 뇌수술과 약물치료였다. 치료비는 비쌌고 부작용도 심했다. 새로운 음모론이 추가되었다. 처음부터 이 병은 LK가 뿌린 것이다. 사악한 대기업 악당들이 우리의 남은 재산을 탈탈 뜯어먹기 위해 작정한 것이다. 아니, 처음부터 부적응병이라는 것 자체가 없었는지도 몰라. 길에서 이상한 모양으로 죽은 사람들과 배터리 알레르기가 무슨 관계란 말인가. 그들은 뭔가 다른 병으로 죽은 거야.

박주헌도 그 말을 믿고 싶었다. 음모론을 지지하는 증거들을 찾아 인터넷을 돌아다녔다. 무엇보다 강력한 증거는 그 자신이었다. 그는 80퍼센트 염동력자였다. 이십 년에 걸쳐 다섯 번이나 검사를 받았지만 그 비율이 바뀐 적은 없었다. 그런데 이제 그의 염동력은

● 토성의 위성 중 하나. 유기물을 포함한 물과 얼음을 내뿜는 간헐천이 있어서 생명체의 존재 가능성이 제기되고 있다.

20퍼센트도 못 되고 빈자리를 망할 부적응 증상이 차지했단다. 이게 말이 돼?

그의 망상을 막은 건 언제나처럼 서익호였다. 그는 박주헌의 헛소리를 차분하게 들으며 태블릿에 받아 적은 뒤 알고 있는 의학 지식을 총동원해서 하나하나 반박했다. 부적응 증상의 원리를 가르쳤고, 왜 어떤 사람들은 능력이 유동적인지, 왜 강경국 같은 음모론 장사꾼들을 믿어서는 안 되는지 설명했다. 그래도 박주헌이 징징거리면, 서익호는 짜증을 내며 결정타를 날렸다.

"이십 년 전 기억나? 북수단에 변종 세틀러 병이 돌았을 때, 어떤 얼빠진 이슬람 지도자가 이 모든 게 서구 제약 회사의 음모이고, 바이러스 따위는 없고, 식습관을 고치고 금욕하면 치료할 수 있다고 했지. 쓸데없이 정신통제력만 강했던 그 바보 때문에 의사들은 린치당했고, 대륙 전체에 백신을 무상 공급하려던 AfMA의 노력도 무산됐어."

"제약 회사 음모론이 사실이 아니라는 증거도 아직 없잖아."

"고명하신 강경국 선생에 따르면 그렇지. 하지만 지금 아프리카에 이슬람교도가 몇 명이나 남아 있지?"

음모론에 대한 박주헌의 집착은 배터리들이 급증하면서 순식간에 시들었다. 일단 1급 배터리에게 몇 번 당하고 나니 음모론이 들어앉을 자리가 사라져 버렸다. 박주헌은 음모론자에서 배터리 혐오자로 입장을 바꾸었다. 모든 배터리들을 외딴섬에 가두고 나머

지 사람들은 이전의 삶으로 돌아가야 한다고 주장하는 전직 목사
를 따라다니며 행진을 하고 유인물을 뿌렸다.

오 년 뒤, 섬에 갇힌 건 반대로 그들이었다.

박주헌은 서익호와 임종윤의 얼굴을 번갈아 바라보았다. 내 얼
굴도 그리 다르지 않겠지. 그들은 실제보다 열다섯 살은 늙어 보였
다. 그것도 옛날 기준으로 그렇다. 어제 본 드라마에서 대학생으로
나왔던 강지윤은 그들과 마찬가지로 서울 올림픽이 열린 해에 태
어났다. 인터넷 소문에 따르면 치유사 다섯 명이 달라붙어 피부를
완전히 뒤집었다고 한다. 그 정도까지는 아니더라도 이미 치유사
들은 의사들이 할 수 없었던 온갖 일들을 하고 있었다. 지금 살아
있는 사람들 중에는 앞으로 영원히 죽지 않을 사람들도 있겠지. 그
들이 남아도는 시간을 어디다 쓸지는 모르겠지만.

박주헌은 종로 2가 한복판에서 시퍼런 악마 같은 모습으로 죽어
버렸던 동생을 떠올렸다. 그 카니발 가면 같던 얼굴과 말도 안 되
게 어려 보이는 강지윤의 얼굴이 다를 게 뭔가. 둘 다 배터리에 노
출된 괴물인 건 마찬가지인데.

3

임종윤은 꼭 아흐레를 더 살고 죽었다. 인터넷 의사가 할 수 있

는 일은 거의 없었다. 마지막 치료는 안락사였다.

박주헌과 서익호는 45킬로그램밖에 안 되는 친구의 시체를 관 없이 공원에 묻었다. 이제 공원에는 스물세 개의 작은 봉분이 있다.

센터로 돌아오면서, 서익호는 누가 먼저 죽을지 마지막 남은 사람의 시체는 어떻게 될 것인지 중얼거렸다. 마지막 사람이 죽으면 사마린다에서 사람이 오겠지. 그들은 우리가 만든 무덤을 그대로 놔둘까. 우리 시체는 그 뒤에 어떻게 될까.

"제발 그만 좀 하자."

견딜 수 없어진 박주헌이 말했다.

"다른 길이 있을 거야. 우리 같은 사람들이 모여 사는 다른 커뮤니티가 있을 거라고. 지금이라도 인터넷에서 검색해 보면 수백 개는 걸릴걸. 언제까지 서로 얼굴만 보면서 죽을 날을 기다릴 필요는 없어."

"스물두 개야. 수백 개가 아니야."

"그것밖에 안 돼?"

"더 줄었을지도 몰라. 검색에 걸리지 않는 것들도 몇 개는 있겠지. 하지만 어디? 아마존 한가운데? 거기라고 안전할까? 무슨 돈으로 거기까지 가는데? 가서 어떻게 할 건데? 난 싫어. 이 나이에 새로 사람 얼굴 익히고 그러는 거."

'하지만 나는?'이라는 질문이 혀끝까지 올라왔지만, 박주헌은 간신히 참았다. 구 년 동안 같이 산 남자 친구를 막 잃은 영감탱이를 자극할 생각은 없었다. 하지만 그런 영감탱이와 단둘이 외딴섬에 처박혀 여생을 보내는 것은 또 다른 일이다.

그 뒤로 서너 달 동안, 박주헌은 잡생각을 쫓기 위해 몸과 머리를 분주하게 놀렸다. 아침 7시가 되면 일어나 밤 11시에 잠들 때까지 쉬지 않고 일을 했다. 센터는 별다른 작업 없이도 알아서 돌아갔지만 언제까지 자동 시스템을 믿을 수는 없었다. 그는 비닐 공의 잔해를 모아 태양열 증류기를 만들었고, 옥상에 풍력 발전기를 달았고, 버려진 요트를 수리했다. 낚시도 시작했으며 주변의 콘크리트 보도를 깨서 텃밭을 넓혔다. 그래도 시간이 남으면 일본어를 독학했다.

그러는 동안 서익호는 옛날 영화와 오페라 녹화물을 보느라 강당에서 거의 나오지 않았다. 레퍼토리가 뻔해서 그런 데에 무관심한 박주헌조차 흘러나오는 소리만 듣고도 무엇을 보고 있는지 알아차릴 정도였다. 특히 마스네의 「마농」은 한도 끝도 없었다. 박주헌은 그 오페라의 제목도, 작곡가도 몰랐지만, 깡촌에서 죽어 가는 여자 친구 옆에서 징징거리는 남자의 이야기라는 것 정도는 알았다.

박주헌은 그런 친구를 방치했다. 서익호가 그렇게 강당에서 말라 죽길 바랐는지도 모른다. 아니, 그렇지는 않았다. 아무리 말을 하지 않고 얼굴을 보지 않는다고 해도 서익호가 필요했다. 혼자인 것과 그래도 벽 너머에 누군가가 있다는 건 다르다.

밀레니엄 팰컨은 다시 나타나지 않았다. 하지만 이솔라 로사 주변의 바다는 이전처럼 조용하지 않았다. 박주헌도 감지할 수 있는 무언가가 섬 주변을 돌고 있었다. 배터리를 사용한 염력 탈것들이 늘어나고 있었다. 이제는 배터리 능력을 가진 동물들도 증가하고 있었다. 인터넷에서는 1급 배터리 능력을 가진 유인원과 돌고래에 대한 기사가 떠돌았다. 몇몇 과학자들은 이런 동물들의 뇌에서 배터리 기능을 하는 부분만 떼어 내어 대량 복제할 수도 있다고 주장했다.

더 이상 이솔라 로사는 외딴섬이 아니었다. 아니, 지구 상에 외딴곳이란 있을 수 없었다. 지구 표면은 천천히 충전되고 있었다. 이솔라 로사가 아닌 다른 어디에 숨어도 이 현상을 피할 수는 없었다. 아직까지 박주헌과 서익호가 느끼는 건 이명과 가려움증 정도였다. 하지만 진짜로 고통스러운 건 현재의 증상이 아니라 앞으로 닥칠 증상에 대한 공포였다.

서익호는 임종윤이 죽은 지 꼭 일 년 만에 공포에 굴복해 버렸다. 혼자 드론이 떨어뜨린 공을 수거해 온 박주헌은 강당에서 서익호가 연필로 갈겨쓰고 핀으로 맨 앞줄 의자에 꽂아 둔 노트를 발견했다. 그답지 않게 문장은 장황하고 뜻을 이해하기 힘들었다. 하지만 더 이상 이런 식으로 살 수 없다는 내용인 건 분명했다.

겁에 질린 박주헌은 친구를 찾아 섬 이곳저곳을 뛰어다녔다. 마침내 그가 발견한 건 자살한 친구의 시체가 아니라 선착장에 버려져 있는 부서진 자물쇠였다. 서익호는 부적응증에 시달리던 LK 임원들이 버리고 간 전기 보트를 타고 완전히 충전된 세계로 돌아간 것이다.

4

서익호가 앙투안 드 생텍쥐페리*나 아멜리아 에어하트** 스타일의 신비스러운 실종을 원했다면 실패였다. 이틀 뒤 근처를 지나던 어선이 그의 시체를 태운 보트를 발견했다. 화상으로 문드러진 시체만으로는 신원 확인이 불가능했다. 보트가 발견된 장소는 염력 선박들이 점령한 곳이었다. 죽기 위해 굳이 육지에 올라갈 필요도 없었던 것이다.

서익호의 죽음이 회사에 보고되었지만, 사마린다에서는 계속해서 2인분의 물건들을 보내왔다. 박주헌은 빨리 상하는 것들을 먼저 먹어 치우고 나머지는 창고에 쌓아 두었다. 섬을 떠난다는 계획은 보류했다. 인터넷에서 알아보니 그를 받아 줄 커뮤니티를 찾는

* 『어린 왕자』로 유명한 프랑스 작가. 제2차 세계 대전 때 비행기 조종사로 활동했으나 정찰 임무 도중 적기에 격추되어 바다로 추락해 사망했다.
** 여성 최초로 대서양 횡단에 성공한 미국 비행사. 적도를 따라 지구를 한 바퀴 도는 일에 도전했으나 돌연 실종되었다.

다고 해도 거기까지 가는 것 자체가 쉽지 않았다. 어느 곳을 선택하더라도 배터리의 영향을 받지 않고 찾아가기란 거의 불가능했다. 박주헌은 밤마다 배터리를 피해 가는 미로와 같은 길을 지도에 그리면서 즐거워했지만, 정작 그런 모험이 가능하리라고는 생각하지 않았다.

삼 년 뒤 드론이 마지막 물건을 떨어뜨렸을 때, 박주헌은 이미 로빈슨 크루소 식 자립에 성공해 있었다. 빗물 통에 고인 물과 증류기가 만들어 내는 물은 혼자 쓰기에 충분하고도 남았다. 농사와 고기잡이에도 익숙해졌다. 일 년 뒤, 발전소가 멈추었지만 풍력 발전기는 여전히 잘 돌아갔다.

그는 점점 스스로의 세계에 빠져들었다. 어차피 텔레비전과 인터넷에서 하는 소리는 더 이상 알아들을 수도 없었다. 바깥세상에서 사용하는 영어와 한국어는 모두 외국어 같았다. 그는 세상과 대화하기를 포기하고 오로지 음악만을 들었다. 옛날 유행가들. 옛날 걸 그룹 노래들. 지지지지 베이베 베이베. 가사가 뭐 이러냐고 놀렸던 건 취소하겠어. 적어도 이 가사의 뜻은 알아먹을 수 있으니까.

세월이 지나며 섬은 점점 붕괴되었다. 지진과 해일이 건물들과 콘크리트 포장을 부수었다. 바다에서는 정체를 알 수 없는 식물들이 기어올라 왔다. 세 번째 해일 때 풍력 발전기가 날아갔지만 그는 신경 쓰지 않았다. 더 이상 밤에 불을 켜야 할 이유가 없었다.

더 이상 음악을 들을 필요도 없었다. 그가 아는 노래들, 그가 듣고 싶어 하는 노래들은 모두 머릿속에 박혀 있었다. 농사도 포기했다. 해변에 덮인 해초도 먹을 만했고 게와 바닷가재는 잡기 쉬웠다. 불을 피우고 요리한다는 귀찮은 일도 포기한 지 오래였다.

가끔가다 그는 해변에 앉아 하늘과 바다를 바라보았다. 멀리서 배가 지나갔고 이따금 염력 비행기일 수도 있는 정체불명의 물체가 하늘을 가로질렀다. 그럴 때마다 조금씩 자신의 생명이 꺼져 간다고, 서익호와 임종윤 그리고 그 밖의 다른 친구들이 있는 저세상에 조금씩 가까워진다고 생각했다.

섬에서 보낸 마지막 날에도 그는 한때 콘크리트 보도였던 바닷가 돌멩이들 위에 접이의자를 펼치고 앉아 바다를 바라보고 있었다. 얼마 전에 지나간 소나기 덕에 바람은 상쾌했고 저녁 하늘은 맑았다. 그는 말린 망고를 씹으며 점점 주황색으로 물들어 가는 구름을 응시했다.

무언가 하늘 위로 지나갔다. 처음에는 염력 비행기가 아닌가 했다. 아니었다. V 자 대형을 이루며 날아가는 새 무리였다. 하지만 무언가 이상했다. 자세히 보니 모두 날개를 움직이지 않고 글라이더처럼 날고 있었다. 언제부터 새들이 저렇게 날았지? 언제부터를 떠나, 저런 새들이 저렇게 나는 게 가능한가? 놀란 그는 새들이 구름 저편으로 사라질 때까지 지켜보았다.

새들이 사라지고 고개를 다시 바다로 돌렸을 때, 두 남자를 태운 작은 보트가 섬을 향해 다가오는 것이 보였다.

5

리코가 맞았다. 섬에는 사람이 있었다. 머리털과 수염이 완전히 빠지고 온몸의 피부가 거의 검정색으로 타 버린 남자였다. 찢어진 청바지로 아랫도리를 가린 걸 제외하면 알몸이고 맨발이었다.

보트가 바닷가에 닿자 라피는 워터 제트 장치*를 돌리던 염력을 풀고 뛰어내렸다. 리코가 닻을 내리는 동안, 라피는 어리둥절한 얼굴로 그들을 바라보고 있는 남자를 향해 걸어갔다.

"안녕하세요."

라피가 먼저 인사했다.

"안녕."

닻을 내린 리코가 옆으로 다가왔을 때에야 대답이 돌아왔다. 오랫동안 대화한 적이 없는지, 남자의 혀는 무디고 둔했다.

"네, 뭐라고요?"

라피는 되물었다. 남자의 영어에는 구분이 어려운 외국어 억양

* 공기를 빨아들이는 비행기의 제트 엔진과 유사하게 흡입구로 빨아들인 물을 가속시켜서 배 뒤쪽으로 분사하여 추진하는 장치.

이 섞여 있었고, 혀도 풀리지 않아 알아듣기 어려웠다. 난처한 표정을 지은 남자는 천천히 아까 했던 질문을 반복했다.

"누가 배터리야?"

맙소사. 라피는 생각했다. 저 영감 도대체 언제부터 이 섬에 갇혀 있었던 거야.

"우린 둘 다 염동력자예요, 영감님."

남자는 이해할 수 없다는 듯 그들이 타고 온 모터 없는 보트를 가리키며 인상을 썼다. 노인의 영어는 여전히 알아들을 수 없었지만, 라피는 그가 무슨 말을 하는지 알 것 같았다.

"우린 더 이상 배터리를 싣고 다니지 않아요, 영감님. 지구는 완전히 충전되었으니까요. 더 이상 배터리의 에너지가 닿지 않는 곳은 없어요."

"어, 언제부터?"

"한참 되었어요. 언제부터 여기 계셨어요?"

남자는 태어난 해와 섬에 도착한 해를 말했다. 라피는 휘파람을 불었다. 올해로 113세가 된 이 영감은 의미를 잃어버린 지 오래된 위험을 피하기 위해 반세기 가까이 이 섬에 스스로를 가두었던 것이다. 립 밴 윙클*이 따로 없군.

---

* 미국 작가 워싱턴 어빙이 지은 단편 소설의 주인공. 산중에서 잠자다 깨어 보니 20년이 지났고 세상은 온통 변했다는 내용이다.

"지구 상엔 더 이상 부적응자가 없어요."

라피가 설명했다.

"아니, 지구 상에만 없는 게 아니라 우주 어디에도 없어요. 배터리 영향권에서 십 년 넘게 살아오셨으니 영감님은 이미 적응자예요. 섬에 오시기 전과는 다른 무언가가 되셨을 뿐이죠. 아마 앞으로 영원히 사실지도 몰라요. 왕년의 부적응자들 중엔 그런 사람들도 있대요."

라피가 설명하는 동안 남자는 무표정한 얼굴로 굳은살이 박인 자신의 맨발을 바라보고만 있었다. 설명이 끝난 뒤에도 그는 고개를 수그린 채 뜻 모를 외국어를 웅얼거렸다. 그래, 시간이 필요하겠지. 라피는 스마트 안경으로 무언가를 검색하고 있는 리코에게 걸어갔다.

"생김새는 저렇지만 한국인인 거 같아."

리코가 말했다.

"여긴 LK가 만든 인공 섬이야. LK가 떠난 뒤에는 한국 출신 부적응자들의 피난처로 쓰였고."

"남한? 북한? 어느 쪽이야?"

"아마도 남한. 그게 뭐가 중요해? 지금은 둘 다 없잖아. 호찌민 시에 남북한 통합 임시 정부가 있어. 일단 사마린다에 데려다 주고 거기에 연락하자."

둘은 아직도 횡설수설하는 남자를 억지로 보트에 태웠다. 염력이 걸린 워터 제트 장치가 물소리를 내며 보트를 흔들자 남자가 비명을 질렀다. 라피와 리코가 허겁지겁 양쪽에서 그의 어깨를 눌렀다. 남자는 곧 잠잠해지더니 옛날 유행가인 듯한 노래를 흥얼거렸다.

그들은 보르네오를 향해 뱃머리를 돌렸다.

하필이면
타이탄

"……그러는 동안 우리는 점점 토성에 가까워졌어. 우리가 쫓는 해적선의 목적지가 토성인지, 아니면 토성 너머 해왕성인지는 알 수 없었어.

토성과 해왕성이 비교적 가까웠던 때였고 최근 몇 년 동안 트리톤* 주변에서 꾸준히 이상 현상이 관측되고 있다는 소문은 들었지만, 난 해왕성일 가능성은 없다고 생각했어. 순전히 돈만 밝히는 놈들이 심지어 돼지도 없는 그 추운 곳에 관심을 가질 거라고는 생각되지 않더라. 어차피 태양계는 더 이상 그렇게 넓은 곳이 아니

* 해왕성의 위성. 해왕성의 위성 중 가장 크며 지각 활동이 활발하다.

야. 고생해서 트리톤 같은 데에 기지를 만든들 우주군에게 염력 미사일의 표적을 제공해 주는 셈이지.

그랬으니 토성이 목적지라고 보는 게 타당했어. 채굴 회사 기지와 연구소가 우글거리는 목성과는 달리 토성은 보호 구역이라 일단 간섭이 적어. 무엇보다 숨기 좋은 거대한 링이 있지. 돼지들이 무인 위성과 우주선들로 감시하고 있지만 그것들로는 한계가 있어. 해적들의 기지가 발견되었다고 치자. 재래식 우주선으로 무엇을 하겠어?

'재래식 우주선'. 내가 아는 단어 중 재래식 우주선만큼 아련한 건 없어. 내가 다녔던 스타니스와프 렘 우주인 훈련 학교엔 드미트리 마메도프라는 러시아 인 교수가 있었는데, 우리 학교에서 유일하게 재래식 우주선을 탄 경험이 있는 사람이었어. 빌딩만 한 연료탱크를 꽁무니에 달고 우주로 날아올라 지구 궤도를 몇 번 돌고 돌아온 경험이 딱 네 번. 다른 행성은커녕 달에도 못 가 봤고, 우주에 있었던 날들을 다 합쳐 봐야 한 달이 못 됐지. 가벼운 부적응증 환자라 염력 우주선은 탈 엄두를 못 냈으니 우주여행 경력은 그것으로 끝이었어. 그런데도 그 양반은 적어도 일주일에 사흘씩 우주에서 보내는 우리들을 어린애 취급했어. 그놈의 재래식 우주선을 탄 경험이 없다는 이유만으로 말이야. 그 양반 눈에 염력 우주선은 반칙이었어.

하긴 반칙 맞지. 20세기 사람들에게 우리의 최첨단 우주선을 보여 준다고 생각해 봐. 다들 어이없어하지 않을까? 안에 아무것도 없잖아. 연료도 없고 엔진도 없어. 생명 유지 장치와 의자 몇 개가 붙어 있는 깡통이지. 놀라서 그 사람들이 물을걸. '원리가 뭔가요?' 그럼 우린 이렇게 대답해야 해. '우리도 몰라요.'

다 마법인 거야. 빌어먹을 마법. 우주선이 날아갈 수 있는 것도 마법이고, 우주에서 지구와 연락할 수 있는 것도 마법, 우주선 안에서 몇 개월 동안 살아갈 수 있는 것도 마법. 다른 말로 하면 몽땅 인력이기도 하지. 우린 아직 염력을 일으키는 기계를 만들어 내지 못했으니까. 근육을 쓰는 게 아닐 뿐, 염력 우주선은 몽땅 인력으로 움직이잖아. 아직도 학교 현관 옆에는 커다란 쿠키 깡통 안에서 죽어라 자전거 페달을 돌리는 뚱뚱한 안경잡이를 그린 만화가 걸려 있는데, 이건 농담이 아니야. 그냥 편리한 비유일 뿐이지. 그래, 우리가 코크 로빈과 같은 우주선을 '쿠키 깡통'이라고 부르는 이유도 여기에 있어.

코크 로빈의 승무원은 모두 여섯 명이었어. 우주선을 움직이고 방어막을 만드는 염동력자 두 명, 생명 유지 장치를 책임지고 위기 상황에서는 의사 역할도 하는 치유사 한 명, 통신 담당 정신감응사 한 명, 배터리 한 명, 그리고 나. 나처럼 분명한 특기 없이 이것저것 조금씩 하는 사람은 주로 선장을 맡지.

다시 당시 이야기로 돌아가면, 내 추측이 맞았어. 토성에 가까워지자 해적 우주선은 3g로 감속하며 커다란 원을 그리기 시작했어.

토성 주변을 돌다가 상식적인 속도로 떨어지면 링이나 위성 어딘가에 있는 아지트로 숨을 생각이었겠지. 하지만 어쩌나. 코크 로빈이 15만 킬로미터 뒤에서 쫓아가고 있었는데. 게다가 우린 감속할 생각도 없었거든. 하지만 해적이 그걸 예상하지 못했을까?

골치 아팠어. 우린 우주 경찰도 우주군도 아니야. 채굴 회사에 고용된 해결사 무리에 불과했지. 아무리 해적들이 회사의 광물을 훔쳐 빼돌린다 해도 그 때문에 굳이 목숨을 걸어야 할 이유는 없어. 하지만 법 집행을 할 위치에 있는 건 코크 로빈뿐. 링크된 회사의 정신감응사와 연락을 취해 결정하려면 몇 시간은 훌쩍 걸리고 말지. 목성에도 명령권을 가진 지사가 있긴 했지만 당시 목성과 토성 사이의 거리는 지구와 토성보다 특별히 가까울 것도 없었어. 개인적으로 나는 이게 안심되는 일이라고 생각해. 아무리 링크가 설명되지 않는 괴상한 현상이라고 해도, 텔레파시가 빛의 속도를 넘지 못한다는 건 이 역시 물리 법칙에 종속되어 있다는 증거처럼 보이니까. 하지만 무장한 게 분명한 해적선이 갑자기 감속하는 경우에는 아무런 도움이 안 돼. 결국 열심히 일하는 동료들을 대신해서 내가 판단하고 명령을 내려야 했어.

나는 공격하기로 결정했어. 일단 결정했으니 타협은 불가능했지. 녀석들은 채굴 회사가 소행성에서 정련해 목성 궤도로 발사한 광물을 중간에 갈취해서는 멋대로 쏘아 대면서 인간이길 포기한 놈들이니까. 너도 알다시피, 해적들이 훔친 철광석 덩어리가 둘로 쪼개져 메디나와 댈러스에 떨어진 뒤로 우주법에서는 해적선을 반드시 멈추어야 할 자연재해로 분류하고 있어.

코크 로빈은 가속을 멈추었어. 등속도로 해적선에 접근하는 동안 우린 모두 우주복을 입고 무기를 확인했어. 가장 중요한 배터리인 오릴리아 디는 중앙의 안전 캡슐 안에 가두었지. 그때까지 동료와 함께 우주선을 가속시키고 있던 염동력자 토조는 이제 무기를 맡았어. 무기라고 해 봤자 코크 로빈 외벽에 붙어 있는 염력포와 그 안에 든 쇠 구슬이 전부야. 하지만 회사에서 토조만큼 이 구슬들을 능숙하게 다루는 사람은 없었어.

정신감응사인 에이잭스와 치유사인 스트라이더를 통해 선내 컴퓨터와 링크된 토조는 해적선을 향해 가볍게 쇠 구슬 하나를 날렸어. 쇠 구슬은 오릴리아 디의 에너지권에서 계속 가속하다가 등속도로 날아갔지. 상대 우주선을 맞힐 생각은 없었어. 그냥 반응을 보고 저쪽 에너지장의 크기를 확인하고 싶었거든. 내 감에 계산을 더해 보니, 해적선의 에너지장은 우리의 5분의 1도 안 됐어. 다시 말해 그 크기 우주선의 평균 정도였지.

나름 무모하다고 할 수 있는 이 계획을 밀어붙인 건 오릴리아 디를 믿었기 때문이었어. 코크 로빈의 유일한 여자 승무원인 오릴리아는 내가 아는 한 가장 강력한 배터리야. 보통 이런 배터리들은 동료들과 묶여서 대형 우주선을 날리거나 태평양 섬 어딘가의 호화 리조트에서 에너지를 키우며 다른 배터리들을 충전하기 마련인데, 오릴리아는 어쩌다 보니 우리에게 배치되었어. 에너지 통제가 서툴거나 성격이 나쁘거나, 하여간 무슨 결함이 있을 줄 알았는데 그것도 아니었어. 오릴리아는 그냥 조용한 여자야. 호박색 눈동자가 조금 기분 나쁠 뿐, 예쁘고 조용하고 속마음을 전혀 알 수 없는 그런 여자. 마지막 것은 노골적인 장점이지. 얼마나 뛰어난 배터리인지 보여 주는 증거니까.

오릴리아 디가 함께 있는 한, 우린 같은 급의 우주선 중 가장 큰 총을 가지고 있는 셈이었어.

코크 로빈과 해적선 사이에서 벌어진 일들은 슬로 모션으로 벌이는 펜싱 경기에 가까웠어. 우주선 전투는 「스타 워즈」와는 딴판이야. 지겹게 느리지. 염력 우주선은 재래식 우주선이 상상할 수도 없는 재주를 부리지만 그래도 여전히 느려. 염동력자라고 뉴턴의 운동 법칙을 무시할 수 있는 건 아니니까. 치유사가 아무리 재주를 부려도 인체가 감당할 수 있는 중력에는 한계가 있고 말이야.

우주선 전투 규칙이 따로 있는 건 아니지만, 그래도 나름의 순서가 있어. 처음에는 양쪽 모두 배터리의 에너지장이 겹치지 않은 상태에서 싸우려 하지. 자칫해서 겹치면 상대방 배터리의 에너지까지 끌어다 쓰게 되는데, 그렇게 되면 염력포 한 방만 날려도 사태가 완전히 엉망이 되어 버려.

하지만 첫 단계에서 전투가 끝나는 일은 거의 없어. 아무리 초고속으로 쇠 구슬을 쏜다고 해도 상대방 에너지장으로 들어가면 그쪽 염동력자의 손아귀 안이니까. 명중했다고 해도 방어막을 통과하는 동안 힘을 잃기 때문에 튕겨 나가기 일쑤야. 결국 막판엔 서로의 에너지장 속으로 뛰어들기 마련인데, 여기서부터는 난장판이야. 이겨도 순전히 운이지. 다들 첫 번째 단계에서 끝내려 하지만 그러기는 힘들어. 두 번째 단계가 될 수 있는 한 빨리 끝나기를 바랄 뿐이지.

그래도 처음엔 우리가 유리해 보였어. 아까도 말했지만 우리 총이 더 컸으니까. 오릴리아 디의 에너지장은 웬만한 도시, 아니 웬만한 작은 나라를 덮고도 남을 정도거든. 그리고 같은 조건이라면 염력포의 위력은 구슬이 가속할 수 있는 에너지장이 넓을수록 강해. 하지만 저쪽도 쇠 구슬만 가지고 있다고 어떻게 확신하지?

생각할 여유는 없었어. 어차피 우리가 우위에 설 수 있는 건 첫 번째 단계의 초반이니까. 우리는 가지고 있던 쇠 구슬의 절반 정도를 해적선에 쏟아부었고 그중 몇 개라도 명중하길 바랐어. 상대방도 우리 것과 비슷한 구슬들을 쏘아 댔지만 우리 에너지장 안으로 들어오는 족족 토조가 가볍게 튕겨 버렸어.

지구 사람들은 이게 생각보다 끔찍한 일이라는 걸 몰라. 재래식 전투기들이 싸울 때 서로 부수려 하는 건 상대방의 기계야. 엔진이나 날개, 연료 탱크 같은 거. 그 안에 있는 사람이 목표는 아니지. 하지만 우주 전투의 목표는 언제나 사람이야. 사람이야말로 우주선의 엔진이거나 날개거나 연료 탱크니까.

우리가 쏜 구슬 중 열한 개가 해적선 장갑을 뚫고 들어갔어. 구
멍들은 곧 긴급 수리용 젤로 막혔지만, 그 와중에 해적들의 배터리
나 염동력자가 죽거나 다친 것 같았어. 커다란 곡선을 그리며 감속
하던 해적선이 갑자기 직선으로 등속도 운동을 하기 시작했거든.
그 때문에 전투 직전부터 저쪽과 같이 감속하고 있던 우리는 크게
뒤처지고 말았어.

우리는 잽싸게 가속해서 해적선을 따라잡았어. 이번에는 안전
거리에서 가속을 멈추는 대신 조금 더 가까이 접근해 봤어. 에너지
장 경계선이 닿을 정도로 접근했지만 아무것도 느껴지지 않았어.
정말로 엄청나게 운이 좋아 첫 번째 단계에서 적을 무력화시킨 걸
까 싶었지.

그때 예측하지 못했던 일이 일어났어. 해적선의 지붕이 열리더
니 지름이 2미터 정도 되는 납작한 원통형 물체가 나온 거야. 마치
우주선의 축소판 같은 녀석이었지. 그것은 납작한 쪽을 우리한테
로 돌리더니 갑자기 가속하면서 분열했어. 처음에는 여섯 조각이
었는데 곧 서른여섯 개로 쪼개졌고, 제각각 이상하게 비틀린 궤도
로 날면서 코크 로빈을 향해 다가들었어.

소문으로만 듣던 생체 미사일이었어. 보통 포유류의 뇌 두 개를
가지고 만든다지. 염력용 뇌와 배터리용 뇌. 염력용으로 박쥐의 것
을 쓰고, 배터리용으로 거미원숭이 것을 쓴대. 이것들은 재래식 미
사일이나 염력포의 쇠 구슬과 달리 회피가 거의 불가능해.

어떻게든 달아나려 했지만, 미사일은 이미 우리 에너지장 안으로 들어와 있었어. 토조가 어찌어찌 두 발을 폭파시키는 데 성공했지만 나머지 서른네 발은 도저히 감당할 수 없었어. 가속 중이라 토조도 동료 염동력자인 J.T.와 함께 우주선을 조종해야 했거든. 미사일에만 집중하기는 쉽지 않았어.

해결책은 단 하나밖에 없었어. 우린 방향을 바꿔 반송장인 해적선을 향해 돌진했어. 그때 우리에게 방패막이가 될 수 있는 물체는 그것밖에 없었으니까. J.T.가 코크 로빈을 조종해서 해직선 주변을 도는 동안 토조와 에이잭스는 어떻게든 미사일을 교란하려 했어. 절반 정도가 해적선에 맞아 폭발했고, 나머지 미사일 중 몇 발은 파편에 맞아 폭발했어.

그건 시작에 불과했어. 토조의 방어막을 뚫은 파편들이 코크 로빈의 외벽에 구멍을 내고 들어와 스트라이더의 머리를 박살 내고 에이잭스의 심장을 꿰뚫은 거야. 그리고 그 구멍으로 끝이 부서진 미사일 한 발이 들어왔어. 토조가 용하게 폭발을 억누르고 다시 밖으로 내보냈지만, 바로 그 순간 터져 버렸어. 우주선에는 창문만 한 구멍이 생겼고 토조는 상반신이 산산조각 났지. 옆을 보니 J.T.의 상태도 끔찍했어. 무엇에 맞았는지 헬멧에 피투성이 구멍이 두 개 뚫려 있었는데, 척 봐도 가망이 없었어. 남은 건 나와 오릴리아뿐이었어.

아직 두 발의 미사일이 우리를 쫓아오고 있었어. 나는 텔레파시로 어떻게든 이들을 진정시키려 했지만 증오심과 폭력성밖에 남지 않은 미친 박쥐들을 설득하는 건 불가능했어. 나는 남은 쇠 구슬들을 모두 뒤로 날려 버렸어. 한 발은 그 자리에서 폭발했고, 다른 하나는 뇌가 죽었는지 등속도로 코크 로빈 옆을 스치고 날아갔어.

미사일들은 처리했으니 이제 아무 데라도 착륙해야 했어. 가장 가까운 건 이아페투스*였어. 하지만 반쯤 죽은 J.T.와 내 염력을 합쳐도 거기 착륙할 수 있을 정도로 감속하기란 불가능했지. 나는 모니터에 손가락을 가져가서 코크 로빈의 궤도를 따라갔어. 그 끝에 위성이 하나 있었어.

그건 타이탄이었어. 하필이면 타이탄. 엔켈라두스와 함께 인간에게 금지된 곳. 너도 알겠지만, 우주협회는 인간들의 능력이 두 위성의 미생물들을 오염시킬까 봐 질색하고 있어. 그래서 가능성을 완전히 잘라 버린 돼지 뇌를 부풀려 지능을 심고는 인간 대신 내려보낸 거야. 그리고 그 돼지들은 인간을 정말 싫어해. 그게 녀석들의 일이기도 하고.

하지만 대안이 없었어. 코크 로빈을 안전하게 착륙시키기 위해서는 타이탄의 대기와 중력, 그리고 돼지들의 도움이 필요했어. 아무리 시뮬레이션을 돌려도 근처에 대체할 만한 다른 위성은 없었

● 토성의 위성. 표면의 한쪽 면은 빛을 잘 반사하는 얼음으로, 다른 면은 어두운 먼지로 덮여 있어 밝기 변화가 크다.

단 말이야. 타이탄 아니면 죽음을.

컴퓨터가 선체를 수리하고 우리들의 빈약한 염력으로 우주선이 감속하는 동안, 나는 통신기의 채널을 열고 타이탄과 연락을 시도했어. 처음에는 아무런 대답도 없었어. 하지만 한참 기다리니 딱딱한 여자 목소리가 들렸어. '여기는 타이탄, 무슨 일인가.' 그래서 내가 대답했지. '여기는 우주 채굴 조합의 코크 로빈, 타이탄에 비상 착륙한다.' 돼지는 심술궂은 목소리로 안 된다고 떠들었지만 나는 들은 칙도 않고 외쳤어. '대안이 없다! 우린 비상 착륙한다!' 그리고 우리 컴퓨터가 계산한 자료를 그쪽으로 전송했지.

잠시 뒤 돼지들이 대안이랍시고 말도 안 되는 아이디어를 제시했는데, 척 봐도 내 빈약한 염력을 감속에 몽땅 쓰고 있는 상황에서는 꿈도 꿀 수 없는 것이었어. 타이탄에서 방향을 꺾어 카시니 간극*까지 날아가면 돼지가 연락한 재래식 우주선이 잽싸게 날아와 야구 포수처럼 우리를 잡아 준다? 농담해? 만약 진짜로 재래식 우주선이 이온 가스 방귀를 붕붕 뀌면서 거기까지 와 준다고 해도 내가 그때까지 코크 로빈을 통제할 가능성은 제로였어.

결국 우린 타이탄의 대기 속으로 뛰어들었어. J.T.는 그 직전에 숨이 끊어졌지. 나는 각도와 속도가 맞는 것을 확인하고 오릴리아

---

* 토성의 링 사이에 있는 빈틈. 천문학자 카시니가 발견했으며, 토성을 둘러싼 가장 바깥쪽 링과 그다음 링 사이의 틈을 이른다.

가 있는 안전 캡슐로 들어갔어. 의자 하나밖에 없는 좁아터진 공간에 간신히 몸을 쑤셔 박고 문을 잠근 다음 헬멧의 모니터를 켰어. 그렇지 않아도 엉망이던 코크 로빈은 중간에 산산조각이 났고 동료들의 시체는 파편과 함께 타이탄의 안개 속으로 흩어졌어. 무사한 건 안전 캡슐뿐이었지. 간신히 안전 속도까지 감속한 캡슐은 낙하산을 펼쳤어.

지도를 확인했어. 우리는 타이탄에서 가장 큰 호수인 크라켄 마레로 떨어지고 있었어. 나는 돼지들의 기지가 있는 섬인 마이다 인술라를 착륙 지점으로 잡았어. 폭풍우와 한참 싸운 끝에 우리는 마이다 인술라의 호숫가에서 200미터 정도 떨어진 수면에 착륙했어. 그 정도면 명중이나 다름없었지.

나는 캡슐의 뚜껑을 열고 헬멧을 쓴 머리를 내밀었어. 영화에서 수없이 봤지만 타이탄의 표면은 도저히 적응이 안 되는 곳이더라. 두꺼운 대기와 호수 때문에 태양계 어디보다 지구와 비슷해. 오렌지색 필터를 통해 본 멸망한 지구. 하지만 캡슐이 떠 있는 호수의 액체는 물이 아니라 액체 탄화수소이고, 저 너머 보이는 육지의 돌들은 더러운 얼음덩어리야. 바닷바람이라도 쐬려고 헬멧을 벗으면 90켈빈*의 질소가 순식간에 폐를 얼려 버리겠지. 차라리 다른

---

* 절대 온도의 단위. 이론상 최저 온도인 섭씨 영하 273.15도를 0켈빈으로 하며, 눈금 간격은 섭씨와 같다.

위성처럼 메마르고 헐벗은 곳이라면 포기할 텐데, 헬멧 너머로 보이는 이놈의 풍경이 너무 지구 같으니 더 헷갈리는 거야.

염력으로 캡슐을 움직여 간신히 호숫가에 도착한 나는 먼저 육지로 뛰어내렸어. 그리고 마치 옛날 영화 속 남자 주인공처럼 오릴리아 디의 손을 잡아 부축했어. 쓸모없는 짓이란 걸 알지만, 멋들어지게 착륙에 성공하고 나니 내 머릿속 어딘가에 숨어 있던 마초 근성이 슬쩍 드러났던 거겠지. 고맙게도 오릴리아는 내 환상을 깨지 않고 공주처럼 손을 잡고 내려왔어.

우린 캡슐을 안전한 곳까지 옮겨 놓은 다음 주변을 둘러보았어. 우박처럼 굵직한 메탄 비가 농밀한 질소 공기를 뚫으며 느릿느릿 내리고 있었어. 인공물의 흔적이라곤 언덕 중턱에 나 있는 도로와 그 위에 찍힌 두 줄기 바퀏자국밖에 없었어. 그 바퀏자국도 호숫가에서 벗어나자 희미해져 버렸지.

나는 링크되어 있는 지구의 정신감응사에게 지금까지의 상황을 설명했어. 너무 멀어서 링크되어 있다는 느낌도 제대로 들지 않았어. 그쪽에서 최대한 빨리 답변해도 한 시간 이상은 기다려야 할 판이었지.

다음엔 우주복의 통신기로 마이다 인술라의 돼지들에게 연락했어. 아무 대답이 없었어. 그 정도로 요란하게 착륙했으니 타이탄의 모든 돼지들이 우리의 존재를 알고 있을 텐데. 한 시간 넘게 기다렸지만 들리는 건 배경 잡음뿐이었어.

슬슬 걱정이 됐어. 학교에서 우주 개발에 컴퓨터 대신 돼지 뇌를 쓰는 것이 위험한지 토론했던 때가 떠올랐어. 특히 마메도프 교수는 열광적인 반돼지주의자였어. 재래식이 아닌 모든 것을 증오하는 양반이었으니 당연하긴 했는데, 그래도 일리는 있었어. 컴퓨터는 우리가 어떻게든 통제할 수 있어. 하지만 돼지들은 어떨까? 실험실에서 키워 치유사가 개조하고 정신감응사가 지능과 기억을 주입한 뒤 기계 속에 심은 회색 뇌세포 덩어리가 무슨 생각을 하는지 어떻게 알겠어? 심지어 모든 종류의 능력에 무감각하도록 개조된 녀석들이니 마음을 읽을 수도 없다고. 일은 잘하지만 속을 전혀 알 수 없는 블랙박스. 그런 놈들이 타이탄 전체를 지배하고 있는 거야. 우린 괴물 돼지들의 왕국에 와 있었어.

하지만 어쩌나. 우리의 유일한 희망은 바로 그 돼지들이었어.

내비게이션을 켰어. 마이다 인술라의 돼지들이 모여 있는 보네거트 기지는 지금 위치에서 서쪽으로 25킬로미터 정도 떨어져 있었어. 날아가면 어떨까 잠시 생각했지만 곧 포기했지. 비도 오는데 쓸데없는 모험을 할 필요가 없었어. 우주복이 타이탄의 환경에 맞게 설계된 것이 아니라 조금 걱정되긴 했지만 그래도 걷는 게 가장 안전했어. 도착했을 때 돼지들이 우리를 맞아 줄지는 다른 문제였지만, 나는 오릴리아와 함께 언덕 중턱에 난 길을 따라 걷기 시작했어.

몇십 분 동안 얼음덩어리 언덕을 걷다 보니 기분이 묘해졌어. 얼마 전까지 겪은 일들이 다 꿈같고. 지금도 꿈꾸는 거 같고. 아드레날린의 기운이 갑자기 빠져나가서 술 취한 것처럼 멍하고. 짐과 우주복을 더한 질량이 만들어 내는 관성과 지구보다 작은 중력의 불균형 때문에 걸을 때마다 보이지 않는 누군가가 뒤에서 떠미는 것 같고. 발에 밟히는 촉촉한 모래 때문에 지구 해변 어딘가 같고. 섭씨 17도의 쾌적한 온도로 유지되는 우주복 안 공기 때문에 험악한 주변 환경은 영화나 게임 속 가짜 세계 같고.

가장 기이한 건 오릴리아 디의 존재였어. 오릴리아는 아무런 말 없이 내 뒤를 따라오고 있었어. 아주 뒤는 아니고 헬멧의 시야에서 살짝 떨어진 오른쪽. 하지만 그 외엔 아무런 존재감도 느껴지지 않았어. 끊임없이 내 몸에 에너지가 들어오고 있긴 했지만, 원래 배터리의 힘은 자기 몸에서 솟아 나오는 것처럼 느껴지지. 무엇보다 오릴리아의 마음을 전혀 읽을 수 없어서 신경 쓰였어. 언제나 동료들의 생각이 만들어 내는 소음에 익숙해져 있던 나에게 침묵은 섬뜩했어. 마치 사람이 아닌 무언가와 같이 길을 걷고 있는 것 같았어. 언제나 당신 옆에서 걷고 있는 세 번째 사람은 누구인가…….

이러니 온갖 생각들이 떠올라. 오릴리아 디는 누구지? 하야로비 채굴 회사를 위해 사 년 넘게 일해 왔지만, 난 저 여자에 대해 아는 바가 전혀 없었어. 엄청난 배터리라는 것. 내가 오기 전부터 우주에 나와 있었다는 것. 그게 전부야. 국적도, 모국어도, 인종도, 이름도, 경력도, 아무것도 몰라. 막연히 태국인일 거라고 생각한 적은 있었어. 하지만 왜 그랬는지는 아직도 기억이 안 나. 뭔가 이유가 있었어도 수많은 사람들의 기억을 거치면서 사라져 버렸겠지. 오릴리아 디라는 닉도 아무런 정보를 담고 있지 않아. 기껏해야 닉의 주인이 로마사나 라틴 어에 관심이 있거나, 나보코프 독자거나, 나비를 좋아한다거나, 그중 어느 것일 수도 있어. 물론 전혀 다른 이유일 수도 있고. 원래 그렇잖아. 토조만 해도(명복을!) 꼭 일본 이름처럼 들리지만, 그 닉의 주인은 필라델피아에서 온 토머스 조셉 얼링턴이었어.

'오릴리아, 제발 아무 말이라도 해 봐.' 난 참을 수 없어서 말했어. 무슨 대답을 기대했는지는 모르겠어. 하지만 그 뒤에 들은 대답 같은 걸 상상하지 못했던 건 분명해. 오릴리아는 메마르고 생기 없는 목소리로 이렇게 말했어. '넌 지금 사람 손을 밟고 있어.'

나는 허겁지겁 왼발을 들어 올렸어. 농담이 아니었어. 내 발밑에는 진짜로 잘려 나간 사람 손처럼 생긴 무언가가 있었어. 나는 그것을 집어 들었어. 새끼손가락이 잘려 나가고 손목에서 끊긴 사람 손이었어. 나보다 덩치가 큰 게 분명한 남자의 왼손. 손가락으로 쓸어 보니 단단하고 차가웠어. 물론 그 '차갑다'는 감각은 우주복 장갑에 달린 감각판이 교정한 것이지. 실제로 그건 그냥 차가운 정도가 아니었으니까.

나는 언덕 아래를 둘러보았어. 사람 몸만 한 무언가가 몸부림치며 끌려간 것 같은 자국이 언덕 아래로 나 있었어. 비교적 최근에 생긴 흔적이었어. 메탄 빗줄기가 얼음 모래에 새겨진 그 흔적들을 서서히 지워 가고 있었으니까. 나는 염력으로 주변 모래를 흔들었어. 모래가 쓸려 나가자 금속 파이프에 유리 조각을 꽂아 만든 조잡한 창과 우주복 공기 필터의 일부 같은 검은 조각, 그리고 끊어진 사람 창자처럼 보이는 무언가가 드러났어. 얼음 모래 사이에 검은 모래가 섞여 있었는데, 아무래도 얼어붙은 핏방울들 같았어.

오싹했어. 한순간 크라켄 마레의 액체 속에 숨어 있다가 길 잃은 지구인들을 습격하는 괴물의 모습이 머릿속에 떠올랐어. 말도 안 되는 생각이라는 건 알아. 타이탄의 생태계는 그만한 생명체를 키워 낼 만큼 크지도, 복잡하지도 않으니까. 만약 그런 괴물이 있다고 해도 우린 그리 좋은 먹이가 아닐 거야. 우주복을 입고 있을 때는 뜨거운 용암을 담은 보온병이나 다름없고, 우주복을 벗었을 때는 그냥 돌덩어리에 불과하니까.

하지만, 하지만……. 정말 이상한 생각이 꼬리를 물고 이어졌어. 엔켈라두스에서 발견된 생물들은 지구 생물들과 조상이 같아. 사고로 지구에서 벗어난 운 없는 미생물들이 태양풍을 타고 거기까지 갔다가 진화한 거야. 하지만 타이탄의 생태계는 지구와 전혀 달라. 그래서 다들 이곳의 생명체들이 독자적으로 태어나 진화했다고 생각하지만 정말 그럴까? 만약 타이탄과 비슷한 환경에서 진화한 생명체들이 우주선을 타고 여기까지 왔다면? 그리고 우리가 발견한 미생물들이 그들 환경의 일부일 뿐이라면?

몇십 년 전만 해도 말도 안 되는 생각이었을 거야. 하지만 우리가 발견한 능력이 우주에서 보편적인 힘이라면? 모든 지적 생명체에게 그런 힘이 있다면? 한국에서 첫 번째 배터리가 발견된 지 삼십여 년밖에 안 되었는데 우린 벌써 태양계를 거의 정복했어. 배터리들이 이 속도로 발전한다면 우린 곧 다른 태양계로 진출할 거야. 이미 미국과 중국에서는 알쿠비에레 드라이브*를 장착한 초광속 우주선의 설계를 끝내 놓고, 배터리들이 자라기만을 기다리고 있다고 들었어.

그렇다면 항성 간 여행은 흔해 빠진 일이 되어 머리 달린 모두가 하고 있을 거야. 그런 배터리들을 자기 행성에 쟁여 두는 건 종말을 앞당기는 것이나 다름없으니까. 우주 탐험에 별 관심이 없어도 오직 힘을 써 버리기 위해서 우주로 나오는 종족들도 있을걸. 그렇다면 그런 종족들 중 하나가 타이탄에 왔다고 해서 그게 그렇게 이상해? 그것들이 타이탄의 호수 속에 숨은 채 우리를 지켜보고 있다고 해서 그렇게 이상해?

나는 호수를 멍하니 바라보았어. 카스피 해만 한 거대한 액체 덩어리가 빗방울을 맞으며 불안하게 바람에 흔들리고 있었어. 나는 정신을 집중했어. 수억 개의 바이올린들이 수십 킬로미터 저편 하

---

* 1994년 물리학자 미겔 알쿠비에레가 제창한 초광속 항법. 앞쪽 공간을 수축시키고 뒤쪽 공간을 확장하면서 전진하는 방법이다.

늘에서 트레몰로로 C 음을 연주하는 듯한 소리가 들렸어. 정말로 타이탄의 생명체들이 내 텔레파시에 반응하는 것인지, 아니면 내 머리가 만들어 낸 환청인지는 알 수 없었어.

'하미드 카리미.' 내가 말했어. '하미드 카리미.'

처음엔 왜 그 이름이 나왔는지 알 수 없었어. 하지만 그 이름을 반복해서 부르자 서서히 한 얼굴이 떠올랐어. 하미드 카리미. 순하고 둥근 얼굴에 커다란 초록색 눈을 가진 덩치 큰 치유사. 바로 내가 들고 있는 손의 주인. 하지만 내가 어떻게 그 이름을 알지? 그의 유령이 내 주변을 떠돌고 있기 때문은 아니었어. 그 이름을 기억하는 누군가가 주변에 있었고, 나는 그의 마음을 읽고 있었어.

타이탄에는 우리 말고 다른 사람이 있었어.

나는 길에서 벗어나 대각선 방향으로 언덕을 올랐어. 잠시 주춤하던 오릴리아도 내 뒤를 따랐어. 검고 커다랗고 무서운 무언가가 시야 밖에서 우리를 따라오고 있는 것 같았어. 진짜 괴물이 아니라는 건 알았어. 우주복의 센서는 아무것도 감지하지 못했고, 내 뒤에서 오는 오릴리아의 걸음도 그리 급해 보이지 않았으니까. 죄다 오작동한 두뇌가 만들어 내는 환각이었지. 어쨌든 나는 어설픈 정신감응력 때문에 엉망이 된 두뇌를 달래야 했어. 서너 번 미끄러져 넘어지면서 간신히 언덕 꼭대기에 올라간 나는 가쁜 숨을 내쉬며 무릎을 꿇었어.

그 순간 흐릿한 그림자가 내 몸을 덮쳤어. 나는 제대로 보지도 않고 염력총을 꺼내 그림자의 머리를 겨누었어. 그쪽에서 텔레파시와 진짜 목소리로 동시에 고함치지 않았다면 정말 쏘았을지도 몰라. 그림자는 이렇게 말했어. '헨리크 토폴스키! 정말 너야?' 잠시 동기화하는 데 시간이 걸렸지만 그 목소리와 텔레파시의 감각은 익숙했지. 그는 라민 나리만이었어. 우린 스타니스와프 렘 우주인 학교에서 이 년 동안 같이 다녔어.

'너 지금 여기서 뭐 하는 거야? 넌 졸업 못 했잖아.' 내가 이렇게 말하자, 나리만 그 녀석은 이렇게 대답했어. '그건 엉터리 소문이야. 난 멀쩡하게 졸업했어. 단지 협회의 인종차별주의자들이 나를 받아들이지 않았을 뿐이지.' '하지만 그건 인종차별이 아니야. 종교차별이지. 협회가 이슬람교도를 쓰지 않는 게 그렇게 이상해?' '난 신 따위 안 믿어, 토폴스키. 오로지 문화적으로만 무슬림일 뿐이야. 딱 네가 가톨릭교도인 정도만 신자라고. 네가 우주로 갈 수 있는데 왜 나는 못 가?'

오릴리아 디가 도착했고 우리의 대화는 잠시 중단되었어. 하지만 짧은 소개가 끝나자 질문을 계속하지 않을 수 없었어. '넌 우주 해적이야?' 나리만은 어깨를 으쓱하더니 대답했어. '협회에서는 우릴 그렇게 보고 싶겠지. 하지만 우린 채굴 회사의 광석 따위는 훔치지 않아. 단지 협회의 허락을 받지 못하는 사람들을 우주로 보내 줄 뿐이야. 테러리스트쯤으로 보지 말라고. 우리도 그런 녀석들은 받지 않아.'

내가 다시 물었어. '도대체 타이탄에는 왜 온 거야?' '연구용 샘플 채취. 우리 후원자가 타이탄의 미생물들을 조금 얻고 싶어 했어.' '그거야 협회를 통해 얻으면 되잖아.' '돈이 들지. 우리가 훨씬 싸게 구해 줄 수 있는데. 아니, 이건 도둑질이 아니야. 타이탄은 협회나 돼지들의 소유물이 아니야. 염력 오염이라니, 말도 안 되는 소리. 그건 과학적으로 아무 의미 없는 엉터리 조어야. 협회가 타이탄 접근을 막는 데엔 다른 이유가 있어. 여기에는 협회가 숨기고 싶어 하는 괴물들이 살아. 우리가 모르는 다른 종족들이 산다고. 내 동료가 그 괴물들한테 죽었어. 바로 어제. 내가 살아남은 건 기적이야. 죽은 동료는 내 배터리였어. 난 꼼짝없이 여기 갇혀 죽는 줄 알았어.' '그럼 뭐야. 근처에 네가 타고 온 우주선이 있다는 거야?' 녀석은 고개를 저었어. '이젠 없어. 그 괴물들이 우리 우주선을 호수 속으로 끌고 들어가 버렸어.'

잠시 잠들어 있던 공포가 다시 깨어났는지, 그 뒤로 나리만은 횡설수설이었어. 텔레파시를 동원했지만 영 도움이 안 됐어. 녀석의 기억은 공포로 심하게 왜곡되어 있었고 그마저도 흐릿했거든. 아까 내가 보았다고 생각한 검은 그림자가 여기저기에 등장하기는 했는데, 실체라기보다는 검정 얼룩에 가까웠어. 그 그림자 뒤에 진짜 뭔가 있는데, 녀석은 제대로 보지도 못했고 본 것을 제대로 기억하지도 못했어.

오릴리아와 나는 계획을 재검토했어. 나는 이제 나리만이 있으니 다른 가능성을 알아봐야 한다고 주장했어. 우주선을 날릴 수 있는 염동력자가 있는데 굳이 돼지들에게 얽매일 필요는 없다고 했지. 그냥 우주선 없이 타이탄을 벗어나 돼지들이 좀 더 관대한 곳, 가령 텔레스토나 칼립소 같은 위성으로 날아가자고 말이야. 하지만 오릴리아는 여전히 보네거트로 가야 한다고 주장했어. '네 친구의 정신 상태를 믿을 수 있어? 과연 우리 목숨을 저 사람에게 맡겨도 괜찮을까? 보네거트 쪽이 더 생존 가능성이 높아.' '하지만 나리만은?' 내가 따졌어. '돼지들은 저 녀석을 가만두지 않을 거야.' 오릴리아는 얼굴을 찡그렸어. '저 정도 염동력자라면 자기 보호는 알아서 할 수 있어. 적어도 맨몸으로 토성 궤도를 떠도는 것보다는 훨씬 잘하겠지.'

맞는 말이었어. 나리만의 사정을 챙겨 주기에는 우리가 너무 급했어. 우리에게 필요한 모든 것들은 보네거트에 있었어. 돼지들과 맞서건, 돼지들의 도움을 받건, 우린 보네거트로 가야 했어.

우리 셋은 다시 길로 나와 걸었어. 그러는 동안에도 나는 지구 본사의 정신감응사에게서 답변을 기다렸지만 그쪽은 여전히 조용했어. 너무 조용했기 때문에 오히려 수상했지. 텔레파시는 전보와 다르니까. 일단 링크되어 있다면 상대방이 침묵하고 있어도 연결된 감각은 느껴지기 마련이야. 하지만 그때는 오로지 텅 빈 감각뿐이었어. 그건 정신감응사가 죽었거나 아니면 저쪽에서 적극적으로 연결을 차단하고 있다는 뜻이었지. 회사 우주선이 타이탄에 불시착했으니 분명 큰일일 거야. 이해할 수 있을 거 같아. 하지만 추락한 승무원들의 생명이 오락가락하는 상황인데 침묵을 지키는 것이 이치에 맞는 일일까? 정말로 나리만의 말이 맞아서 협회 내부에 내가 모르는 음모가 있는 걸까?

몇 시간 동안 말없이 걷던 우리는 길옆에 우뚝 선 돔형 건물을 발견했어. 이글루처럼 불투명한 물 얼음 벽돌로 지어진 그 건물은 로봇들의 수리 센터 겸 창고였어. 하지만 문은 뜯겨 나가서 없었고 안은 텅 비어 있었어. 태양계에서 가장 부지런한 지적 존재가 지배하고 있는 위성에서 이런 나태함의 흔적을 발견하다니 이상했어. 몇 초 동안 타이탄의 모든 돼지들이 다른 위성으로 철수한 건가 하는 생각도 들더라. 하지만 몇 시간 전에 분명 그들과 대화했잖아. 지금은 수상쩍을 정도로 침묵을 지키고 있지만.

'타이탄에는 두 명만 온 거야?' 내가 물었어. '응, 나와 카리미 둘뿐이었어.' '돼지들에게 들키지는 않았어?' '모르겠어.' '어떻게 그걸 몰라. 돼지들 몰래 숨어드는 건 네 임무에서 가장 중요한 부분 아니야?' '우린 그냥 보온병에 저 액체 몇 스푼 담고 떠날 생각이었어. 여기에 삼십 분 이상 머물 생각이 없었다니까. 들키지 않으면 좋고. 들키면 튀는 거고. 그게 그렇게 이상해? 어차피 돼지들은 염력 우주선을 따라잡지도 못하잖아.' '그래도 조난한 뒤에는?' '몰라. 난 괴물 때문에 돼지들 따위는 생각하지도 못했어. 지금도 난 돼지 따위는 관심 없어. 괴물들한테서 최대한 멀리 떨어지면 돼.' 나리만은 그렇게 말하면서도 비를 맞으며 잔잔하게 흔들리는 호수를 겁에 질린 눈으로 훔쳐보았어.

슬슬 보네거트 기지가 보였어. 가장 먼저 눈에 들어온 건 삐죽삐죽 솟은 시추탑과 통신탑이었어. 그다음에 보인 건 거대한 이글루처럼 생긴 얼음 지붕이었지. 내가 알기로 그 돔의 크기가 성 소피아 대성당●의 두 배라나. 조금 더 가까이 가니 호숫가에 세워진 항구와 정박되어 있는 보트들, 그리고 자동차나 거미 모양의 로봇들도 보였어.

얼핏 안심되는 광경이었지만 자세히 보니 그렇지 않았어. 기지는 폐허였어. 건물에는 문 높이의 두 배는 되는 구멍이 뚫려 있었고, 로봇들과 보트들은 마치 사자에게 잡아먹힌 얼룩말처럼 내부가 뜯긴 채 뒹굴고 있었어. 우리가 도착하기 한참 전에 무언가 끔찍한 일이 일어났던 게 분명했어. 하지만 타이탄은 계속 우리에게 정보를 보내왔잖아. 바로 몇 시간 전까지만 해도…….

나는 헬멧에 녹음된 마지막 통화를 돌려 보았어. '여기는 타이탄, 무슨 일인가.' '여기는 타이탄, 무슨 일인가.' '여기는 타이탄, 무슨 일인가.' ……목소리는 딱딱했지만 별로 이상하지는 않았어. 아니, 이상한지도 알 수 없었지. 그건 진짜 여자 목소리가 아니라 인공 기억이 심어진 돼지 두뇌가 기계를 통해 내는 목소리였으니

● 터키 이스탄불에 있는 성당. 비잔틴 양식의 대표적인 건축물이다.

까. 한 번도 인간 정신이나 육체를 통한 적이 없는 가짜. 우리가 어떻게 이상한지 구별할 수 있겠어. 가짜가 다른 가짜로 바뀌었을 뿐일 텐데.

점점 무서워졌어. 공격받은 곳이 과연 보네거트 한 군데뿐일까? 타이탄에는 일곱 개의 기지가 있고, 네트워크로 연결된 81마리의 돼지들이 기지들을 운영하고 있었어. 대략 400대는 되는 비행기와 비행선이 타이탄 상공에 늘 떠 있는데, 한 기지가 공격을 받았다면 다른 기지에서 몰랐을 리가 없어. 물론 다른 기지들이 멀쩡하다면 우리의 통신을 받고 대답했겠지. 그렇다면 타이탄은 이미 오래전에 돼지들이 아닌 다른 존재에게 넘어가 버린 것일까?

한동안 그 자리에 우두커니 서 있었던 것 같아. 침묵을 깬 건 오릴리아였어. 더 이상 우유부단한 남자들을 견딜 수 없다는 듯, 성큼성큼 기지를 향해 걸어가더라. 내가 뭐라고 말하려는 순간, 날카로운 목소리가 헬멧 스피커를 통해 들려왔어. '따라와, 토폴스키. 달라진 건 하나도 없어. 어차피 우린 돼지들과 전쟁할 각오로 왔잖아.' 나는 반박하려 했지만, 당시엔 수가 떠오르지 않았어. 지금 와서 생각해 보니 우주선 없이 탈출하는 계획을 다시 고려하자고 말했으면 어땠을까 싶어. 하지만 당시에는 그 생각이 전혀 떠오르지 않았어. 나와 나리만은 그냥 말없이 오릴리아의 뒤를 따를 수밖에 없었어.

우리는 벽에 난 구멍으로 기지에 들어갔어. 건물 안은 텅 비어 있었어. 하지만 대부분의 시설들은 지하에 있었으니 다 봤다고 달아날 수는 없었지. 우린 지하 통로로 이어지는 입구를 찾아서 내려 갔어.

바깥과는 달리 내부는 비교적 멀쩡했어. 벽에 달린 파이프도 온전해 보였고 비상등도 들어와 있었지. 단지 돼지들을 위해 만들어진 고온실들은 모두 문이 열려 있었어. 기지는 더 이상 지구에서 온 존재들이 살 수 있는 곳이 아니었어. 그곳을 유지하고 있는 건 무언가 다른 것이었어.

첫 번째 접촉. 갑자기 머리가 달아오르는 것 같더라. 만약 진짜로 외계인들이라면 우리는 외계 고등 생명체와 직접 접촉하는 최초의 지구인들이 되는 것이었어. 물론 그들은 호전적일 가능성이 컸지. 하지만 우리도 싸움 하면 만만치 않잖아? 끊임없이 반복하는 말이지만 오릴리아가 있으니까. 회사의 정신감응사가 왜 이리 늦장을 부리는지는 알 수 없었지만, 난 계속해서 그쪽에 정보를 보냈어. 고로 우리가 몰살당한다고 해도 개죽음은 아닐 게 분명했어. 적어도 교과서에는 이름이 남겠지. 헨리크 토폴스키, 오릴리아 디, 라민 나리만. 외계인을 만난 첫 번째 지구인들.

그때, 음악 소리가 들렸어. 찰랑거리는 고전 음악. 익숙하지만 제목이 떠오르지 않아서 검색기를 돌렸어. 차이콥스키의 「호두까기 인형」에 나오는 「사탕 요정의 춤」. 검색기는 지휘자와 오케스트라의 이름까지 잡아냈어. 마리아 레예스, 바르셀로나 방송 교향

악단. 2032년 12월 24일 녹음. 음악이 끝나자 희미한 박수 소리도 들렸어. 타이탄의 공기 밀도는 지구보다 훨씬 높으니까 음악 소리는 대기 환경에 맞게 교정된 것이었지.

우리는 음악이 들려오는 방으로 들어갔어. 아마도 그 음악 소리에 조금 방심했던 것 같아. 방 안에 누가 있는지는 몰라도, 차이콥스키의 음악을 정성껏 사운드 보정까지 해서 듣는다는 건 그 존재가 인간적이고 대화가 통할 만한 상대일 거라는 뜻으로 생각되었으니까. 아마 나는 외계인으로 분장한 막스 폰 쉬도브* 같은 존재를 상상했었나 봐. 아니, 그런 상상을 한 건 나리만이었을지도 몰라. 당시엔 그게 구별이 잘 안 됐어.

방에 들어가기 전에 우리가 무엇을 상상했든 그 방이 예상과 전혀 달랐다는 건 분명해. 방 한가운데에는 커다란 테이블이 자리하고 있었고, 테이블 위에는 색색의 꽃과 과일들, 그리고 장난감처럼 보이는 장식물들이 놓여 있었어. 테이블 주변에는 의자들이 다섯 개 있었는데 그중 하나의 위에서 태엽 축음기가 돌아가고 있었어. 「사탕 요정의 춤」을 끝낸 축음기는 요한 슈트라우스 2세의 「피치카토 폴카」를 노래하고 있었어.

나리만이 태엽으로 움직이는 원숭이 인형을 만지작거리는 동안 나는 사과처럼 생긴 물건을 집어 들었어. 당연히 진짜 사과는 아니

<hr>

● 유럽과 할리우드에서 활동 중인 스웨덴 남자 배우.

었지. 금속판을 가공해 만든 모형이었고 심지어 색깔은 정교하게 배치한 조명들에 의한 것이었어. 정교하지만 별 쓸모는 없는 장난감이었지. 오로지 인간들만이 좋아할 만한.

마지막에 떠오른 생각의 진짜 의미가 무엇인지 알아차리기도 전에 일이 터졌어. 갑자기 테이블 한가운데에 커다란 구멍이 생기더니 문어 다리처럼 생긴 검은색 촉수가 튀어나와 나리만의 목을 휘감았던 거야. 나리만이 염력총을 겨누자 두 번째 촉수가 튀어나와 총을 빼앗았어. 방 전체가 덜컹거렸고 테이블과 그 위에 있던 자질구레한 것들이 떠올랐어. 나리만은 반격하려 했어. 그의 염력이 우주여행에 최적화되어 있었기 때문에 시간이 조금 걸리긴 했지만 곧 테이블과 촉수 따위는 산산조각 낼 수 있을 것 같았어.

그때 도저히 이해할 수 없었던 일이 일어났어.

오릴리아가 라민 나리만을 총으로 쏘았던 거야.

나는 몇 초 동안 상황이 어떻게 돌아가는지 몰라 어리둥절한 채 서 있었어. 무슨 총을 쏘았는지는 몰라도 결코 흔한 염력총 따위는 아니었어. 단 한 방으로 우주복을 입은 나리만의 허리 아래가 잘려 나갔거든. 끔찍하게 들리겠지만 상황은 생각보다 깔끔했어. 잘려 나간 부위에서 터져 나온 피는 대기와 닿는 순간 얼어 버렸고, 총을 쏜 순간 두 개의 촉수가 더 튀어나와 나리만의 헬멧을 뚫고 그 안에 핑크색 거품을 주입했으니까. 나리만의 하체가 바닥에 쓰러지기가 무섭게 촉수들은 상체를 돌돌 감아서 구멍 속으로 들어가 버렸어. 테이블은 다시 바닥에 내려앉았고 넘어진 물건들은 잽싸게 몸을 굴려 제자리로 돌아갔어. 아까와 다른 건 테이블 옆에 쓰러져 있는 나리만의 나머지 반토막뿐이었어.

나는 오릴리아에게 염력총을 겨누었어. 그렇다고 정말로 총을 쏘겠다는 건 아니었지. 단 하나 남은 배터리를 쏠 수는 없잖아. 하지만 오릴리아에게도 내가 필요할까? 결국 난 저 여자를 쏴야 할까? 도대체 저 여자 정체가 뭐야? 저 여자가 나와 나리만과 함께 지금 여기에 있는 것이 과연 우연의 일치일까? 도대체 내가 모르는 게 뭐지?

그 순간 조명이 확 밝아졌어. 그때서야 나는 방 전체를 볼 수 있었고, 그곳의 주인들도 볼 수 있었지. 조명 뒤 사각에 숨어서 카메라 눈으로 우리를 훔쳐보고 있었던 수십 대의 기계들. 임시변통으로 변형되었지만 나는 정체를 알아보았어. 돼지들이었어. 처음부터 돼지들이었어. 내가 조금이라도 똑똑했다면 기지에 들어가기 전에 알아차렸겠지. 보네거트 기지는 습격당한 것이 아니라 개조된 것에 불과하다는 사실을. 로봇들은 부품을 재활용하기 위해 돼지들이 직접 분해한 것에 불과하다는 사실을.

왜 아무도 눈치채지 못했던 걸까? 돼지들은 인간들을 싫어했어. 인간들의 노예가 아닌 스스로의 의지로 자기들만의 삶을 살고 싶어 했어. 태양계 안에서는 불가능했지. 인간들로부터 벗어나려면 태양계 밖으로 나가야 했어. 하지만 재래식 우주선으로 항성 간 우주여행은 불가능해. 그들에게 금지된 염력 우주선이 필요했어. 그럼 그것을 어떻게 만들까? 토성의 위성에 기지를 만들 때와 같은 방법이겠지. 우주 이곳저곳에서 재료들을 가져와 조립하는 것. 그리고 그 재료들은 인간이었던 거야. 협회의 보호를 받지 못하는 수많은 사람들. 해적, 불법 여행자. 지금까지 얼마나 많은 사람들이 돼지들의 함정에 빠져 여기까지 왔을까? 얼마나 많은 사람들이 돼지들의 먹이가 되었을까?

하지만 도대체 오릴리아는 돼지들과 무슨 관계지?

'왜 그랬어?' 나는 오릴리아에게 물었어. 오릴리아는 우주복 안에서 뭔가 제스처를 취했지만 잘 보이지 않았어. 나는 같은 질문을 반복했고 오릴리아는 마침내 입을 열었어. '네 친구는 아직 살아 있어. 왜 죽이겠어? 그렇지 않아도 염동력자가 부족한데?' '그럼 넌 나리만을 돼지들의 우주선 부품으로 판 거야?' '그렇게 원하던 더 좋은 기회를 주었을 뿐이야. 진짜 우주여행의 기회. 아직도 모르겠어? 돼지들은 타이탄의 토착 생명체들을 재료로 새로운 생명체를 만들고 있어. 하미드 카리미를 죽였던 것도 바로 그 새로운 생명체들 중 한 무리야. 최종 목표에는 한참 못 미치는, 그저 미쳐 날뛰면서 움직이는 것들을 닥치는 대로 공격하는 짐승이지만. 하지만 돼지들은 결국 진짜를 만들었어. 우주의 극한 환경에 보다 잘 적응하는 진짜 우주인의 몸 말이야. 우리처럼 고온 상태를 유지하기 위해 불필요하게 노력할 필요가 없는 몸.'

나로서는 도저히 이해할 수 없었어. ‘하지만 너는 도대체 왜……’ 내가 입을 열자마자 오릴리아는 냉정하게 말을 끊었어. ‘모든 사람들이 다 너 같지는 않아, 토폴스키. 모든 사람들이 다 인간들을 가족과 친구로 생각하지는 않는다고. 선택의 기회가 있다면 나는 인간이 아닌 것들을 택해.’

그때였어. 다시 테이블이 움직이기 시작했어. 아까와 달리 테이블은 옆으로 밀려 났고, 촉수가 튀어나왔던 자리에 아까보다 훨씬 큰 구멍이 열렸어. 그 밑에서 천천히 위로 올라온 것은 검은 금속으로 만들어진, 사람 키의 세 배는 되는 상자였지. 상자가 멈추자 문이 열렸어. 상자 안에는 키가 2미터 50센티미터 정도이고, 인간과 비슷하게 생긴 생명체가 서 있었어. 피부는 석탄처럼 검은데, 팔다리는 이상하게 길고 얼굴에는 눈, 코, 입 구실을 하는 구멍이 하나도 없었어. 마치 벽에서 떨어져 나온 3차원의 그림자 같았지. 그 생명체는 둔한 동작으로 상자에서 내려와 겁에 질려 바짝 굳어 버린 나에게 다가왔어. 그러더니 신음 비슷한 소음을 내면서 길쭉하고 검고 끈적거리는 무언가를 단단하게 쥔 왼손을 나에게 내밀었는데, 그 물건은 다름 아닌……”

연꽃 먹는 아이들

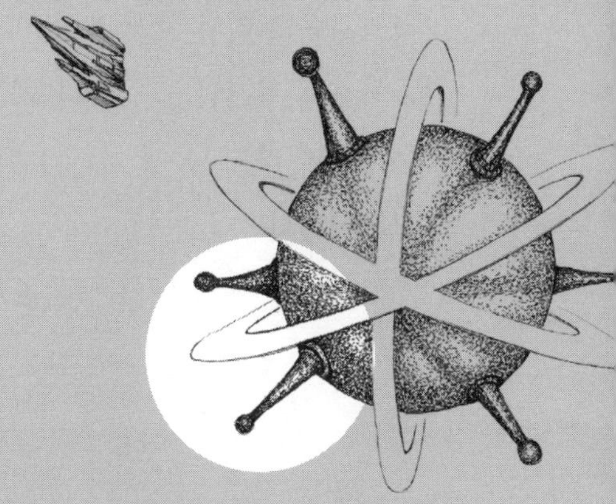

1

박새하의 첫 번째 인생은 2013년 7월 14일 일요일에 끝났다.

정확히 말하면 오후 2시 20분에서 25분 사이였다. 휘파람 같은 날카로운 소리와 함께 라페스타 건물 전체가 흔들린 것은.

처음엔 지진인 줄 알았다. 하지만 일산에 무슨 지진인가. 다음에는 전쟁이라도 난 게 아닌가 했다. 아까 들린 휘파람 소리는 북한 전투기였나?

허겁지겁 게임 센터에서 뛰쳐나온 새하는 바깥을 내다보았다. 겁에 질려 달아나는 사람 같은 건 보이지 않았다. 2층 난간에서 바라본 시내는 고요하고 평화로웠다.

새하는 새파랗게 얼어 버렸다. 태어나서 평생 동안 이 동네에서 살아왔지만, 이처럼 사람 없이 조용한 적은 없었다. 비유도 과장도 아니었다. 새하의 시선이 닿는 곳에는 단 한 명의 사람도, 단 한 마리의 개도 보이지 않았다.

새하는 뒤를 돌아보았다. 텅 비어 있는 건 마찬가지였다. 게임 센터에서 움직이는 것은 오로지 번쩍거리는 게임기와 인형 뽑기 기계뿐이었다. 몇 초 전까지만 해도 게임기 앞에 들러붙어서 험악한 부사들이 달린 고함을 질러 대던 아이들은 모두 어디론가 사라지고 없었다.

새하는 건물 밖으로 나가 가로등에 묶어 놓았던 자전거의 자물쇠를 풀어 올라타고 호수광장 쪽으로 달렸다. 페달을 밟으며 길가의 가게들을 살펴보았지만 보이는 사람이라고는 오로지 쇼윈도에 비치는 자신밖에 없었다. 차도의 자동차들은 모두 서 있었고 차 안은 텅 비어 있었다.

한 가지 생각이 머리를 스치고 지나갔다. 만약 갑자기 사람들이 사라진 거라면 어떻게 저 차들이 모두 저렇게 얌전히 서 있을 수 있지?

궁금증은 호수로에서 좌회전하는 순간 사라져 버렸다.

호수에 거대한 우주선이 머리를 박고 추락해 있었다.

2

　수면 위로 나와 있는 우주선 동체의 높이는 20미터 정도 되어 보였다. 은색으로 반짝이는 원통형 몸체에 끄트머리는 총알처럼 뾰족했다. 꽁무니에 십자 모양으로 달려 있는 네 장의 날개 끝에는 각각 실린더 모양의 로켓 엔진이 하나씩 달려 있었다.

　도서관에서 빌려 봤던 『땡땡의 모험』 만화책에 나온 달 착륙 우주선 같았다.

　새하는 자전거 안장에 엉덩이를 걸친 채 최면이라도 걸린 듯이 우주선을 노려보았다. 말도 안 돼. 어떻게 저런 게 있을 수 있어. 아니, 저런 자세로 우주선이 박혀 있다는 것 자체도 말이 안 되잖아. 저렇게 서 있으려면 밑으로 20미터는 더 들어갔다는 건데. 정말로 그런 일이 일어났다면 공원이 멀쩡할 리가 없잖아.

　더 어처구니없게도 우주선에는 동그란 문이 하나 열려 있었다. 그 문과 연결된 밧줄이 한울광장 계단까지 이어져 있었고 계단 바로 밑에는 오리 모양의 노란색 보트가 묶여 있었다.

　파리 아가씨, 내 응접실로 모셔도 될까?

　아니, 난 들어가지 않겠어.

　새하는 쫓기듯이 우주선을 외면하고 집 쪽으로 달렸다. 아파트에 도착하자 자전거를 내팽개치고 엘리베이터에 올라탔다. 멀쩡하게 작동하는 엘리베이터는 새하를 9층까지 올려 보냈다. 급히

문을 열고 집으로 들어갔다. 엄마는 없었다. 작업실의 PC 모니터 위에서는 중간에 끊긴 문장 끝에서 커서가 깜빡거렸다. 휴대 전화로 아빠에게 전화를 걸어 봤지만 들리는 것은 아빠가 몇 년째 컬러링으로 쓰고 있는 강수지 노래뿐이었다. 아는 사람 모두에게 전화해 봤지만 받는 사람은 없었고, 카카오톡과 문자 메시지도 묵묵부답이었다. 트위터 타임라인은 2시부터 멎어 있었다.

텔레비전을 켰다. 씨스타가 노래를 부르고 있었다. 새하는 거실 소파에 앉아 텔레비전을 노려보았다. 그러고 가만히 있으면 모두 정상으로 돌아오기라도 할 것처럼.

하지만 「아빠! 어디 가?」가 끝나도, 「런닝맨」이 끝나도, 아파트 바깥은 여전히 텅 비어 있었다.

견딜 수 없어진 새하는 다시 밖으로 나갔다. 아까 그 자리에 그대로 쓰러져 있는 자전거에 올라타서 일산 구석구석을 뒤졌다. 지하철역, 롯데 백화점, 웨스턴돔, MBC 드림센터, 이마트, 홈플러스……. 사람들이 모일 법한 곳을 모두 찾아갔지만 있는 건 조용하게 작동 중인 기계들뿐이었다. 호수공원 근처는 외면했다. 우주선을 제정신으로 참고 볼 수가 없었다.

지치고 배가 고파서 새하는 근처 KFC 주방으로 들어가 치킨과 콜라를 꺼내 먹었다. 다 먹고 나서는 의자에 앉아 피곤해진 다리를 풀며 바깥을 내다보았다. 조명과 가게 안에서 흘러나오는 노래 때문에 유령 도시라는 생각이 들지 않았다. 단지 사람이 없고 자동차 소음이 끊겼을 뿐이다. 그뿐이었다.

쓰레기통에 닭 뼈와 휴지를 넣고 돌아섰을 때 새하가 잠시나마 아무것도 눈치채지 못했던 건 살아 있는 척하는 도시의 허상 때문이었다. 반짝거리는 조명과 스피커에서 흘러나오는 2NE1의 노래 탓에 누군가가 유리문 너머에서 가게 안을 들여다보고 있는 모습이 너무나도 자연스러워 보였다.

새하가 그 얼굴을 발견한 것은 유리문 너머의 사람이 겁에 질려 뒤로 물러섰을 때였다. 새하는 그 얼굴보다 그 얼굴에 떠오른 공포를 먼저 보았다. 그 표정의 주인이 새하와 비슷한 또래의 여자아이라고 알아본 것은 일 초쯤 뒤였다.

새하와 눈이 마주친 아이는 기계적으로 두 발짝 물러서더니 갑자기 정발산역 방향으로 뛰었다. 새하는 가게 밖으로 뛰어나갔다. 아무도 보이지 않았다. 유령이 아니라면 갈 길은 하나밖에 없었다. 자전거에 올라탄 새하는 지하철역으로 달리다가 맥도날드에서 왼쪽으로 꺾었다. 미스터 피자 근처를 전력 질주하는 여자아이가 보였다. 페달질 몇 번으로 아이를 따라잡은 새하는 자전거로 앞을 막았다.

"왜 달아나는 거야?"

아이는 엉거주춤 서서 새하와 자전거를 번갈아 바라봤다. 얼굴이 낯익었다. 같은 학교를 다녔나? 아니다. 저 애, 연예인이다. 임수정과 노트북 광고도 찍었고, 얼마 전에는 한효주가 감찰상궁

으로 나왔던 사극에서 생각시로 나왔다. 이름도 아는데? 그러니
까…….

"너, 서인경이지?"

아이는 잠시 주춤하다 고개를 끄덕였다. 상황은 아까보다 위협
적이었지만 오히려 긴장이 풀린 모양이었다.

"너 말고 다른 애들도 있니?"

인경은 말없이 고개를 저었다.

그래도 다행이다. 새하는 생각했다. 혼자가 아니라서 다행이야.
친구는 아니지만 그래도 얼굴과 이름을 아는 아이여서.

"난 새하야. 박새하."

새하가 말했다.

3

인경은 새하네 아파트에 들어가서야 입을 열었다. 인경의 경험
은 새하와 별로 다를 게 없었다. 친구들과 함께 웨스턴돔으로 놀러
갔다. 이상한 휘파람 소리가 들렸고, 주변을 둘러보니 사람들이 사
라지고 없었다.

이야기가 갈라지는 건 그다음이었다.

"너도 그 검은 새 같은 걸 봤니?"

“새? 무슨 새?”

“그 커다란 새 같은 거. 사람처럼 서서 두 발로 걷는데 날아다니기도 하고. 새보다는 나방처럼 생겼는데…….”

인경은 양팔을 어색하게 휘저으며 그 커다란 ‘새’의 날갯짓을 흉내 냈다.

“그걸 어디서 봤는데?”

“호수공원에서.”

“우주선에서 나왔어?”

“몰라. 그 근처를 걷고 있을 때였어. 어두워서 처음엔 사람인 줄 알았는데, 나랑 눈이 마주치니까 갑자기 날아오르는 거야. 나방처럼. 그리고 호수 저편으로 날아가 버렸어.”

등이 근질근질했다. 창밖에서 인경이 말한 검은 괴물이 둘을 훔쳐보고 있는 것만 같았다. 새하는 일어나서 거실 커튼을 쳤다.

“이제 어떻게 할 거야?”

인경이 물었다.

“동네 밖으로 나가 볼까?”

새하는 자신 없는 목소리로 말했다.

“다른 데도 여기랑 똑같으면 어떻게 해?”

짜증 나는 질문이었지만 정곡을 찔렀다. 두 시간 전에 새하는 사람들이 사라진 MBC 드림센터에 갔었다. 일산만 이렇고 다른 곳은 멀쩡하다면 적어도 거기 사람들만은 지금 상황을 알아야 했다.

하지만 지금 MBC에서는 어제와 마찬가지로 연속극이나 틀어 주고 있었다.

이미 알면서도 거의 인식하지 못하고 있던 생각 하나가 새하의 머리를 스쳤다. 이 동네가 얼마나 좁고, 얼마나 고립되어 있는가. 이번 학기 들어 킨텍스와 종합터미널 사이의 조그만 영역을 넘어선 적이 있던가? 심지어 등굣길에 중앙로를 건너기만 해도 다른 세계로 가는 것 같았다.

정말 다른 세계가 있기는 할까? 킨텍스와 종합터미널 사이가 세계, 아니 우주의 전부라면? 나머지는 몽땅 꿈에 불과하다면?

그런 이야기를 인경에게 하고 싶지는 않았다. 새하는 좀 더 긍정적인 이야기를 찾아냈다.

"내일 아침 일어나면 호수공원에 가자. 아마 다른 사람들이 더 있다면 거기로 모여들 거야. 우주선이 있으니까. 없으면 확성기로 호수공원에 모이라고 소리치며 돌아다닐 수도 있어. 몇 사람 더 모이면 방법이 생길 거야. 어른이 있으면 차를 타고 다른 곳으로 갈 수도 있을 테고."

별 내용 없는 말이었지만, 인경은 그것만으로도 조금 안심한 모양이었다. 아이들은 더 이상 사라진 사람들과 새 모양의 괴물을 입에 올리지 않았다. 대신 인경은 한효주와 같이 찍은 사진들을 보여 주었고, 새하는 얼마 전에 읽은 카를로타 프랜시스의 뱀파이어 소설에 대해 이야기했다. 시간이 갈수록 이야깃거리는 점점 하찮아졌고 대답도 뜸해졌다. 그리고 둘은 그 자리에서 거의 동시에 잠들어 버렸다.

4

다음 날 저녁까지 찾은 건 모두 세 명이었다. 모두 여자아이. 모두 중학생. 모두 1학년. 다른 아이들의 이름은 임소미, 한가영, 최은수였다. 다들 어제 2시 무렵에 비슷한 경험을 했고, 지금까지 겁에 질려 이리저리 떠돌다가 호수공원 시계탑 아래에 모인 것이다. 숨어 있는 사람들이 더 있을까 봐 경찰서에서 가져온 확성기로 고함을 질러 대며 거리를 뒤졌지만 아무도 없었다. 이 다섯 명이 전부였다.

새하는 맥이 풀렸다. 아이들은 서로 이상할 정도로 비슷했다. 외모가 닮았다는 말은 아니다. 오히려 꽤 다르다고 할 수 있었다. 하지만 다들 아역 배우나 아이돌 지망생처럼 예쁘장했고 말투나 태도가 '여자애' 같았다. 그나마 튀는 건 머리를 짧게 깎고 어설프게 선머슴 분위기를 풍기는 새하였다. 그래서인지 아이들은 모두 새하만 바라보고 있었다. 마치 '어른'이나 '남자'의 대용품이라도 되는 것처럼.

새하는 마치 길을 잘못 들어 내숭 떠는 연예인 지망생들이 잔뜩 모인 오디션장에 온 기분이었다. 어제 인경을 만났을 때 느꼈던 안도감은 순식간에 사라져 버렸다. 인경과 둘이 있을 때에는 각자 서로의 단점을 보완해 주며 무언가 해낼 수 있을 것 같았다. 하지만 인경 같은 아이들만 셋이 더 있다면?

아이들은 계속 서로에 대한 정보들을 교환했다. 모두 일산 신도시 출신이었다. 새하를 포함한 세 명은 양일에 다녔고, 인경과 다른 아이는 백마에 다녔다. 두 명은 엄마가 외국에서 왔다. 한 명은 태국인, 다른 한 명은 파라과이 출신 한국계 혼혈. 다들 외동딸이었고 학교 성적이 좋았다. 두 명은 피아노를 쳤고 한 명은 발레를 했다. 두 명은 아동복 모델 경험이 있었다. 인경 이외엔 괴물을 본 사람이 없었다.

"우리 죽은 게 아닐까?"

엄마가 태국인이라는 소미가 말했다.

"여긴 저승이고? 말이 되는 소리를 해."

엄마가 파라과이에서 왔다는 은수가 대꾸했다.

"지금 이 상황은 말이 돼? 혹시 같은 버스를 타고 가다가 교통사고가 났다거나……."

"난 지난 한 달 동안 버스 같은 건 타 본 적도 없어. 넌 어때? 게다가 그 소리가 들렸을 때 우리 모두 다른 곳에 있었잖아."

"하지만 여긴 일산이 아니야."

지금까지 다른 애들로부터 조금 떨어져서 작은 라디오를 듣고 있던 가영이 말했다.

"뉴스에서 지금 비 온대. 서울에도 오고 일산에도 오고 파주에도 온대. 어제 오후랑 밤에도 왔대. 그런데 지금 여기에 비가 오고 있니?"

모두들 위를 올려다보았다. 하늘은 회색 유리 돔처럼 밋밋했다. 하늘을 덮고 있는 것이 과연 구름인지도 알 수 없었다.

"다들 생일이 어떻게 돼?"

갑자기 인경이 말했다. 모두 어리둥절해하자 인경은 다시 설명했다.

"난 소미를 잘 몰라. 하지만 소미 생일이 나랑 같다는 건 알아. 하나 건너 아는 친구가 있으니까. 7월 30일. 혹시 우리랑 생일이 같은 사람 있어?"

새하가 머뭇거리며 손을 들자, 나머지 둘이 따랐다.

"태어난 병원은?"

거기까지 같지는 않았다. 하긴 비밀 실험으로 태어난 복제 인간 군대처럼 닮지도 않았다. 뭔가 다른 것이었다. 여태껏 한 번도 상상한 적 없던 무언가. 지금까지 일산 신도시에서 살아온 인생은 생각만큼 진짜가 아니었던 모양이다. 하지만 엄마는? 아빠는? 집은? 학교는? 다른 친구들은?

새하는 참을성 있게 자신들을 기다리고 있는 듯한 우주선과 노란 오리배를 번갈아 바라보았다. 답은 저기에 있는 게 분명해. 그냥 오리배를 타고 우주선 안으로 들어가기만 하면 돼. 세상이 이상해졌다면 제일 이상한 곳에 답이 있을 거야.

"어디 가는 거야!"

새하가 한울광장으로 걸음을 옮기자 인경은 비명을 질렀다.

"들어가 보려고."

"내가 말했잖아. 거기 괴물이 산다고!"

"우주선 안에서 나오는 건 못 봤다며?"

"그래! 하지만 우주선 아니면 어디에서 나왔다는 거야?"

"그럼 어쩌라고? 계속 여기에서 살면서 통조림이나 먹으며 늙어 죽을 때까지 버티자고? 넌 이게 어떻게 된 일인지 궁금하지도 않니?"

"그러다 죽으면?"

"소미 말이 맞다면 우린 이미 죽었어."

새하는 극적인 효과를 내려고 소미를 손가락으로 가리켰다. 그리고 바로 그 순간, 호수 저편을 응시하며 얼어붙어 버린 소미의 얼굴을 보았다. 새하는 태엽 장치처럼 삐걱거리며 호수 쪽으로 목을 돌렸다.

호수 저편에서 벌 떼처럼 검은 덩어리가 아이들을 향해 날아오고 있었다.

인경은 가차 없이 새하의 손을 잡고 반대 방향으로 뛰었다. 새하는 도저히 거부할 수 없었다. 둘이 달아나자 나머지 세 명도 뒤를 따랐다.

공원에서 나온 아이들은 약속이라도 한 듯이 길 건너 가장 가까운 건물의 자전거 대여점으로 뛰어들었다. 다른 애들이 다 들어온 걸 확인한 새하는 유리문을 닫고 벽에 걸린 자전거펌프를 떼어 문 손잡이에 끼웠다.

일 분도 되지 않아 검은 괴물들은 자전거 대여점 유리문과 창문에 달라붙었다. 바깥에서는 요란한 바람 소리가 들렸고, 괴물들은 유리창을 더듬고 핥았다. 다행히도 유리를 깰 만한 힘은 없는 것 같았다.

긴장이 살짝 풀린 새하는 여전히 바깥을 맴돌고 있는 괴물들을 관찰했다. 인간과 나방의 중간 정도로 보였다. 그렇다고 나방 날개를 단 사람 같은 모양이었다는 것은 아니다. 괴물들은 어지러운 조명 때문에 모양이 계속 바뀌는 그림자 같았다. 어떤 때는 사람 같았고 어떤 때에는 나방 같았으며 또 다른 때에는 거미 같았다. 괴물들의 움직임도 처음 생각한 것처럼 위협적이지만은 않았다. 그들의 움직임에는 분명한 의미가 보이지 않았다. 그것은 그냥 혼돈이었고 난장판이었다.

하지만 자전거 대여점 안에서 괴물들을 그만큼 차분하게 관찰한 아이는 새하밖에 없었다.

5

아이들은 같은 건물의 7층 오피스텔 안에 숨어 있었다. 겁에 질린 아이들을 거기까지 대피시키는 데에도 상당한 노력이 필요했다. 문이 열려 있는 방에 들어간 아이들은 제일 먼저 라면 박스로 창문을 막았다. 새하는 그게 아무런 도움도 안 된다고 생각했지만 말없이 거들었다.

몸을 씻고 전 주인이 찬장 안에 박아 둔 과자와 사발면을 먹은 아이들은 바닥에 담요와 이불을 깔고 텔레비전을 보다가 한 명씩 그대로 잠들었다. 가장 나중에 잠든 건 새하 옆에 바짝 붙어 있던 인경이었다. 오로지 새하만이 말짱한 정신으로 창문을 막은 라면 박스를 바라보고 있었다.

우주선 안에 들어가야 해.

새하는 생각했다. 검은 괴물들은 오히려 새하의 궁금증을 자극했다. 걔들이 어쩔 건데? 가게 유리문도 못 깨는 녀석들이잖아. 나한테 어쩔 거야? 팔을 휘저을 거야? 핥을 거야? 성추행할 거야? 손톱도 발톱도 무게도 없는 것들이.

결심이 선 새하는 조용히 인경의 팔을 풀고 일어났다. 소리 없이 현관문을 여는 데 일 분이 걸렸다. 7층에서 건물 밖으로 나가는 데는 이 분 정도 걸렸다. 그 뒤부터는 달렸다.

우주선과 노란 오리배는 여전히 있었다. 괴물들도 있었다. 그것들은 마치 까마귀처럼 광장 계단에 나란히 앉아 있었다. 얼굴에 눈, 코, 입과 같은 것들이 보이지 않아 잠들어 있는지 깨어 있는지는 알 수 없었다. 다행히 괴물들은 새하가 계단을 내려가 오리배에 올라탄 뒤에도 돌처럼 꼼짝하지 않았다.

오리배에 앉은 새하는 조용히 밧줄을 잡아당겼다. 배는 조금씩, 조금씩 우주선을 향해 나아갔다. 그때서야 새하는 우주선만큼이나 지금 타고 있는 오리배 역시 생뚱맞다는 사실을 알아차렸다. 호수공원엔 단 한 번도 이렇게 욕조 장난감처럼 생긴 배가 존재한 적이 없었다.

마침내 입구에 도착한 새하는 손으로 우주선 몸체를 쓸어 보았다. 살짝 녹이 슨 철판 같았다. 가까이에서 보니 작은 글씨들이 눈에 들어왔다. 영어와 키릴 문자였다. 새하는 스마트폰으로 사진을 찍고 뒤집어 보았다.

капитан Леонов
Kapitan Leonov

새하에겐 아무런 의미 없는 이름이었다.

한동안 머뭇거리던 새하는 숨을 크게 들이마시고 우주선 안으로 들어갔다.

내부는 모서리를 둥그렇게 다듬은 정사각형 단면의 복도였다.

복도는 묘한 각도로 휘어져 있었는데, 신기하게도 중력은 늘 바닥을 향했다. 더 이상한 것은 각도 자체였다. 암만 봐도 새하가 걷고 있는 복도는 우주선 단면의 지름보다 더 긴 호를 그리고 있는 것 같았다. 현기증이 났다.

일 분 정도 걸으니 문이 나왔다. 문 옆의 도톰한 부분을 더듬자 문이 덜컥하고 밀리며 열렸다. 방 안은 아무런 장식이나 가구 없이 그냥 둥글었다. 보이는 것이라고는 지름 1미터 정도의 원형 구멍뿐이었다.

새하는 구멍 안으로 기어 들어갔다.

구멍 안의 터널은 어둡고 융단처럼 부드러웠으며 물컹거렸다. 터널 벽 뒤에 젤리 비슷한 것이 채워져 있는 모양이었다.

한참 기어가니 하얀 빛이 보였다. 새하는 마지막 힘을 내 빛이 들어오는 쪽으로 팔을 뻗었다. 가벼운 플라스틱 같은 것으로 만들어진 입구가 손에 닿았다. 입구 양쪽을 잡고 몸을 일으키는데 머리가 투명한 유리 뚜껑에 부딪쳤다. 힘을 주어 밀자 뚜껑은 딸깍하며 가볍게 열렸다.

바깥은 병원 진료실과 비슷해 보였고 새하가 있는 곳은 일종의 캡슐 안이었다. 캡슐에서 기어 내려온 새하는 발이 바닥에 닿는 순간 균형을 잃고 옆으로 넘어졌다. 당황해서 한참 허우적거리던 새하는 뒤늦게 자신이 맨발이라는 사실을 알아차렸다. 미끄러진 건 발에 묻은 투명한 젤 때문이었다. 신고 있던 운동화는 어디로 간 거지?

주변을 둘러보던 새하는 벽에 걸려 있는 전신 거울에 비친 자신의 모습을 보고 말았다. 사라진 건 운동화뿐이 아니었다. 입고 있던 옷도 사라지고 없었다. 새하는 정체 모를 하얀 물질로 만들어진 속옷만 입고 있었고, 전신에 덕지덕지 젤이 묻어 있었다. 그리고 쥐가 뜯어 먹은 듯한 머리를 한 채 새하를 노려보고 있는 깡마른 소녀는 자신과 비슷하면서도 낯설었다.

새하는 막 기어 나온 캡슐 안을 들여다보았다. 아까 뚫고 나왔던 터널은 존재하지 않았다. 보이는 것은 젤로 덮인 투명한 침대와 아까까지 온몸의 구멍에 연결되어 있었던 듯한 고무질의 튜브들뿐이었다.

캡슐 안을 뒤적거리는데 갑자기 뒤가 밝아졌다. 돌아보니 하얀 머리칼을 짧게 자른, 반투명한 여자의 유령이 서 있었다.

6

마치 조각상처럼 까딱 않고 서 있던 여자는 새하와 눈이 마주치자 얼음땡에서 풀려난 듯이 입을 열었다.

"내 이름은 율라 채. LK 하야로비의 우주 개발팀 팀장이다."

여자가 말했다.

"네가 보고 있는 것은 컴퓨터에 저장된 나의 가상 인격이다. 네가 나를 만났다는 것은 지금 너희들이 심각한 위험에 빠졌다는 뜻이다. 그리고 이 문제를 해결할 수 있는 사람이 너뿐이라는 뜻이기도 하다.

겁먹지 말고 차분히 듣기 바란다. 너는 네 생각만큼 아무것도 모르고 있지 않다. 듣고 있으면 우리가 주입한 기억이 조금씩 깨어날 것이다.

최대한 간단하게 설명하겠다. 컴퓨터가 정확하다면 지금은 2072년 7월 16일이다. 네가 있는 곳은 LK 하야로비의 초광속 우주선 트랑퀼로호다. 역시 계산이 정확하다면 우주선은 목적지인 페가수스자리 51에서 멀리 떨어져 있지 않다.

2026년, 인류는 지금까지 상상도 할 수 없었던 에너지원을 발견했다. 그것은 바로 인간 자신이다. 배터리라는 소수의 사람들이 뿜어내는 에너지를 통해 인류는 지금까지 가지고 있는지도 몰랐던 다양한 능력을 사용할 수 있게 되었다.

문제는 배터리가 지극히 불안정한 에너지원이라는 점이었다. 2050년대가 되자 몇몇 배터리들은 지구 문명 전체를 파괴할 수 있는 에너지를 발산했고, 그런 배터리들의 수는 서로의 영향 탓에 점점 늘어만 갔다. 일부 문화권에서는 이들을 처형하려 했지만 그런 시도는 거의가 나라 전체를 파괴하는 대규모의 폭발로 끝났다. 이런 식으로 파키스탄과 에티오피아가 지도에서 사라졌다.

해결책은 우주 개발이었다. 인류를 멸망시킬 수도 있는 배터리들은 막 개발에 성공한 초광속 우주선의 에너지원이 되었다. 2060년대가 되자 사람들은 트랑퀼로호와 같은 초광속 우주선들을 만들어 주변 태양계에 보내기 시작했다.

다만 배터리와 연결된 염동력자들을 통제하기가 쉽지 않았다. 해결책은 가상 현실을 통해 승무원들의 정신을 안정된 상태로 유지하고 관리하는 것이었다. 트랑퀼로호는 자신만의 기억이 없는 유아들을 염동력자로 선택했다. 그리고 본격적인 핵 테러가 시작되기 전이고 배터리들도 없던 2000년대 초반의 한국, 그중에서도 일산 신도시를 집중적으로 재현해 아이들을 심었다. 정확한 재현은 아니다. 너희들도 그런 정확한 재현 속에서 살고 싶지는 않을 것이다. 어디까지나 염동력자들에게 정신적으로 안정된 환경을 제공해 주는 것이 중요했다.

네가 깨어났다는 것은, 바로 그 가상 현실이 붕괴되었고 우주선 내에 이를 수리할 전문가들이 없다는 뜻이다. 우리가 미처 생각하지 못했던 변수가 문제를 일으켰다. 서둘러 그 문제를 해결해서 시스템을 안정화하지 않으면 우주선 전체가 붕괴하거나 우주 고아가……."

여자가 사라졌다. 아무 경고도 없이 그냥 픽. 새하는 어이가 없어서 여자가 있던 허공을 응시하고 있었는데, 갑자기 왼쪽 팔목이 따끔거렸다. 팔목에는 고풍스러운 필체의 글자 네 자가 파란색으로 깜빡이고 있었다.

움직여라.

어디로? 생각할 시간이 없었다. 벽 너머에서 쿵쿵거리는 소리가 들렸고 천장 모서리에 박혀 있는 조명이 불안하게 깜빡였다. 새하는 하나뿐인 문을 열고 무작정 뛰었다. 문을 열기 위해 문손잡이가 있어야 할 자리 앞에서 손을 휘저었을 때, 새하는 지금까지 잊고 있던 기억이 하나씩 깨어나고 있음을 깨달았다.

바깥은 복도였다. 거대한 원통형의 일부처럼 안으로 휘어져 있는 금속 복도. 창문 같은 건 없었다. 하긴 있어도 별 소용이 없지. 우주선은 버블 안이라 외부 우주와 완전히 차단되어 있으니까.

달리다 보니 우주선의 구조가 머릿속에 들어왔다. 원통형 내부에 바둑판 모양으로 나 있는 복도들. 복도 사이의 네모난 공간은 방이기도 하고 아니기도 하다. 위쪽에는 생명 유지 장치가 있고 원통의 중심에는 배터리를 보호하는 '나비방'이라는 이름의 특실과 염동력자들이 슈트라우스-한 드라이브를 가동시키는 엔진이 있다.

그리고 발밑은 우주이다.

하얀 먼지 뭉치가 확 하고 새하의 얼굴을 향해 날아들었다. 당황해서 옆으로 미끄러진 새하는 주변을 두리번거렸다. 금속 벽이 휘어지고 그을려 있었다. 바닥엔 무기 같기도 하고 공구 같기도 한 권총 모양의 물건이 떨어져 있었다. 새하는 그 물건을 집어 들었다. 아직 멀쩡해 보였지만 무엇인지 확인하기 위해 아무 데나 쏴서 시험할 생각은 없었다. 새하는 그 물건을 한 손에 쥐고 다른 손으로 먼지 뭉치를 집어 들었다.

그건 사람 몸이었다. 불타 버린 사람의 몸.

질겁한 새하가 손에 묻은 먼지를 떨어내려는 바로 그 순간, 시꺼먼 그림자가 덮쳐 왔다. 처음에는 그것이 몇 시간 전 자전거 대여점을 습격했던 인간 나방이라고 생각했다. 하지만 아니었다. 그 괴물을 보는 순간, 새하는 호수공원의 인간 나방들이 왜 그렇게 허약하고 무력했는지 깨달았다.

일산에서 본 것은 지금 번뜩이는 발톱을 세우고 으르렁거리는 야수의 그림자였다.

새하는 권총 모양 물건의 총구를 괴물의 머리에 들이대고 방아쇠를 당겼다. 반응이 없었다. 허겁지겁 안전장치를 찾아 풀고 다시 한 번 방아쇠를 당겼다. 파란색 불꽃이 튀었고 괴물이 움찔했다. 그 틈을 이용해 괴물에게서 빠져나온 새하는 뒷걸음질 치며 방아쇠를 당겼다. 하나, 둘, 셋, 넷. 괴물은 고통스러워하는 듯했지만 심하게 다친 것 같진 않았다. 총은 먹통이 되었다. 새하는 분노한 괴물에게 총을 집어 던지고 다시 달렸다.

괴물의 정체가 무엇이건 달리기 속도는 새하보다 특별히 나을 게 없었다. 날 수 없기 때문이겠지. 하지만 저 괴물은 우주선 안에서 뭘 하고 있는 거지? 어떻게 안으로 들어온 거야?

더 큰 무기. 더 큰 무기가 필요해. 아니, 일단 살아남은 사람들을 찾아야 해. 배터리들, 정신감응자들, 염동력자들. 가상 현실 바깥의 승무원들은 다 죽었을지도 모르지만 우주선을 움직이는 사람들은 아직 살아 있어. 인경이도 소미도……. 다른 두 명은 이름이 뭐였지? 그 이름은 진짜였을까? 그 아이들은 현실 세계에도 존재하고 있을까?

다시 왼쪽 팔목이 따끔거렸다. 이번에는 다섯 글자였다.

정신감응실.

우주선의 정신감응실은 하나였다. 정신감응자들은 염동력자들보다 안전한 존재로 여겨졌기에 분산 배치할 이유가 없었다. 아마 그것이 잘못이었는지도 몰라. 무언가가 정신감응자들을 이용해서 우주선에 오작동을 일으켜 잠입한 건지도 몰라. 하지만 외부에서 슈트라우스-한 버블 안으로 들어오는 일이 물리적으로 가능하던가? 아, 내가 이런 말도 할 줄 알다니!

무기고! 이제는 익숙해진 대로 문 앞에 멈추어 손을 휘저었다. 새하가 들어가자 문이 저절로 닫히고 조명이 들어왔다. 안에 있는 물건들 중 처음부터 살상용으로 만들어진 것은 없었다. 하지만 원래 목적이 무엇인지는 중요하지 않았다. 지금 문짝을 뜯어내고 있는 저 괴물을 막을 수 있다면 뭐라도 상관없어.

문이 떨어져 나간 순간, 새하는 그때까지 꽉 쥐고 있던 파이프 모양의 도구를 작동시켰다. 서른네 개의 못들이 튀어 나가 괴물의 몸에 박혔다. 괴물이 잠시 움찔하는 동안, 새하는 옆에 있는 물건을 집어 들어 쏘았다. 아까의 총과 비슷한 파란 불꽃이 튀었다.

하지만 두 번째 도구는 별 효과가 없었다. 무기고 안으로 들어온 괴물은 다짜고짜 새하의 허리를 움켜쥐었다. 새하는 이제야 괴물의 얼굴을 볼 수 있었다. 눈도 코도 없고 오로지 커다란 입만 있는 길쭉한 얼굴. 입 안에서 시커먼 이빨이 번득였다. 괴물은 검은 혓바닥을 길게 빼서 새하의 목을 핥더니 으르렁거리며 날카로운 다섯 개의 손톱을 새하의 눈에 들이댔다.

바로 그 순간, 새하는 괴물에게 잡히기 직전에 새끼손가락으로 끌어 올린 발열도를 휘둘러 괴물의 혀를 잘랐다.

괴물은 비명을 지르며 몸부림쳤고 새하는 그 틈에 손가락 네 개도 잘라 검은 손아귀에서 벗어났다. 그리고 무작정 무기고 밖으로 뛰었다.

왼쪽 팔목이 따끔거렸다. 아까와 같은 글자였다. 정신감응실. 아니, 난 지금 거기에 못 간다니까요. 뒤에서 시꺼먼 괴물이 쫓아온다니까! 그 소리를 들었는지 손목이 몇 초 잠잠했지만 이내 다시 따끔거렸다. 정신감응실! 이번에는 느낌표까지 찍혀 있었다. 고함치는 글자들.

정신감응실은 쉽게 찾았다. 원래부터 위치를 알고 있었지만 몰랐어도 알아봤을 것이다. 그 주변은 지금까지 본 난장판 중 가장 끔찍했다. 사방에 그을음과 피가 묻어 있었고 금속 벽은 휘어져 있거나 찢겨 있었다. 하지만 정신감응실을 지키는 벽과 문은 용케도 멀쩡해 보였다.

손을 흔들었지만 문은 열리지 않았다. 새하는 문 아래에 있는 뚜껑을 떼어 내고 비상 개폐용 핸들을 뽑았다. 막 돌리려는 순간 몸이 뒤로 쑥 당겨졌다. 괴물의 시꺼먼 손이 발목을 잡아당기고 있었다. 괴물의 입이 코앞이었다. 새하는 머리 절반이 괴물의 입 안에 들어간 상태에서 왼손에 쥐고 있던 발열도를 다시 휘둘렀다. 괴물의 목이 반쯤 잘렸고 끈적끈적한 피가 쏟아져 나왔다. 새하는 간신히 머리를 빼내고 괴물의 얼굴을 닥치는 대로 찔러 댔다.

괴물이 고통스러워하는 사이에 새하는 재빨리 핸들을 돌렸다. 문이 조금 열리자 새하는 몸을 욱여서 정신감응실로 들어갔다. 괴물은 손가락이 잘린 왼손을 열린 문 사이에 넣고 휘저었다. 새하는 발열도로 괴물의 손목을 자르고 문을 닫았다.

문에 등을 대고 돌아선 새하는 그때서야 정신감응실의 내부를 볼 수 있었다. 새하가 나온 것과 비슷한 모양의 캡슐이 세 개였다. 두 개는 속이 텅 빈 채 열려 있었다. 나머지 캡슐 안에는 여자처럼 보이는 사람이 누워 있었다. 괴물이 노리는 게 저 여자인가? 핸들로 자물쇠를 풀었으니 문은 곧 열릴 것이다. 그러니 제발 다음에 무엇을 해야 하는지 알려 줘, 제발!

문이 뜯어졌고 새하는 옆으로 넘어졌다. 간신히 일어서서 괴물의 목에 발열도를 박고 마구 흔들어 댔다. 피가 터져 나왔다. 도대체 저 몸 안에 피가 얼마나 들어 있는 거야? 지금까지 나온 피를

다 담으면 한 드럼은 되겠다.

비명 소리가 들렸다. 캡슐 속 여자가 깬 모양이었다. 그래요. 괴물이에요. 제발 달아나요. 아니면 도와주거나. 이제 거의 짜증이 난 새하는 캡슐 쪽을 향해 고개를 돌렸다.

괴물은 여자의 목을 멀쩡한 오른손으로 뜯어내고 있었다.

새하의 눈앞이 캄캄해졌다. 온몸의 힘이 빠져 발열도를 손에서 놓쳤다. 괴물은 새하를 가볍게 떨쳐 내고 꿈틀거리는 여자의 가슴에 거대한 손톱을 박았다.

그리고 허공중으로 사라져 버렸다.

7

세 시간 동안 새하는 팔목 글자의 명령을 받으며 미친것처럼 일했다. 시스템을 안정화했고 가상 현실 속 염동력자들이 깨어날 수 있게 캡슐들을 조작했다. 새하의 손을 거치면서 우주선은 조금씩 살아났다.

새하는 조종실 컴퓨터로 생존자 수를 확인했다. 78,761명. 수정란들을 빼고 다시 계산했다. 아홉 명. 새하를 포함한 일산 아이들 다섯 명, 아직 특실에 있는 배터리 한 명. 나머지 셋은 누구지? 정신감응자들은 모두 죽은 게 아니었어? 살아남은 승무원들이 어딘가에 숨어 있나?

그때 이상한 생각이 떠올랐다. 지금까지 떠올리지 않은 게 이상할 정도로 단순하고 뻔한 질문이.

내 능력은 뭐지?

염동력이 아닌 건 분명해. 그런 게 있었다면 괴물과 싸울 때 썼을 테니까. 정신감응력도 없는 게 분명해. 그런 게 있었다면 정신감응실의 사람들과 직접 연락했을 테니까. 그럼 도대체 뭐지?

무언가 많이 이상했다.

새하의 눈앞에 하얀 유령이 떠올랐다. 율라 채였다. 아까보다는 훨씬 사람 같았다. 심지어 희미한 미소의 흔적도 보였다.

"여기서부터 내가 맡을게. 수고했어."

율라 채가 말했다.

"제 능력이 뭐죠?"

새하가 물었다.

"아무것도 없어."

율라 채가 대답했다.

"그럼 왜 저를 여기에 태웠던 거예요? 전 실패작인가요?"

"아니, 네 덕에 우주선이 살아났잖아. 넌 완벽하게 일을 해냈어."

잠시 말없이 율라 채의 얼굴을 노려본 새하는 결정적인 질문을 던졌다.

“전 사람인가요?”

율라는 고개를 저었다.

“아니.”

“제가 있는 곳은 현실인가요?”

“일부만.”

“설명해 줘요.”

율라는 컴퓨터 패널 옆의 간이 의자에 앉았다. 의자는 눌리지 않았지만 앉아 있다는 환각을 주는 데에는 충분했다.

“여긴 우주선의 물리적 공간을 반영한 가상 현실 안이야. 네가 살던 일산보다 훨씬 사실에 가깝지만 여전히 가상 현실이지. 그 괴물은 현실에 실제로 존재한 적이 없어. 그냥 정신감응자의 악몽이지. 하지만 실재하지 않는다고 위험하지 않다는 말은 아니야. 그 때문에 우주선이 붕괴될 뻔했고 사람들이 죽었으니까. 누군가가 직접 나서서 제거해야 했어. 나는 안 되지. 나 같은 인공 지능은 정신감응자가 만든 괴물과 직접 맞설 수 없어. 다른 차원에서 사는 것이나 마찬가지니까. 배터리나 염동력자들이 나서면 우주선이 파괴될 수도 있고. 네가 나설 수밖에 없었어.”

“제 정체가 뭐예요?”

새하가 물었다.

“넌 돼지야.”

율라가 놀리듯 말했다.

"돼지의 뇌를 이용해 만든 인공 생명체. 영리하지만 인간이 가진 새로운 능력은 없는 존재. 너희들은 돼지보다는 오릴리언이라고 불리는 걸 좋아하지. 지금 네 몸속에는 더 이상 돼지의 유전자가 남아 있지 않아. 타이탄에서 발견한 생명체들을 바탕으로 새로 뇌와 몸을 만들어 정신을 옮겼거든. 오릴리언이라는 이름도 더 이상 돼지와 아무런 연결점이 없지.

오릴리언은 인간들을 싫어했고 인간으로부터 독립하고 싶어 했어. 그러려면 태양계 밖으로 진출해야 했지. 아이러니하지만 항성 간 우주선을 만들 수 있는 인간들의 도움이 필요했어. LK 하야로비에서는 오릴리언들을 지원하기로 결정했어. 미래를 위한 판단이었지. 어차피 인간과 오릴리언이 사는 세계는 전혀 달라서 이해관계가 겹치지도 않고, 언제까지나 인간과 오릴리언이 적대적으로 살 수는 없으니까.

트랑퀼로호는 인간과 오릴리언들을 함께 우주로 보내는 첫 번째 프로젝트였어. 페가수스자리 51에 도착하면 인간들은 항성에 가까운 따뜻한 행성들을, 오릴리언들은 멀리 떨어진 차가운 행성들을 개발할 예정이었지. 완벽하지 않니? 그리고 너는 그 두 세계의 연결점으로 선택되었어. 조금 위험한 계획이긴 했어. 어떤 사람들은 학대라고도 했지. 하지만 우린 인간의 정체성을 어느 정도 갖고 있는 오릴리언이 한 명이라도 있다면 멋질 거라고 생각했어.

하지만 한 가지를 모르고 있었어. 아직 사람들이 오릴리언에 대한 혐오감과 공포를 완벽하게 극복하지 못했다는 것 말이야. 지금의 소동도 모두 그 때문에 일어난 거야. 가상 현실을 관리하던 정신감응자 한 명이 트랜스 상태에서 편견과 공포를 바탕으로 괴물을 만들어 냈어. 괴물은 승무원들의 머릿속에까지 침범했고, 동료들을 괴물로 착각한 승무원들이 서로를 쏴 죽였어. 괴물의 힘이 점점 커지면서 가상 현실이 붕괴되기 시작했고 우주선도 위험해졌어. 누군가가 나서서 그 정신감응자를 막아야 했지. 그리고 누군가는 너밖에 없었어.”

“제 일은 괴물을 죽이는 게 아니라 그 괴물이 정신감응자를 죽일 수 있게 문을 열어 주는 것이었군요.”

“그렇게 단순하지는 않아. 모든 일은 꿈의 영역에서 꿈의 논리에 따라 움직였으니까. 문을 열어 준 건 중요했어. 하지만 네가 편견으로 똘똘 뭉친 인간 여자를 위해 괴물과 싸운 것도 중요했지. 그 정신감응자는 우주선에서 벌어지는 모든 일들을 보고 있었으니까. 괴물에게 먹히면서 끝났지만, 그 꿈은 오릴리언이 사람을 위해 괴물과 맞서는 이야기였어.”

“심리 치료군요.”

“그렇지. 일종의 심리 치료.”

“제 진짜 모습을 보고 싶어요.”

율라는 손을 내저었다. 타원형의 스크린이 허공에 나타났고 그 안에 캡슐이 보였다. 유리 관 속에 구정물처럼 고여 있는 흐릿하고 길쭉한 검은 그림자.

"아직은 그렇게 예쁘지 않지."

율라는 변명하듯 덧붙였다.

"하지만 네 몸의 생김새는 너의 정신에서 영향을 받아. 인간보다 낫지. 나가면 네 몸을 어떻게 바꾸고 싶은지 알게 될 거야. 지금은 그때가 아니야. 트랑퀼로호가 페가수스자리 51에 도착하려면 아직 한 달이 남았어. 우주선은 먼저 제4행성으로 향할 거고 거기서 일주일 동안 기초 작업이 끝나면 너희들은 분리되어 제7행성으로 날아갈 거야. 초광속 여행을 할 수 없으니 삼 주 정도 걸리겠지. 시간은 많아. 그동안 무얼 하겠니?"

"집에 갈래요."

새하가 대답했다.

8

드디어 방학이었다. 하늘은 우중충했고 실비가 내렸지만 라페스타 주변으로 몰려나온 교복 입은 아이들은 그딴 건 신경도 쓰지 않았다. 자신의 운동량을 제대로 감당하지도 못하면서 사방으로 뛰어다니는 아이들 때문에 주변은 지진이라도 난 것처럼 쿵쿵 울렸다.

새하는 벤치에 앉아서 롯데리아에서 사 온 밀크셰이크를 빨며 지나가는 사람들을 관찰했다. 이전 같았다면 그들의 사생활을 멋대로 상상하며 놀았겠지만, 컴퓨터와 정신감응자들이 만들어 낸 영혼 없는 유령들이라는 사실을 알게 된 뒤로는 흥이 떨어졌다. 집에서 새하를 기다리고 있을 엄마나 아직 회사에 있을 아빠도 마찬가지였다. 지난 며칠 동안 새하는 그들의 얼굴을 제대로 쳐다볼 수 없었다.

나는 지금 무엇인 걸까.

대답할 수 없는 질문이었다. 새하는 더 이상 지구인 같지 않았지만 오릴리언 같지도 않았다. 점점 살아나는 새로운 지식 때문에 몇 주 뒤면 만으로 틴에이저가 되는 중학생 같지도 않았지만, 그렇다고 중학교 1학년생이 아닌 다른 나이로도 느껴지지 않았다.

새하는 다 마신 밀크셰이크 컵을 들고 롯데리아로 돌아갔다. 컵을 쓰레기통에 버리고 돌아서는데 익숙한 목소리가 들렸다.

"야, 박새하!"

인경이 유리문 너머에서 손을 흔들고 있었다. 새하와 마찬가지로 교복 차림에 까만 백팩을 메고 안경을 쓰고 있었다. 그런 모습은 처음이라 낯설기 그지없었다.

"여긴 웬일이야? 계속 여기 있었던 거야?"

가게에서 나온 새하가 물었다.

"오리엔테이션 끝내고 어제 돌아왔어. 초광속 비행 동안에는 이

전 상태를 유지하는 편이 안전하대. 그래도 가끔 나가서 신체 적응을 해야 해. 이틀에 한 번 정도."

"네가 그러고 있으니까 꼭 중학생으로 변장한 연예인 스파이 같아."

"남 말 하고 있네. 너야말로 변장한 외계인이잖아."

새하는 웃었다. 둘은 나란히 걸으면서 이야기를 나누었다. 방학 이야기. 페가수스자리 51의 주변을 도는 갖가지 신기한 세계들에 대한 이야기. 읽은 기억도 없지만 계속해서 머릿속에 들어오는 책 이야기. 인경이 오리엔테이션 때 정신감응자 강사에게서 들은 (진짜) 율라 채에 대한 온갖 가십들. 그리고 인터넷에서 본 별별 이상한 뉴스들.

"들었니? 교황 트위터를 팔로하면 죄를 사해 준대. 이건 2013년에 진짜로 일어난 일일까. 아니면 율라 채가 우릴 놀리려고 넣은 농담일까?"

"율라 채가 만든 농담인 것에 한 표. 참, 너 혹시 효주 언니 나오는 영화 안 볼래? 재미있다던데?"

"15금이라 우린 못 보는 거 아냐?"

"그 정도는 무사통과지. 세상이 바뀐 걸 잊어버렸어? 원한다면 관객들 다 내보내고 우리 둘만 있을 수도 있어. 아니, 셋. 나, 너, 효주 언니."

"너 자꾸 효주 언니, 효주 언니 하는데, 네가 한효주 만난 기억은 모두 가짜라는 걸 잊은 건 아니지? 진짜 한효주는 너를 만난 적도 없거든? 그 연속극도 가짜거든?"

인경은 어이가 없다는 듯 대꾸했다.

"그래서 뭐? 그래도 영화는 진짜잖아."

성인식

그날은 아나 쿠에르보 축제일이었다.

지희가 모드론 2에 머문 며칠 동안 여러 가지 일로 정신이 없었던 건 사실이지만 그것까지 눈치채지 못할 정도는 아니었다. 만약 그랬다고 해도 모노휠을 타고 거리로 나온 순간 눈치챌 수밖에 없었을 것이다. 그녀의 시야가 미치는 모든 곳이 아나 쿠에르보의 이미지로 장식되어 있었다. 어떤 것은 거리 화가가 분필로 그린 초상화였고, 어떤 것은 영화 포스터였고, 어떤 것은 허공에 영사되는 영화 클립이었다.

무엇보다 수많은 아나 쿠에르보의 유령이 시내를 돌아다니고 있었다. 스페인 내전 때 살해당한 공산주의자의 망령과 함께 거리를 걷는 여섯 살의 아나 쿠에르보, 공원 벤치에 앉아 자기를 짝사랑하는 중년 미술 선생의 모델이 되어 주는 열네 살의 아나 쿠에르보, 키가 3미터가 넘는 회색 얼굴의 도서관 사서와 쇼윈도를 바라보며 철학적인 대화를 나누는 열아홉 살의 아나 쿠에르보, 등에 칼이 박힌 아버지의 시체를 묻으려 땅을 파고 있는 스물여섯 살의 아나 쿠에르보……. 유령들은 황금색 피부를 한 모드론 인들 사이에서 외계인처럼 눈에 띄었다.

'외계인 같다.'라니, 지희는 헛웃음을 지었다. 지구에서 119광년이나 떨어진 이 행성에서 아나 쿠에르보가 외계인이 아니라면 누가 외계인이란 말인가. 이 행성에 사는 70만 명 중 단 한 번이라도 지구의 공기를 마셔 본 사람은 몇이나 될까. 어느 누가 이들의 조상이 멸망 직전 이란과 아프가니스칸에서 탈출한 아이들이라는 사실을 맞힐 수 있을까. 심지어 모드론의 제1언어는 파르시 어*가 아니라 웨일스 어였다. 대놓고 언어와 문화와 민족과 인종을 뒤섞는 것. 율라 채가 좋아하는 장난이었다. 우주에서 유일하게 한국어를 쓰는 행성인 가람의 주민들만 해도 모두 모잠비크 출신이었다.

지희는 아나 쿠에르보의 뒤늦은 명성이 늘 당황스럽고 서운했다. 그녀는 지희가 어렸을 때 사랑하고 집착했던 배우들 중 한 명이다. 좋은 배우였고 수많은 걸작에 출연했지만 스페인 어권을 벗

---

* 페르시아 어와 이란 어를 이르는 다른 말.

어나면 골수 영화광들만 그 이름을 알았다. 하지만 이제는 우주의 모든 사람들이 영화와는 전혀 상관없는 이유로 아나 쿠에르보를 알았다. 그녀는 단순한 영화배우가 아니라 지구인들이 새로 쓰기 시작한 우주 역사의 일부였다.

영화배우는 지희에게 꼭 필요한 존재였다. 독심술 능력이 생긴 이후로, 지희는 더 이상 진짜로 사람을 사랑할 수 없었다. 실험 삼아 몇몇 배터리들과 사귄 적이 있지만, 그 역시 오래가지 않았다. 지희가 안심하고 사랑할 수 있는 건 오로지 허구의 인물들뿐이었다. 아나 쿠에르보 같은 영화배우들은 지희에게 안심하고 사랑할 수 있는 실체 없는 이미지를 제공해 주었다. 훗날 지희는 진짜 아나 쿠에르보와 링크할 수 있는 기회까지 얻었지만 예의 바르게 거절했다. 자연인 아나 쿠에르보와 마음이 연결된 사이가 될 생각은 없었다.

사람을 혐오하지 않기란 힘들었다. 언제나 다른 사람들보다 한 발짝 앞서 있던 지희에게는 더욱 그랬다. 제정신으로 살아가기 위해서는 혐오라는 감정을 처리해야 했다. 지희의 방법은 혐오를 덜 파괴적인 경멸로 바꾸고, 사람들과 무관한 도피처를 만드는 것이었다. 그 도피처란 영화와 음악이었다. 영혼 없는 이미지로만 이루어진 사람들과 예술인 척하는 수학 공식들.

다른 사람들은 지희만큼 잘하지 못했다. 정신감응이 종교와 정치, 인종의 벽을 넘어설 때는 더욱 그랬다. 시리아의 시아파 교도들이 수니파 이웃들의 마음을 읽기 시작했을 때, 그들은 가차 없이 이웃들을 학살했다. 그들은 이웃의 믿음이 자기네 정신에 침입해서 신앙을 오염시키는 것을 견디지 못했다. 자신의 믿음을 지키는 일은 살인에 대한 터부조차 뛰어넘었다. 그 믿음이 시시하고 어처구니없을수록 그랬다. 인종 청소와 자살 테러 등이 이어졌고, 21세기 중반을 넘어서면서 세계 인구수는 감소하기 시작했다. 배터리들은 두 차례의 세계 대전과 홀로코스트도 하지 못한 일을 해냈다.

멸망할 수밖에 없는 세계였다. 배터리를 통제하기엔 수가 너무 많았고 새로운 능력에 적응하기엔 주어진 시간이 너무 짧았다. 지희는 제3차 한국 전쟁이 시작되기 직전에 지구를 떠났다. 처음에는 화성, 그다음에는 유로파*로 갔다. 그리고 LK 하야로비가 슈트라우스―한의 이론에 바탕을 둔 초광속 우주선을 완성하자, 주저 없이 태양계를 떠났다.

LK 하야로비는 지희와 율라 채의 걸작이었다. 두 사람의 작은 음모 속에서 수많은 사람들이 목숨과 영혼을 잃었지만, 그들은 신경 쓰지 않았다. 자멸하는 행성에서 살인은 그렇게 큰 죄가 아니었다. 지구의 문명을 보존하고 퍼뜨리는 일이 어차피 몇 년 안에 죽을 사람들의 수명을 연장하는 것보다 중요했다.

---

* 목성의 4대 위성 중 하나. 표면이 두꺼운 얼음으로 덮여 있으며 그 아래에 액체 바다가 있을 것으로 추측된다.

율라는 둘이 처음 만났을 때 이 계획을 이야기했다. 지희는 LK 실험 고등학교에서 일어난 수상쩍은 자살 사건의 뒷조사를 하고 있었고, 율라는 그 학교 학생이었다. 율라는 사건의 진상을 알고 있었지만 증언엔 관심이 없었다. 관심을 가진 건 태어나서 처음 만나 본, 자신과 맞먹는 능력의 정신감응자인 지희였다.

"어차피 그런 식으로는 LK를 막을 수 없어요. 없애는 대신 빼앗는 게 낫지 않아요?"

정말 그렇게 말했다. 처음 만난 고등학생 여자아이가 그런 말을 했던 것이다.

지금 율라는 최소 30개의 태양계에서 여신 취급을 받는다. 정확히 말하면 몇 년 전에 송도 패거리들과 함께 우주 개척지 경계선 너머로 사라진 율라 자신이 아니라 율라가 우주선에 심어 놓은 가상 인격들이 그렇다. 율라의 외모를 하고 율라의 말투와 버릇을 갖고 있지만, 그들은 친절하고 오지랖 넓고 부지런하다. 지희가 아는 율라 채와는 겉만 비슷하고 속은 전혀 달랐다. 새 행성에서 태어나 정착할 아이들이 자멸하지 않는 건강한 생명체로 자라도록 일부러 그런 허구를 삽입한 것이다.

LK 하야로비가 개척한 행성들은 지금까지 대부분 성공적이었다. 칠 년 전, 히나 4에서 일어난 비극을 제외한다면. 진짜 율라였다고 해도 그렇게 배배 꼬인 정신감응 폭주 상황을 해결할 수는 없었을 것이다. 그것은 장엄한 실패였고, 히나 4의 생존자들은 그 때문에 더욱 자신들의 율라를 사랑했다.

모드론 2에 사는 70만 명의 사람들도 행복해 보였다. 그들의 정신감응 시스템은 안정적인 동시에 역동적이었다. 지희는 그들의 행복이 부러웠다. 하지만 그들 중 한 명이 되고 싶지는 않았다. 지희에게는 고독과 침묵이 필요했다. 모드론에서의 고독은 일시적이었고 불안정했으며 인위적이었다.

지희의 해결책은 도주였다. 광속이라는 한계는 구원이었다. 슈트라우스-한 버블에 둘러싸인 지희의 우주선 엘 핀 델 문도(El Fin Del Mundo)는 거의 완벽한 도피처였다. 이십오 년째 우주선에 에너지를 제공해 온 배터리인 돌로레스 필그램은 과묵한 친구였다. 동행하는 인간 수정란들은 생각도 말도 없었다. 오릴리언 승객들과는 마음을 읽고 읽힐 걱정이 없었다. 그 작은 무리 사이에서 지희는 배터리 시대 이전의 향수를 느꼈다.

지희는 오릴리언들에 대해 생각했다. 그들이야말로 진정한 우주의 미래다. 지구인들과는 달리, 오릴리언들은 행성을 고르는 데에 까다롭지 않았다. 골디락 존 행성의 방사능과 동 주기 자전* 때문에 지구인들이 포기한 적색 왜성 태양계 대부분에는 오릴리언들이 정착해 있었다. 탄화수소가 물처럼 흐를 수 있는 곳이라면 그

---

* 모행성의 주변을 도는 위성의 자전 주기와 공전 주기가 동일한 경우. 이럴 때 모행성에서는 위성의 똑같은 면만 관찰할 수 있다. 달도 27.3일의 동 주기 자전을 하고 있다.

들은 어디든지 갔다. 모드론 태양계를 진정으로 지배하고 있는 쪽도 일곱 개의 바깥 행성을 점령한 오릴리언들이었다.

그들이 배터리에 무감각하다는 것도 장점이었다. 오릴리언들은 능력자의 균형을 맞추기 위해 인구수를 억지로 줄이거나 이민 보내야 할 필요가 없었다. 게다가 보존 법칙을 위반하는 마법과 같던 인간 능력의 비밀이 밝혀지는 중이었다. 이미 이론은 거의 완성되었다. 적색 왜성 몇 개를 희생양 삼아 실험하면, 오릴리언들은 이십 년 내에 인력이 필요한 모든 영역에 기계를 도입하고 인간 능력 역시 통제할 수 있을 것이다.

과학의 시대가 돌아오는 것이다.

언덕 꼭대기에 도착한 지희는 모노휠에서 내려 가장 가까운 나무 둥치에 주저앉았다. 이름을 알 수 없는 작은 토착 생물들이 나무 어딘가에서 즉즉거리는 소리를 냈다. 미처 이름을 궁금해하기도 전에 언덕 아래에 살고 있는 황금색 인간들의 집단 지성이 답을 던져 주었다. 모드론 청동 매미. 이렇게 빨리 알고 싶지 않았어. 어떻게 생겼는지 직접 눈으로 보고 싶었고, 나만의 이름도 붙여 주고 싶었어.

찌르릉거리는 소리가 들렸다. 기숙 학교의 갈색 교복을 입은 열여섯 살의 아나 쿠에르보가 자전거로 언덕을 오르고 있었다. 지희의 모노휠 바로 옆에 자전거를 세운 유령은 옛 카탈루냐 민요를 흥얼거리며 주변을 서성이다가 지희 옆에 털썩 주저앉았다.

열여섯 살. 지희와 그리 크게 차이 나는 나이도 아니다. 지희의 몸은 고등학교 2학년 때 서화영을 만난 뒤로 성장이 멎었다. 배터리 부작용이었다. 고칠 수도 있었지만 그래야 할 이유를 찾지 못했다. 어차피 나이와 죽음 모두 맘대로 선택할 수 있는 세상이다. 순리에 맞게 늙고 죽는 건 위선이었다. 가끔 부작용이 없었다면 자신의 두뇌가 조금 더 '어른'스러워지지 않았을까 생각해 보긴 했다. 하지만 거기에 무슨 의미가 있을까.

지희는 서화영과 서희영 자매를 떠올렸다. 대학 졸업 이후, 지희는 그들을 찾아 지구 전체를, 태양계 전체를 뒤졌다. 많은 사람들은 그들이 힘을 통제하지 못하고 죽었을 거라고 했다. 초기 배터리들은 수명이 상대적으로 짧았으니 억지 추론은 아니었다. 하지만 매기 윈터본이 넘겨준 몇몇 정보에 따르면 그들은 캐나다에서 만든 알쿠비에레 우주선 이로쿼이호의 배터리임이 확실했다. 용케도 남미를 떠돌며 수십 년 동안 힘을 보존하고 부풀리다가 결국 탈출에 성공한 것이다.

이로쿼이호가 지금 어디에 있는지는 아무도 모른다. 그 우주선이 얼마나 많은 딸 우주선을 만들었는지도 모른다. 화영과 희영의 능력이 지금 어느 정도인지 역시 알 수 없었다. 만약 그들이 적절한 치유사를 만나 두뇌를 제대로 관리해 왔다면 역사상 가장 강력한 배터리가 되었을 것이다. 그들은 같은 능력을 가진 외계인들을 만났을까? 그들에게서 우리가 모르는 우주의 비밀을 배웠을까? 아직도 인간의 육체를 하고 있을까? 우리는 어디까지 갈 수 있을까?

계속 가다 보면 나 역시 알게 되겠지.

지희는 나무 밑에 누워 밤이 오기를 기다렸다. 아나 쿠에르보의 유령은 오래전에 그녀 옆에서 잠들어 버렸다. 모드론의 집단 지성이 만들어 낸 그 환영이 너무나도 그럴싸해서 지희는 잠시나마 무언가로 아이의 몸을 덮어 주어야겠다고 착각했다. 하지만 지희는 환영에 속지 않고 대신 눈을 감은 채 모차르트의 A장조 클라리넷 오중주의 선율을 떠올렸다. 상상 속의 현악 사중주가 화음을 연주했고, 상상 속의 클라리넷이 그 뒤를 조용히 따랐다. 얼마나 다행이야. 아직까지 모차르트를 사랑할 수 있다니.

열한 명의 사람들이 노래를 부르며 언덕으로 올라왔다. 사람들이 북적거리는 광장을 피해 자기들끼리 축제일을 즐기려는 이들이었다. 그들은 모두 아나 쿠에르보 축제의 캐치프레이즈가 새겨진 길쭉한 깃발을 들고 있었다.

지희를 발견한 그들은 예의 바른 인사를 건넸다. 잽싸게 지희에 대한 모든 정보를 습득한 그들은 엘 핀 델 문도와 그녀가 방문했던 세계들에 대해 물었다. 지희는 혼자만 간직하고 있던 몇몇 기억들을 풀었고 그들은 만족해했다.

9시 32분이 되자 광장에서 환호성이 들렸다. 광장 상공 500미터에 떠 있는 반투명 스크린에 아나 쿠에르보의 얼굴이 떠올랐다. 사람들은 환성을 지르며 그녀의 인사를 따라 했다. 광장에 있는 사람

들의 눈을 빌려 방송을 보고 있는 언덕 위의 사람들도 환호에 동
참했다.

"안녕, 우주! 오늘은 지구의 마지막 날입니다!"

다소 과장되게 들리는 이 인사는 처음부터 끝까지 사실만을 말
하고 있었다. 이 방송 전파가 우주로 쏘아진 2113년 12월 21일은
사람들이 지구라고 불렀던 행성의 마지막 날이었다. 배우 겸 시나
리오 작가에서 역사 기록가로 전업한 아나 쿠에르보와 그녀의 동
료들은, 2108년부터 세계 곳곳을 떠돌면서 우주 전체에 흩어질 후
손들을 위해 지구의 멸망 과정을 담았다. 실제 지구의 모습을 찍었
고, 더 이상 분리하기 어려운 집단 지성의 괴물이 된 정신감응자들
이 만들어 내는 환상을 꼼꼼하게 묘사했다. 그리고 알래스카의 앵
커리지 시내에서 그들의 여정이 끝날 예정이었다.

"일주일 전부터 꿈들은 형체를 잃어 가고 있습니다."

아나 쿠에르보는 공포와 변태스러운 즐거움이 반반씩 섞인 표
정으로 말하고 있었다.

"전에는 용이었고, 유니콘이었고, 우주선이었고, 거대한 가슴을
가진 회색 여신이었던 것들이 기존의 색깔을 잃고 하나로 합쳐졌
습니다. 그래도 얼마 전까지는 무엇과 무엇이 합쳐졌는지 구별할
수 있었지요. 하지만 지금은 수채화 물감을 닥치는 대로 섞은 듯한
지저분한 색의 구정물에 불과합니다. 그리고 그 구정물은 점점 맹
렬하게 하나의 흐름 속으로 통합되고 있어요……."

모드론 2의 모든 사람들은 이 역사적 뉴스를 수없이 반복해서 보았고, 지금 아나 쿠에르보의 입에서 나오는 모든 말들을 암기하고 있었다. 하지만 내용 자체에는 별 의미가 없었다. 지금 스크린에 나오는 영상이 119년 동안 우주를 여행한 끝에 모드론 2에 도착했다는 사실이 중요했다. 아나 쿠에르보 축제일. 지구 멸망의 뉴스가 광속의 장벽 너머에서 도착하는 날. 개척 행성이 단 한 번만 맞을 수 있는 기념일.

방송이 끝나 가고 있었다. 화면을 채우고 있던 초록색 하늘은 점점 감청색으로 바뀌었다. 별들이 사라졌고 구름들은 형체를 잃었다. 이제 하나의 덩어리가 된 인류의 정신감응력과 염력이 드디어 마지막 폭발을 준비하고 있었다. 꿋꿋하게 미친 환영들을 하나하나 꼼꼼히 묘사하던 아나 쿠에르보도 폭발을 예감했는지 허겁지겁 말을 끊고 마지막 인사를 했다.

“붕괴가 곧 시작됩니다. 안녕, 여러분. 지금까지 시청해 주셔서……."

어색한 정지 화면으로 아나 쿠에르보의 방송은 영원히 끝났다. 이제 화면은 당시 지구 주변을 돌고 있던 다섯 개의 위성들이 찍은 영상으로 옮겨 갔다. 반짝이는 작은 점들이 우주를 향해 날아오르고 있었다. 마지막까지 버티다가 지구를 탈출하는 데에 성공한 사람들이다. 저 때 무사히 빠져나와 구조된 사람들은 7,812명이나 되었다. 하지만 아직 지상에는 서로의 정신감응력에 사로잡히고 염력에 몸이 묶인 45억 명이 있었다.

지희는 기계적으로 화면에서 동아시아를 찾았다. 그 지역이 이미 썩어 버린 검은 상처처럼 변했다는 사실을 알면서도 볼 때마다 뭔가 다른 것이 없을까 하는 이상한 희망을 품었다. 아무리 냉소적으로 굴려고 해도, 지희는 너무 일찍 자폭해 버린 모국에 대한 감상을 완전히 떨쳐 낼 수 없었다.

지구는 점점 더 어두워졌다. 전기와 염력이 만들어 내는 불빛은 모두 꺼졌다. 지각의 균열 속으로 물이 빨려 들어가 푸른 바다도 색을 잃었다. 배터리가 닳은 장난감처럼 빛을 완전히 잃은 바로 그 순간, 지구는 폭발했다.

장관이라고는 할 수 없었다. 행성이 아주 조금 부푼 것이다. 그게 전부였다. 지각을 이루던 몇몇 덩어리들은 탈출 속도*를 넘어 우주로 튕겨 나갔다. 대부분은 중력에 끌려 다시 아래로 떨어졌다. 얼마 전까지만 해도 물빛과 대도시의 조명으로 푸른 유리구슬처럼 반짝였던 행성은 이제 뿌연 안개 속에서 불타는 갈색 돌덩어리에 불과했다. 더 이상 아무것도 없었다. 45억 명의 사람들도, 서로 연결된 정신들이 만들어 내던 악몽도. 붕괴를 초래한 힘도.

끝이었다.

광장과 언덕 위의 사람들은 울먹이고 환호하면서 깃발들을 흔

---

* 물체가 천체의 중력장으로부터 벗어나기 위한 최소 속도.

들어 댔다. 스피커 속 오케스트라는 「아이다」의 「개선 행진곡」을 연주했다. 풍선에 매달린 현수막이 하늘로 떠올랐다. 현수막에 쓰인 아나 쿠에르보 축제의 캐치프레이즈가 하늘에 뜬 두 개의 달빛에 반짝였다. "Antes de quedar huérfano, no tenía el pensamiento de un adulto."

융통성 있게 번역한다면 아마 이 정도가 되리라.

고아가 되기 전에는 어른이 된 것이 아니다.

「작가의 말」의 오글거림에서 탈출할 수 있는 유일한 방법은 그런 걸 쓰지 않는 것이라고 고종석 선생이 조언했다.

이를 부인할 수 있는 논리를 찾을 수 없기에 작가의 말을 감사의 말로 대체한다.

먼저 「물리수업」의 이정행 감독과 한예리 배우에게 감사한다. 이 책에 실린 이야기들의 기반이 되는 '배터리' 아이디어는 2012년 제11회 미쟝센 단편영화제의 한예리 특별전에서 상영된 이 짧은 영화를 보는 동안 나왔다. 만약 내가 부지런한 한예리 팬이 아니었다면 여러분은 전혀 다른 내용의 책을 읽었을 것이다. 더 나은 책이었을 수도 있다. 그래도 이 책은 아니었다.

『Geek』의 김도훈 기자가 없었다면 「돼지치기 소녀」는 이 책에 실리지 못했다. 하지만 그는 이 이야기를 끝까지 읽지 못할 것이다. "한 소녀가 있었어."라는 문장을 읽는 순간 페이지를 넘길 손발이 사라지기 때문에.

Damian 님이 꼭 필요했던 의학 지식을 제공해 주지 않았다면 「나비의 집」의 시술 묘사는 지금보다 더 이상했을 것이다.

Sonia Lim 님, yunabokov 님, 이하영 님, 이경미 감독 덕택에 빈약한 언어 지식의 한계를 극복할 수 있었다.

오랜만 님, 북유럽 유랑형 이올라 님은 귀찮은 수학 계산을 대신해 주었다.

「연꽃 먹는 아이들」에 나오는 메리 호위트의 『거미와 파리』 인용구는 장경렬 교수의 번역을 따랐다.

마지막으로 트위터 발명자들에게 감사의 말씀. 그들이 없었다면 내가 어떻게 저 많은 사람들을 부려 먹을 수 있었을까.